N
The foundation pit.

Andrei Platonov
THE FOUNDATION PIT
КОТЛОВАН

a bi-lingual edition

English translation by

Thomas P. Whitney

Preface by

Joseph Brodsky

This book was set in IBM Univers by
William Kalvin and Carl R. Proffer.

Published by Ardis
2901 Heather Way
Ann Arbor, Michigan 48104

Manufactured in the United States of America by LithoCrafters,
Ann Arbor, Michigan

TABLE OF CONTENTS

PREFACE

The idea of Paradise is the logical end of human thought in the respect that it, thought, goes no further; for beyond Paradise there is nothing else, nothing else happens. And therefore one can say that Paradise is a dead-end; it is the last vision of space, the end of things, the summit of the mountain, the peak from which there is nowhere to step—except into Chronos, in connection with which the concept of eternal life arises.

The same may be said of Hell.

Being in the dead-end is not limited by anything, and if one can conceive that even there being defines consciousness and engenders its own psychology, then it is above all in language that this psychology is expressed. In general it should be noted that the first victim of talk about Utopia—desired or already attained—is grammar; for language, unable to keep up with thought, begins to gasp in the subjunctive mood and starts to gravitate toward timeless categories and constructions; as a consequence of which the ground starts to slip out from under even simple nouns, and an aura of arbitrariness arises around them.

In my view this describes the prose language of Andrei Platonov, of whom it can be said with equal veracity that he drives language into a semantic dead-end and, more precisely, that he reveals in language itself the philosophy of the dead-end. If this statement is even half-justified, that is sufficient to proclaim Platonov one of the eminent writers of our age—for the presence of the absurd in grammar says something not just about a particular tragedy, but about the human race as a whole.

In our age it is not customary to examine a writer outside the social context, and Platonov would be a quite suitable subject for such analysis if that which he performs with language did not go far beyond the framework of the specific utopia (the building of socialism in Russia), witness and chronicler of which he is in *The Foundation Pit*. *The Foundation Pit* is an exceedingly gloomy work, and the reader closes the book in the most depressed state of mind. If at this moment direct transformation of psychic energy into physical energy were possible, the first thing one should do on closing the book would be to rescind the existing world-order and declare a new age.

By no means, however, does this mean that Platonov was an enemy of this utopia, the regime, collectivization, etc. The only thing one can say seriously about Platonov within the social context is that he wrote in the language of this utopia, in the language of his epoch; and no other form of being determines consciousness as language does. But unlike the majority of his contemporaries—Babel, Pilnyak, Olesha, Zamyatin, Bulgakov, Zoshchenko, who concerned themselves more or less with stylistic gourmandizing, i.e., played with language, each at his own game (which in the final analysis is a form of escapism)—Platonov subjected the language of the epoch to himself, having seen in it such abysses that once he had peered into them he could no longer slide along the literary surface, concerning himself with clever manipulations of plot, typographical contrivances and stylistic point-lace.

Of course, if one is to study the genealogy of Platonov's style, one inevitably has to mention hagiographic "plaiting of words," Leskov with his tendency towards individualized first-person narratives, Dostoevsky with his choking bureaucratese. But in Platonov's case the important thing is not lines of succession or traditions of Russian literature, but the writer's dependence on the synthetic (or, more precisely, non-analytical) essence of the Russian language itself, something which, partly as a result of purely phonetic allusions, determines the formation of concepts which are devoid of any real content.

Even if Platonov had used even the most elementary means, his "message" would be relevant, and below I shall explain why. But his main weapon was inversion; he wrote in a totally inverted language; more precisely, Platonov put an equals sign between the concepts of *language* and *inversion—"version"* (normal word order) came more and more to play a service role. In this sense I would say that the only real neighbor Platonov had in language was poet Nikolai Zabolotsky during the period of *Scrolls.*

If for Captain Lebyadkin's poetry about the cockroach (in *The Devils)* Dostoevsky can be considered one of the first writers of the absurd, for the scene with the striker-bear in *The Foundation Pit,* Platonov should be acknowledged the first serious surrealist. I say "first" in spite of Kafka, for surrealism is not just a literary category, tied in our minds as a rule with an individualistic world-perception, but a form of philosophical madness, a product of the psychology of the dead-end. Platonov was not an individualist, quite the contrary— his consciousness was determined by the mass scale and absolutely impersonal character of what was happening. Therefore his surrealism is non-personal, folkloric, and to a certain degree akin to ancient, or for that matter any mythology—which one might call the classical form of surrealism.

In Platonov those who express the philosophy of the absurd are not egocentric individualists to whom God and literary tradition provide crisis-awareness, but representatives of the traditionally uninspired masses; and due to this fact the philosophy becomes far more convincing and utterly unbearable in its magnitude. Unlike Kafka, Joyce, or, let's say, Beckett, who narrate the quite natural tragedies of their "alter egos," Platonov speaks of a nation which in a sense has become a victim of its own language; or, more precisely, he speaks of this language itself—which turns out to be capable of generating a fictive world and then falling into grammatical dependency on it.

It seems to me that therefore Platonov is untranslatable, and in one sense that is a good thing for the language into which he cannot be translated. But nevertheless one has to congratulate any attempt to recreate this language, a language which compromises time, space, life itself and death, not because of "cultural" considerations, but because in the final analysis it is precisely in this language that we speak.

Joseph Brodsky

Tr. C. P.

the
foundation
pit

On the day of the thirtieth anniversary of his personal life Voshchev was given his walking papers by the small machine shop where he had been getting the means for his existence. In the document of dismissal they informed him he was being detached from production as a consequence of a growth in the strength of his weakness and of pensiveness in the midst of the general tempo of labor.

Voshchev took his things in a sack from his apartment and went out into the open air, the better to comprehend his future. But the air was empty, the unmoving trees thriftily preserved the heat within their leaves, and the dust lay there bored on the unpopulated roadway—such was the situation in nature. Voshchev did not know whither he was being drawn, and at the end of the city he supported himself with his elbows on a low fence of a certain residence in which children without families were being taught to work and be useful. Beyond this point the city ceased—and the only thing there was a beer parlor for migratory workers and low-paid categories which stood, like some official institution, without any courtyard; and beyond the beer parlor rose a clay knoll and an old tree grew on it all alone in the midst of the bright weather. Voshchev made his way to the beer parlor and encountered there sincere human voices. Here were to be found unconstrained people devoting themselves to the oblivion of their own unhappiness, and for Voshchev it was more sad and more easy among them. He was present in the beer parlor until evening fell, till the wind of the changing weather began to rustle; at that point Voshchev went over to the open window so as to observe the beginning of the night, and he saw the tree on the clayey hill—rocking back and forth from the bad weather and turning its leaves over and over out of clandestine shame. Somewhere, evidently in the park of the Soviet trade employees, a brass band languished. The monotonous, nagging music was being wafted off by the wind into nature across the waste land this side of the ravine, because the wind was supposed to feel gladness only rarely, but could accomplish nothing itself equal in meaning to music and spent its time in the evenings motionless. After the wind silence once more settled in, and a still more silent darkness covered it over. Voshchev sat there at the window so as to observe the tender darkness of the night, to listen to various sad sounds, and to be in a state of torment within his heart which was surrounded by hard and stony bones.

"Hey, you food industry fellow!" resounded in the by now silent establishment. "Give us a pair of mugs—something to fill up our empty insides with!"

Voshchev had long since noted that people always came into the beer parlor in pairs, like brides and grooms, and sometimes in whole marriage companies.

The food industry employee served up no beer this time, and the two newly-arrived roofers wiped off their thirsting mouths with their aprons.

"You bureaucrat! You ought to jump whenever a working man even raises his finger—but instead you act conceited!"

But the food industry employee saved his strength from being worn down at official duties so as to keep it for his personal life and did not enter into disagreements.

"This institution, citizens, is closed. Go find something to do in your own apartment."

The roofers each took from the saucer a salty cracker into their mouths and went their way. Voshchev was left alone in the beer parlor.

"Citizen! You ordered only one mug and you keep sitting here indefinitely! You paid for the beer not for housing!"

Voshchev picked up his bag and went off into the night. Up above Voshchev the questioning heavens shone with the poignant strength of the stars, but in the city the lights had already been extinguished: whoever had the possibility to do so was sleeping after having eaten dinner. Voshchev descended the crumbly earth into the ravine and there lay down with his stomach to the ground so as to go to sleep and bid farewell to self. But for sleep it was necessary to possess peace of mind, confidence in life, and forgiveness of experienced grief, and Voshchev lay there in the dry tension of consciousness and did not know whether he was useful in the world or whether everything could do quite well without him. The wind began to blow from an unknown place so that people would not suffocate, and a dog on the outskirts of the city gave notice of his service with a weak and doubtful voice.

"It's boring for the dog. He lives only because he was born, just like me!"

Voshchev's body grew pale from fatigue; he felt cold on his eyelids and closed them over his warm eyes.

In the morning the barman had already freshened up his establishment, the wind and the grass had already been aroused all around by the sun, when Voshchev regretfully opened his eyes into which moist strength poured. Once again he had ahead of him the prospect of living and getting nourishment, and therefore he went to the trade union headquarters—in order to defend his unnecessary labor.

"The administration says that you kept standing there thinking in the midst of work," they told him in the trade union office. "What were you thinking about, Comrade Voshchev?"

"About a plan for life."

"The factory works on the basis of the assigned plan from the trust. And you should have worked out your plan for your personal life in the club or in the Red Reading Room."

"I was thinking about the plan of life as a whole. I don't worry about my own life. It is not a riddle to me."

"Well, and what could you do indeed?"

"I could think up something like happiness, and as a result of emotional meaning labor productivity would improve."

5

"Happiness results from materialism, Comrade Voshchev, and not from meaning. We are unable to defend you. You are an irresponsible person and we have no desire to turn up at the tail end of the masses."

Voshchev wished to ask for some kind or other of the weakest work just so he would get enough for his nourishment: he would think in non-working hours. But to make a request it is necessary to have respect for people, and Voshchev did not see any sympathy from them for him.

"You are afraid to be on the tail end: it is an extremity, and so you are riding on peoples' necks."

"To you, Voshchev, the state has given an extra hour for your pensiveness. You used to work eight and now you work seven. You would have done better to go on living and keep your mouth shut! If all of us all at once were to start to ponder, who would act?"

"Without thinking people act meaninglessly!" Voshchev declared thoughtfully.

He left the trade union office without getting help. His way afoot lay in the middle of the summer; off to the sides they were building apartment buildings and technical public facilities—in those apartment houses the masses who till now had been without shelter would exist in silence. Voshchev's body was indifferent to comfort; he could live, in the open air without getting exhausted, and he languished in unhappiness when he was well fed on rest days at his former apartment. Once more he had to pass by the beer parlor on the city's outskirts, and once more he looked at the place where he had spent the night; something was left there in common with his life, and Voshchev found himself out in space, where before him lay only the horizon and the sensation of the wind in his face which was bent forward.

One verst further on stood the house of a highway supervisor. Accustomed to emptiness, the supervisor was quarreling loudly with his wife, and the woman was sitting at the open window with her child on her knees, and

6

she was answering her husband with screams of abuse: the child himself silently pulled at the flounces of his shirt, understanding, but saying nothing.

This patience of the child emboldened Voshchev. He saw that the mother and father had no feeling for the meaning of life and were in a state of irritation, while the child lived unreproachingly, nurturing himself for his own coming anguish. So then and there Voshchev decided to hitch up his soul, not to spare his body in the work of the mind, so as to return the more swiftly to the home of the highway supervisor and tell the meaningful child the secret of life which was all the time being forgotten by his parents.

"Their body is straying automatically now," Voshchev observed of the parents. "They do not feel the essence."

"Why don't you feel the essence?" asked Voshchev, addressing himself into the window. "Your child lives, and you scold, and he was born to complete the whole world."

The husband and wife, with awe of conscience, concealed behind maliciousness of faces, gazed upon the witness.

"If you do not have the wherewithal to exist in peace, you might at least have respect for your child— it would be the better for you," Voshchev continued.

"What business do you have here?" the highway supervisor asked with malicious delicacy of voice. "You are walking, so just keep on walking—the road was paved for the likes of you."

Voshchev stood in the middle of the road, hesitating. The family was waiting for him to depart and keeping its anger on tap.

"I would leave, but I have nowhere to go. Is it far from here to some other city?"

"Close by," replied the supervisor, "If you'll just stop standing there the road will lead you to it."

"Have some respect for your child," said Voshchev.

7

"When you are dead he will still exist."

After speaking these words Voshchev went on his way a verst beyond the supervisor's house and sat down on the edge of a ditch; he felt doubt in his life and weakness of the body without truth; he could not go on working and keep taking step after step down the road without knowing the precise arrangement of the whole world and whither one must strive. Voshchev, weary of thinking, lay down in the dusty grass by the road. It was hot, a daytime wind was blowing, and off in the distance village roosters were crowing—everything was devoting itself to unresponding existence—and only Voshchev kept himself apart and separate in silence. A dead fallen leaf lay alongside Voshchev's head, brought by the wind from a distant tree, and now this leaf had ahead of it resignation in the earth. Voshchev picked up the dried leaf and hid it away in a secret compartment of his bag where he used to keep all kinds of objects of unhappiness and obscurity.

"You had no meaning in life," Voshchev imagined to himself with meagerness of sympathy. "Lie here, I will learn wherefore you lived and perished. Since no one needs you and you are straying about in the midst of the whole world, I will preserve you and remember you."

"All live and suffer in the world without being conscious of anything," said Voshchev at the roadside and got up so as to walk on, surrounded by universal, patiently suffering existence.

"Just as if some one person or a few had extracted from us our feeling of conviction and appropriated it to themselves."

He continued walking along the road to the point of complete exhaustion; and Voshchev got completely exhausted very quickly, whenever his soul recollected that it had ceased to know the truth.

But the city could already be seen in the distance, smoke rose from its cooperative bakeries, and the evening sun illuminated the dust which rose above the houses from the movements of the population. This particular city began with a smithy and in the smithy at the time of Voshchev's passage by it they were repairing an automobile from roadless travel. A fat cripple stood near a tethering post and addressed the smith:

"Mish, give me some tobacco: if you don't I'll break the lock again tonight!"

The smith who was under the automobile did not reply. Then the cripple banged him on his rear with a crutch:

"Mish! You'd better drop your work and give me some tobacco: I'll smash something up!"

Voshchev stopped next to the cripple because along the street from out of the depths of the city was marching a formation of children, Young Pioneers, with weary music leading them.

"I gave you one whole ruble yesterday," said the smith. "Give me some peace—for at least a week! Otherwise I'm going to bide my time, bide my time, and then I'll burn up your crutches!"

"Go ahead and burn them!" the cripple consented. "The boys will push me about on an amputee's cart—and I'll rip the roof off your smithy!"

The smith was distracted by the sight of the children and, becoming more kind, he poured some tobacco into the cripple's tobacco pouch:

"Go ahead and steal, you locust!"

Voshchev directed his attention to the fact that the cripple had no legs, one of them gone entirely and in place of the other a wooden stump. The maimed man supported himself on his crutches and on the wooden extension of his severed right leg. The cripple had no teeth at all, he had worn them to nothing on food, and on the other hand he had an enormous face and a fat remaining torso; his brown, narrowly opened eyes kept a watch over the outer world with the greediness of deprivation, with the longing of accumulated passion, and in his

9

mouth his gums rubbed together, pronouncing the inaudible thoughts of a legless man.

The Young Pioneer orchestra, passing into the distance, played the music of a young march. Past the smithy, with consciousness of the importance of their future, the barefoot girls stepped in precise step; their weak, maturing bodies were clothed in sailor suits, on their thoughtful, attentive heads red berets lay freely, and their legs were covered with the down of youth. Each girl, moving within the rhythm of the common formation, smiled with a sense of her own significance and with a consciousness of the seriousness of life which was necessary for the continuity of the formation and the strength of their hike. Any one of these Young Pioneers was born at a time when out in the fields lay the dead horses of the social war, and not all of the Pioneers had skin at the hour of their origin, because their mothers were nourished only by the stores of nourishment of their own bodies; therefore on the face of each young Pioneer girl there remained a trace of the difficulty, the feebleness of early life, meagerness of body and beauty of expression. But the happiness of childhood friendship, the realization of the future world in the play of youth and in the worthiness of their own severe freedom signified on the childish faces important gladness, replacing for them beauty and domestic plumpness.

Voshchev stood shyly before the eyes of the parade of these excited children whom he did not know; he was ashamed that the Young Pioneers, in all likelihood, knew and felt more than he did, because children are time maturing in a fresh body, while he, Voshchev, is cut off and set apart in the silence of obscurity by hastening, active youth as being a vain effort of life to achieve its goal. And Voshchev felt shame and energy—he wanted immediately to discover the universal, lasting meaning of life so as to precede the children in life, to live more swiftly than their swarthy legs so full of firm tenderness.

One Young Pioneer girl ran out of the ranks to the rusty grainfield next to the smithy and picked a plant there. During her action the little woman bent down, disclosing a birthmark on her swelling body, and then with the deftness of imperceptible strength she disappeared past them, leaving regrets in the two who had observed her, Voshchev and the cripple. Voshchev looked at the cripple: his face was puffed up with an influx of blood which found no outlet; he groaned out a sound and moved his hand in the very depths of his pocket. Voshchev observed the mood of the powerful cripple, but was glad that this monstrosity of imperialism would never get hold of socialist children. However, the cripple watched the Pioneer march to the very end, and Voshchev had fears for the safety and purity of the small children.

"You should look in some other direction," he said to the cripple. "You would do better to smoke!"

"Go take a walk, bossy, cow!" retorted the legless man.

Voshchev did not stir.

"What did I tell you?" the cripple added. "You want to catch it from me, do you?"

"No," answered Voshchev. "I was afraid you would say something to that girl or do something."

The invalid in his customary torment bent down his big head to the earth.

"Just what would I say to the child, you bastard? I look at the children for memory's sake, because I'll die soon."

"It was probably in the capitalist battle that you were wounded," Voshchev said quietly. "Though it is true that cripples are also old people too, I have seen them."

The maimed man directed at Voshchev his eyes in which at that moment there was the fierceness of surpassing mind; at first the cripple even kept silence out of anger at the passerby, but then he said with the deliberateness of embitterment:

11

"Old people are sometimes like this too; but such cripples as you there are not."

"I was never in the real war," said Voshchev. "If I had been, I wouldn't have returned from there whole either."

"I can see that you weren't: why are you such a fool! When a man hasn't seen war, then he's like a woman who hasn't given birth—he lives like an idiot. You are always to be seen through."

"Ekh!" declared the smith regretfully. "I look at the children and I myself want to shout: 'Hail the First of May!' "

The Pioneers' music took a rest and then off in the distance played a march. Voshchev continued to languish and went into this city to live.

■ ■ ■

Right up until evening Voshchev walked silently about the city, just as if he were waiting for the world to become common knowledge. However, just as before things on earth were unclear for him, and he felt in the darkness of his body a silent place where there was nothing and where nothing prevented anything from swinging back and forth. Voshchev strolled past people as if he were living out of sight of them, feeling the rising strength of his burning mind and becoming ever more separate and isolated in the darkness of his sadness.

Only now did he see the center of the city and structures in the process of construction. The night time electricity was already lit on the construction scaffoldings, yet the quiet of the light of the open fields and the fading smell of hay crept in here from out of general space and stood untouched in the air. Separately from nature, in the bright place of the electricity, people labored eagerly, raising up brick walls, marching with burdens of freight along the plank nightmare of the scaffoldings. Voshchev watched for a long time the construction of the tower which was unfamiliar to him; he saw that the workers stirred about evenly, without abrupt efforts, but something had already risen within the construction project for its completion.

"Do not people lose in their feeling for their own life when construction projects gain?" Voshchev hesitated to believe. "A human being puts together a building —and comes apart himself. And who then is going to exist?" Voshchev mulled over his doubts as he walked about.

He left the center of the city for its end. While he moved on an unpopulated night descended; only the water and the wind inhabited this darkness and this nature in the distance, and only the birds were capable of singing of the grief of this great substance because they flew above and for them it was easier.

Voshchev wandered about in a wasteland and discovered a warm pit for the night; lowering himself into this cavity in the earth he put beneath his head the bag in which he had gathered together all kinds of obscurity for souvenirs and vengeance, fell into a sadness and with that went off to sleep. But some person came out into the wasteland with a scythe in his hands and began to cut down the grassy thickets which had been growing here from the beginning of time.

By midnight the mower got to Voshchev and gave him instructions to get up and go away from this housing.

"What are you talking about!" Voshchev said unwillingly. "What housing are you talking about here? This is just a surplus place."

"And now it's going to be housing, a masonry building is scheduled to be erected here. Come in the morning to look at this place, for it is soon going to be covered beneath a structure."

"And where am I to go then?"

"You may be so bold as to finish up your sleep in the barracks. Go on over and sleep there till morning, and in the morning you can clear everything up."

Voshchev walked on ahead as the mower had told him and soon noticed a board shack in a former vegetable garden. Inside the shack seventeen or twenty persons were sleeping on their backs and the half-covered lamp illuminated unconscious human faces. All of the sleepers were as thin as if they were dead people, the crowded space between their skin and bones in each was taken up with vein tissue, and from the thickness of the veins it could be seen how much blood they had to give passage to during periods of intense work. The cotton of their shirts transmitted with precision the slow freshening work of the heart—it beat close by within the darkness of each sleeper's wasted body. Voshchev looked into the face of the sleeper closest to him—to see if it expressed the unresponding happiness of a satisfied man. But the sleeper lay there like dead, with eyes shut deeply and sadly, and his cold legs were helplessly extended in old workers' trousers. Other than breathing there was not a sound in the barracks, no one was having dreams or speaking out with recollections—everyone existed without any superfluity of life, and in sleep only the heart remained alive, caring for and preserving the human being. Voshchev felt the cold of weariness and lay down for warmth between two bodies of sleeping workmen. He went off to sleep, unacquainted with these people, his eyes shut, satisfied to be spending the night near them—and so it was that he slept, without feeling the truth, until the bright morning.

In the morning some sort of an intuition struck Voshchev; he awakened and heard, without opening his eyes, someone speaking:

"He is weak!"

"He is irresponsible!"

"That's all right: capitalism made fools out of our kind, and this one here is also a remnant of darkness."

"If only on the basis of his class origin he were to fit in: in that case we could use him"

"Judging by his body his class is poor."

Voshchev in doubt opened his eyes to greet the

light of the beginning day. Those who had been sleeping the previous night stood over him and observed his feeble position.

"Why do you come here and exist?" one of them asked, the one whose beard grew sparsely because of exhaustion.

"I am not existing here," Voshchev pronounced, feeling shame for the fact that at this moment many people were sensing him alone. "I am only thinking here."

"And for the sake of what are you thinking, tormenting yourself?"

"Without truth, my body grows weak, and I cannot keep myself nourished on labor. I would grow thoughtful during work, and I was dismissed."

All of the workmen were silent against Voshchev; their faces were indifferent and bored, and a sparse thought exhausted ahead of time illuminated their long-suffering eyes.

"So what about your truth!" said one of them who had spoken previously. "You are not working, you do not experience the substance of existence, so where from is it you recollect a thought!"

"And what do you need truth for?" asked another person, cracking open lips which had caked dry from silence. "Things will be good for you, only in your mind, and outside they'll be rotten."

"You probably know everything?" Voshchev asked them with the timidity of weak hope.

"How could it be otherwise? We give existence to all organizations!" replied the short person from out of his dried out mouth, about which the beard grew sparsely because of exhaustion.

At this moment the entry door opened and Voshchev saw the nighttime mower with the artel teapot: the water was already boiling on the stove which had been fired up out in the barracks yard; the time for awakening had passed, the time to be nourished for the daily work had come.

A country clock hung on the wooden wall and patiently kept ticking away with the strength of dead weight; a rose was depicted on the face of the mechanism in order to comfort everyone who saw the time. The workmen sat in a row along the length of the table; the mower, in charge of the women's work—housekeeping— in the barracks, cut the bread and gave each person a piece, and added to it a piece of the cold beef from the night before. The workmen began to eat seriously, ingesting the food as something they deserved, without enjoying it. Although they possessed the meaning of life, which is the equivalent of eternal happiness, nonetheless their faces were gloomy and thin; and instead of the peace of life they had exhaustion. Voshchev with meagerness of hope, with fear of loss, observed these people existing sadly, capable of keeping the truth inside themselves without celebration. He was satisfied himself merely to know truth existed in this world in the body of a human being near to him, who had only just a bit before spoken to him and what that meant was that it was sufficient merely to be near this person in order to become patient towards life and fit for labor.

"Come and eat with us!" the eating people summoned Voshchev.

Voshchev rose and, still not possessing complete faith in the general necessity of the world, went to eat, feeling shy and languishing.

"Why are you so meager?" they asked him.

"It is so," replied Voshchev. "I too now wish to work on the substance of existence."

During the time of doubt in the correctness of life he had rarely eaten calmly, always conscious of his languishing soul.

But now he ate coldbloodedly, and the most politically active among the workmen, Comrade Safronov, informed him after nourishment that, if you please, Voshchev was now suitable for labor because people had now become precious, on an equal level with material;

16

for many, many days now the trade union representative had been going about the outskirts of the city and the empty places so as to encounter poor peasants who had no farms of their own and to organize them into permanent workers, but it was only rarely that he brought anyone with him—all the people were busy with life and labor.

Voshchev had already eaten enough and he arose among those seated.

"Why did you get up?" Safronov asked him.

"When I am sitting my thought develops worse. I am better off standing up."

"Go ahead and stand. You are probably intelligentsia—all they want to do is to sit and think."

"While I was irresponsible I lived by manual labor, and it was only subsequently that I did not see the significance of life and grew weak."

Music approached the barracks and started, special vital sounds in which there was no thought, but on the other hand there was in them a triumphant presentiment which induced in Voshchev's body a clattering state of gladness. The exciting sounds of the sudden music gave a feeling of conscience, they proposed that the time of life be thriftily preserved, that the far distance of hope be walked to the very end and attained, so as to find there the source of that rousing song and not to weep in the face of death from the melancholy of futility.

The music ceased, and for all life settled down with its former heaviness.

The trade union representative, with whom Voshchev was already acquainted, entered the workers' quarters and asked the whole artel to walk once through the old city so as to see the significance of that labor which would commence on the mowed wasteland after the march.

The artel of workmen went outside and came to a halt in embarrassment opposite the musicians. Safronov coughed artificially, ashamed at the public honor directed

17

towards him in the form of music. The digger Chiklin looked with surprise and expectation—he did not feel his own merits, but wished once more to hear the triumphal march and silently to be gladdened. Others shyly let fall their patient arms.

The trade union representative was accustomed, because of his concerns and activity, to forget to sense himself, and that way things were easier; in the hustle-bustle of rallying of masses and the organization of auxiliary joys for the workers, he did not remember about satisfying with satisfactions his personal life, and he grew thin and slept deeply nights. If the trade union representative had reduced the excitement of his own work, had recollected the lack of domestic property in his family, or had caressed at night his shrinking, aging body, he would have felt the shame of living off of two percent of languishing labor. But he could not come to a halt and possess a contemplative consciousness.

With a speed originating in restless devotion to the workers, the trade union representative stepped out in front so as to show to the skilled workmen the city which was made up of individual private residences, because today they were to begin the construction of that one single building in which the entire local class of the proletariat would take up living quarters—and that common building would tower above the entire city made up of separate residences and courtyards, and the small individual homes would fall empty and would be covered over impenetrably by the plant world, and there people of a forgotten time, wasted away, would gradually cease breathing.

Up to the barracks came several masons from the two newly-building factories, the trade union representative pulled himself erect out of joy at the last minute before the march of the builders through the city, the musicians put their band instruments to their lips, but the artel workmen stood scattered about, unready to march. Safronov noticed the false enthusiasm on the

18

faces of the musicians and took offense for the humiliated music.

"What kind of toys are these that you have thought up now? Just where do you think we are going—what's there to see!"

The trade union representative lost his readiness of face and felt his soul—he always felt it when he had been offended.

"Comrade Safronov! The district trade union bureau wanted to show your first model artel the pitiful character of the old life, various impoverished houses and depressing conditions, and also the cemetery in which were buried the proletarians who came to their ends before the revolution without happiness—then you would see what a doomed city stands in the midst of our country's plain, then you would find out immediately why we need a common apartment house for the proletariat which you will begin to build after those..."

"Don't you overdo things with us!" Safronov objected. "As if we have not seen petty houses in which various authorities live! Take your music off to a children's organization, and we will cope with the building solely on the basis of our conscientiousness."

"Does that mean that I am an overdoer?" the trade union representative was frightened, ever more clearly divining the situation. "We have in our trade union bureau a certain overpraiser and so I, it seems, am an overdoer, am I?"

And with pain in his heart the trade union representative went in silence into the trade union institution and the orchestra went behind him.

On the mowed empty lots it smelled of dead grass and the dampness of exposed places, from which the common sadness of life and the melancholy of futility were felt the more clearly. Voshchev was given a spade, he gripped it with his hands just as if he wished to dig the truth out of the earthly remains; homeless Voshchev was agreeable not to possess the meaning of existence, but wished at least to observe it in the substance of the body of another person near him, and to be near that person he could sacrifice in labor all his weak body, exhausted by thought and meaningness.

In the midst of the wasteland stood an engineer—a person who was neither old nor gray as a result of his reckoning up of nature. He pictured the whole world as a dead body—he judged of it by those parts which were turned to him in the process of construction: the world everywhere submitted to his attentive and imaginative mind, limited only by consciousness of the sluggishness of nature: material always surrendered to precision and patience, and that meant it was dead and deserted. But the human being was alive and worthy in the midst of all the weary substance, therefore the engineer immediately smiled politely at the workmen. Voshchev saw that the engineer's cheeks were rosy, but not from being well-nourished, rather from a surplus of heartbeats, and Voshchev liked it that this person's heart was aroused and beating.

The engineer told Chiklin that he had already laid out the excavating work and measured out the foundation pit—and pointed out the pounded-in pegs: now they could begin. Chiklin listened to the engineer and double-checked his layout with his own mind and experience—during the work of excavation he was the senior in the company of workmen, earth work was his best profession; when the period of setting in the foundation stone began, Chiklin would subordinate himself to Safronov.

"There are too few hands," said Chiklin to the engineer. "This is not work—but slow starvation. Time will destroy any benefit."

"The employment office promised to send fifty persons, and I asked for one hundred," answered the engineer. "But you and I will be held responsible for all the work in the subsoil: you are the leading brigade."

"We are not going to lead, but we will keep everyone

up with us. Just so there are more people coming."

And having said this Chiklin shoved his spade down into the top soft layer of the earth, concentrating downwards his indifferently-thoughtful face. Voshchev also began to dig deep into the soil, putting all his strength into his spade; he now admitted the possibility that childhood would grow up, gladness would become thought, and that the future human being would find his peace in this firmly built building so as to look out from the high windows into the world reaching out for him and awaiting him. Already he had destroyed once and for all thousands of blades of grass, rootlets, and tiny shelters of hard-working vermin in the soil, and he was working in layers of dreary clay. But Chiklin had gotten ahead of him, he had long since left the spade behind and taken up the crowbar in order to break up the lower compressed strata. Doing away with the ancient natural structure, Chiklin could not comprehend it.

Out of consciousness of the small numbers in his artel Chiklin hurriedly broke up the age-old earth, channeling the entire life of his body into blows at the dead places. His heart beat as usual, his patient back grew weak later on, Chiklin had no protecting layer of fat beneath the skin—his old veins and innards closely approached the surface, he perceived the environment without calculation or consciousness, but with precision. Once he had been younger and the girls loved him—out of greediness for his powerful body which wandered at random, which did not preserve itself and was devoted to all. Many needed Chiklin at that time, for shelter or peace in the midst of his certain warmth, but he wished to shelter too many for him to have anything himself to feel, and then the women and his comrades abandoned him out of jealousy, and Chiklin, languishing in the nights, went out to the market square and turned over trade stalls or even carried them off somewhere, for which he then languished in prison, whence he sang songs into the cherry red evenings of the summer.

By noon Voshchev's zeal yielded ever less and less earth, he had already begun to become irritated from digging and had fallen behind the artel; there was only one thin workman who worked more slowly than he did. This one who brought up the rear was grim, insignificant in his whole body, the sweat of weakness dropped into the clay from his blank, monotonous face which was grown over on its circumference with sparse hair; in raising up the earth to the edge of the foundation pit he coughed, forcing wetness out of himself, and then, when he had relaxed from it he shut his eyes just as if he desired sleep.

"Kozlov!" Safronov shouted at him. "Again you can't make it?"

"Again," replied Kozlov with his pale child's voice.

"You enjoy yourself too much," declared Safronov. "We are going to put you to sleep from now on on the table beneath the lamp so that you will lie there and be ashamed."

Kozlov looked on Safronov with red raw eyes and kept silence out of the indifference of exhaustion.

"Why is he after you?" asked Voshchev.

Kozlov took a speck of dust out of his bony nose and looked off to the side, just exactly as if he was longing for freedom, but in actual fact he was longing for nothing at all.

"They say," he replied with the weightfulness of offense, "that I have no woman, that I make love to myself at night underneath the blanket, and in the daytime because of emptiness of body am no good. Like they say, they really know everything!"

Voshchev once again began to dig the identical clay and saw that there was much clay and common earth left—it was necessary to have much more of a very long life in order to overcome with oblivion and labor this deposited world, hiding in its darkness the truth of all existence. Perhaps it would be easier to think up the meaning of life in one's head—after all one might quite by chance guess it and touch upon it with sadly flowing feeling.

"Safronov," said Voshchev, weakening in patience, "it would be better for me to think without work, after all, no matter what, we are never going to dig to the bottom of the whole world."

"Don't go thinking something up, don't be distracted," reported Safronov. "You will have no memory and you will begin to think like an animal yourself, like Kozlov."

"Why are you groaning, orphan!" Chiklin chimed in from up ahead. "Look upon people and live now that you've been born."

Voshchev looked upon the people and decided to live somehow or other, considering that they suffered in patience and lived: he had taken place together with them and he would die in his own time inseparable from people.

"Kozlov, lie with your face downwards—take a breather!" said Chiklin. "He coughs, sighs, keeps silence, mourns—that's how graves get dug, not buildings."

But Kozlov did not respect another person's pity for him—unnoticeably he himself stroked his hollow-sounding decrepit chest beneath his shirt and continued to dig the solid earth. He still believed in the coming of life after the completion of big buildings, and he feared lest he not be accepted in that life if he were to be presented there as a complaining non-working element. One sole feeling touched Kozlov mornings—his heart had difficulty in beating, but nonetheless he hoped to live in the future even if only with a tiny remnant of heart; however, because of the weakness of his chest he found it necessary during work time to stroke himself once in a while on top of his bones and to persuade himself in a whisper to endure.

Noon had already passed and the employment office had sent no diggers. The night time mower had had his sleep, cooked up some potatoes, poured eggs on top of

23

them, wet them with oil, added to them the kasha from yesterday, poured on top of them for embellishment some dill, and brought to them in a pot this mixture of food for the development of the declining strengths of the artel.

They ate in silence, not looking at each other and without greediness, not admitting that food had any value, as if the strength of a human being arose out of mere consciousness.

The engineer went around on his daily rounds to various indispensable institutions and put in his appearance at the foundation pit. He stood off to one side until the people had eaten everything in the pot, and then he said:

"On Monday there will be another forty people. And today is Saturday: it's already time for you to stop work."

"What do you mean stop work?" asked Chiklin. "We can still get out a cubic meter or a cubic meter and a half more and there's no point in stopping work earlier."

"But you must stop work," the work superintendent objected. "You have already been working more than six hours and the law is the law."

"That law is only for tired elements," interjected Chiklin, "and I have a bit of strength left before sleep. Who agrees with me?" he asked all of them.

"It's a long time till night," Safronov reported. "Why should we waste our lives. We would do better to do a job. After all we are not animals, we can live for the sake of enthusiasm."

"Perhaps nature will show us something down beneath," said Voshchev.

"What?" said the voice of an unidentified workman.

The engineer bowed his head, he was afraid of empty time at home, he did not know how to live all by himself.

"In that case I shall go and make some more drawings, and more calculations for the sockets for the

24

piling once again."

"Go right ahead—make your drawings and calculations!" agreed Chiklin. "The earth has been dug out
in any event, and all about it's a bore—let's finish it up
and then we can schedule life and rest."

The work supervisor went off slowly. He recollected
his childhood when before holidays the servants washed
the floors, his mother cleaned and picked up the rooms,
and unpleasant water flowed along the street, and he, a
boy, did not know where to go, and was melancholy and
thoughtful. And now too the weather had turned bad,
over the plain the slow dark clouds moved and in all of
Russia now floors were being washed on the eve of the
holiday of socialism—it was too early to start celebrating
and there was no reason to do it anyway; it would be
better to sit down, think things over, and make drawings,
and draw designs for portions of the future building.

Kozlov felt gladness from satiation and his mind
expanded:

"Masters of the whole world, as it is said, but they
sure love to shovel the food in," reported Kozlov. "A
real master would build himself a house in a hurry, but
you are going to die on empty land."

"Kozlov, you are a dog!" Safronov proclaimed.
"For what do you need the proletariat in the building
when you only get joy from your body?"

"So be it!" replied Kozlov. "Is there anyone who
has loved me even once? Just endure, they said, until old
man capitalism dies—well now he has died, and I am living alone by myself under the blanket again, and after
all, I'm sad."

Voshchev got concerned because of his friendship
for Kozlov.

"Sadness is nothing, Comrade Kozlov," he said.
"What it signifies is that our class has feeling for the
whole world, and happiness in any case is a far distant
thing...From happiness only shame will come."

After that Voshchev and the others with him again

stood up and set to work. The sun was still high and the birds sang complainingly in the bright air, without exulting, but seeking food out in space; the swallows dashed low above the bent-over, digging people, they flapped their wings silently out of fatigue, and beneath their down and feathers there was the sweat of their need—they had been flying from the very dawn, not ceasing for even a minute to torment themselves to keep their offspring and mates well fed. Once Voshchev had reached down and picked up a bird which had died instantly in the air and fallen to the ground; it was all in a sweat; and when Voshchev plucked it so as to see its body, in his hands was left merely a scanty sad being, which had perished from the exhaustion of its labor. And now Voshchev did not spare himself in the destruction of the compacted earth; here there would be a building, in it people would be preserved from adversity and would throw crumbs from the windows to the birds living outside.

Chiklin, seeing neither the birds nor the heavens, not feeling thought, lumberingly broke up the earth with his pick, and his flesh became exhausted down there in the clay pit he had dug, but he was not depressed by his fatigue, knowing that in sleep of the night his body would be replenished with strength.

The exhausted Kozlov sat down on the ground and cut exposed limestone with his axe; he worked with no recollection of time and place, releasing the remnants of his warm strength into the stone which he was cleaving—the stone grew warm and Kozlov gradually grew cold. He could have ceased to exist quite unnoticed just like this, and the destroyed stone would have been his poor heritage to the people who would grow and live in the future. Kozlov's trousers bared his legs as a result of the movement, through the skin crooked sharp shinbones peered jaggedly like sawtooth knives. Voshchev could feel melancholy nervousness from those defenseless bones, expecting that the bones would break through the weak skin and emerge into the open; he ran his hand over his own legs in those very same bony places and said to the rest of the diggers there:

"It's time to knock off work! If you don't you'll become worn out and die and then who will be be people?"

Voshchev heard not a word in reply. The evening had already come; far off the dark blue night was rising, promising sleep and cool breathing, and, just like sadness, dead height hung there over the earth. Kozlov as before was engaged in destruction of the stone in the earth, not lifting his eyes from it come hell or high water, and, evidently his weakened heart was beating dully.

The work supervisor of the all-proletarian apartment house emerged from his designing office during the darkness of the night. The foundation pit was empty, the artel of workmen had gone off to sleep in the barracks in a crowded row of carcasses, and only the flame of the half-covered night light penetrated outwards from inside through the cracks in the board wall, retaining light in case of any untoward event or in case someone suddenly wanted a drink. Engineer Prushevsky approached the barracks and looked in through a knothole; near the wall slept Chiklin, his hand swollen with strength lay on his stomach, and all his body moaned in the nourishing work of sleep; barefoot Kozlov slept with an open mouth, his throat gurgled just as if the air of his breath was passing through heavy dark blood, and occasional tears emerged from the half-open pale eyes—as a result of dreams or an unknown longing.

Prushevsky raised his head up from the boards and thought for a time. From afar gleamed the electric lights of construction work on a factory, but Prushevsky knew that there was nothing there except dead construction material and tired, unthinking people. He was the one who had conceived the one and only all-proletarian home in place of the old city where even at the present moment people lived in a fenced-off courtyard kind of a way; in a year's time all of the local proletariat would emerge from the city of petty private property and would occupy for life the monumental new house. In ten or twenty years' time another engineer would build a tower at the center of the world into which the workers of the whole world would move for eternal, joyous residence. Prushevsky could have already foreseen what a work of static mechanics, in the sense of art and purposefulness, could be placed at the center of the world, but he could not perceive ahead of time the structure of soul of the residents-to-be in the all-proletarian home being built now in the midst of that plain and all the more therefore he could not imagine the inhabitants of the future tower in the midst of the universal earth. What kind of body would youth have then, and with what exciting strength would the heart begin to beat and the mind begin to think.

Prushevsky wanted to know all that right now so the walls of his architecture would not be erected to no purpose; the building had to be occupied by people and people were filled with the superfluous warmth of life which had once been given the name of soul. He was afraid of erecting empty structures—those in which people live only because of bad weather.

Prushevsky was chilled by the night and descended into the commenced foundation pit where there was a dead calm. For a certain length of time he sat there in the depths; beneath him was a stone, to the side rose the cross section of earth, and it could be seen how on the stratum of clay, but not originating out of it, lay the topsoil. Is there obligatorily a superstructure formed on every basis? Does every production of living material yield as a surplus product a soul within a human being? And if production is improved to the point of precise economy—then will there originate from out of it indirect, unexpected products?

Engineer Prushevsky as early as the age of twenty

had felt the constraint of his consciousness and an end to the further understanding of life, just as if a dark wall stood there point blank in front of his perceiving mind. And from that time on he had been in torment, stirring about in front of his wall, and he calmed down and relaxed with the conclusion that, in essence, the most average, true structure of the material out of which the earth and people have been assembled he had achieved— all of essential science was disposed in front of the wall of his consciousness, and behind the wall all there was to be found was a hollow place to which there was no need to strive. But nonetheless it was interesting to know whether someone perhaps had gotten through to the other side of the wall. Prushevsky once more went up to the wall of the barracks, bending over, looked through it to the nearest sleeper on the other side hoping to observe in him something unknown in life; but there was little which was visible there, because the kerosene in the night light had run out and all that could be heard was a slow, sinking breathing. Prushevsky left the barracks and went off to shave in the night shift barber shop; in periods of melancholy he loved to have someone's hands touch him.

After midnight Prushevsky came to his own apartment—a flat in an orchard—opened the window into the darkness and sat down to relax. A weak local wind began at times to rustle the leaves, but soon once more silence fell. Behind the orchard someone was walking and singing his song; that, no doubt, was the bookkeeper returning from his night-school or else perhaps a person who had found it boring to sleep.

Far off, suspended and without apprehension, shone an unclear star, and it would never ever come closer. Prushevsky gazed at it through the murky air, time passed, and he fell into doubt:

"Maybe the thing for me to do is to die?"

Prushevsky could not see who needed him so much that he should unquestionably support himself till his distant death. Instead of hope there was left to him only patience, and somewhere off behind a long series of nights, beyond the subsiding, flourishing, then once again perishing orchards, beyond people encountered and long gone there existed a term, a date, when he would come to lie down on a bed, turn his face to the wall, and die, without being able to weep. In the world only his sister would live on, but she would give birth to a child, and pity for it would become stronger than grief for her dead, demolished brother.

"I would do better to die," thought Prushevsky. "I am made use of, but no one gets joy from me. Tomorrow I will write my last letter to my sister, I have to buy a stamp in the morning."

And having decided to put an end to it, he lay down on his bed and went off to sleep in the happiness which results from indifference to life. Before he had managed to feel the entirety of happiness, however, he awakened at three o'clock in the morning, and lighting up his apartment, sat in the midst of the light and the quiet, surrounded by the nearby apple trees, till the very dawn, and then he opened the window so as to hear the birds and the steps of those walking by.

After the general awakening in the workmen's overnight barracks an outsider entered. Among all the workmen only Kozlov knew him thanks to his past disputes. This was Comrade Pashkin, chairman of the district trade union council. He had a face prematurely aged and a bent-over body torso—not so much from the weight of years as from the burden of his public duties; and because of these facts he spoke in a fatherly way and knew or foresaw almost everything.

"Well, so what," he used to say in the midst of difficulties: "All the same happiness is going to dawn historically." And submissively would bend down his tired head which had nothing left with which to think.

Near the commenced foundation pit Pashkin stood facing the earth, as just another productive labor process.

"The tempo is slow," he said to the workmen. "Why are you so sparing about increasing productivity? Socialism can get along without you, but without socialism you will live to no end and die."

"We, Comrade Pashkin, as the expression goes, are trying," said Kozlov.

"What have you to show for trying?! All you have dug out is one pile of earth."

Embarrassed by Pashkin's reproach the workmen fell silent in response. They stood there and saw: the man was speaking the truth—the earth must be dug and the house built more swiftly, for otherwise you could die without having finished. So be it—life for the moment would depart, like the flow of breath, but at least by construction of the building life could be organized in reserve—for the fixed and immovable happiness-to-be-in the-future and for childhood.

Pashkin looked off into the distance—to the plains and the ravines; somewhere there the winds are commencing, cold clouds are originating, all sorts of different gnat-like vermin and illnesses are breeding, the kulaks are deliberating, and rural backwardness is sleeping; and the proletariat lives all alone, in this wearisome emptiness, and is obligated to think up everything for everyone and to make by hand the substance of long life. And Pashkin felt sorry for all his trade unions, and he sensed within himself kindness and goodness towards the working people.

"Through trade union channels I am going to provide you with some privileges and benefits, comrades!" said Pashkin.

"And where are you going to get your privileges and benefits from?" asked Safronov. "We ought to make them ahead of time and hand them over to you, but you are proposing them to us."

Pashkin looked upon Safronov with his wearily-foreseeing eyes and went on off to the city to his work. Behind him followed Kozlov who said to him, as they departed:

"Comrade Pashkin, Voshchev over there has joined up with us, but he has no documentation from the employment office. You ought, as the expression goes, to detach him back."

"I see no conflict there, there is a shortage of the proletariat right now," Pashkin gave his conclusion and left Kozlov without any reassurance. And Kozlov then and there began to fall in his proletarian faith and wanted to go off to the city—to write there excoriating declarations and set to rights various disputes, for the purpose of organizational achievements.

Right up until midday time went favorably: no one among the organizing or the technical personnel came to the foundation pit, yet the earth nonetheless was deepened beneath the spades, on the basis solely of the strength and endurance of the diggers. Voshchev sometimes bent down and picked up a pebble, or other sticky bit of trash, and put it for safekeeping into his trousers. He was gladdened and worried by the nearly eternal presence of pebbles in the midst of clay, in their abundant accumulation there; that meant that it was useful for him to be there, that there was all the more reason for a person to live.

After midday Kozlov could no longer inhale satisfactorily—he tried to breathe in heavily and deeply, and profoundly, but the air did not penetrate, as it formerly had, right on down to his stomach, and worked only superficially. Kozlov sat down on the bared earth and stretched his hands to his bony face.

"Are you out of sorts?" Safronov asked him. "For the sake of your durability you ought to sign up for physical training, but instead you hold dispute in esteem: your thinking is backwards."

Chiklin without let-up or intermission smashed with the crowbar at the slab of native stone, not halting either for thought or mood; he did not know for what else he should live—one could otherwise either become a thief

32

or disturb the revolution.

"Kozlov has once again weakened!" Safronov said to Chiklin. "He isn't going to survive socialism—there is some function or other in him which is lacking."

At this point Chiklin right off began to think, because there was nowhere for his life to go, given the fact that its outlet into the earth had come to an end: he leaned with his moist back up against the vertical slope of the excavation, looked off into the distance and imagined recollections—more than this he could not think. In a ravine near the foundation pit at this moment a bit of grass was growing, and the insignificant sand lay there like dead; the constantly present sun unsparingly squandered its body on every petty bit of low-lying life, and by means of warm rains, it had also dug out in olden times the ravine, but there had not yet been located there any proletarian facility. Verifying his own thought, Chiklin went into the ravine and measured it off with his customary stride, breathing evenly to keep his count. The whole ravine was needed for the foundation pit and all that had to be done was to plane down the slopes and to cut down the depth to non-water-permeable strata.

"Kozlov can go on being ill for a time," said Chiklin, returning. "We are not going to try to dig further here, and we will move the building into the ravine, and from there we will lay it out upwards: Kozlov is going to be able to survive after all."

On hearing Chiklin many stopped digging and sat down to rest. But Kozlov had already retreated from his tiredness and wanted to go to Prushevsky in order to say that they were not digging any more and that it was necessary to undertake effective discipline. Gathering himself up to carry out such an organizational task, Kozlov was gladdened ahead of time and recovered his health. However, Safronov put him back in his place just as soon as he had made a move.

"What's all this, Kozlov—have you set your course towards the intelligentsia? But the intelligentsia itself is

33

descending into our masses."

Prushevsky came to the foundation pit at the head of some unfamiliar people. He had sent his letter off to his sister and was now desirous of acting firmly, of concerning himself with current subjects and building any building at all for the use of others, just so as not to arouse his consciousness in which he had established a special tender indifference, in harmony with death and the feeling of being orphaned from the rest of people. He had an attitude of special concern for those people whom previously for some reason he had not liked—and now he felt in them almost the main riddle of his life and he insistently looked into hostile and familiar stupid faces which were emotionally aroused and did not understand.

The unknown people turned out to be newcomers whom Pashkin had sent for the assurance of attainment of the state tempo. But the new arrivals were not real workers: Chiklin right off without even an intent gaze discovered in them instead reeducated urban employees, various steppe recluses, and people accustomed to walking with a quiet step behind a working horse; in their body there was not to be noted any proletarian talent for labor whatsoever, they were more capable of lying flat on their back or relaxing themselves in some other way.

Prushevsky appointed Chiklin to distribute the workers about the foundation pit and to give them training because one has to live and work with the people who are in the world.

"That's no problem for us," declared Safronov. "We are going to hammer their backwardness into activeness immediately."

"That's it, that's it," pronounced Prushevsky, trusting him, and he went off behind Chiklin to the ravine.

Chiklin said that the ravine was a more than half ready foundation pit already, and that by means of use of the ravine it was possible to preserve weak people for the future. Prushevsky agreed with this because, no matter, he would die before the building was completed anyway.

"But in me scientific doubt has stirred," said Safronov, wrinkling his politely-politically-aware face. And all listened to hear what he had to say. And Safronov gazed upon those gathered about him with a smile of mysterious intelligence.

"From where has Comrade Chiklin gained his concept of the world?" Safronov enunciated slowly. "Maybe he got some sort of a special kiss in childhood which enabled him, better than a learned man, to prefer a ravine! From whence is it, Comrade Chiklin, that you go about thinking, while I go about with Comrade Prushevsky, like a grain of dust caught between social classes, and do not see for myself any improvement here!"

Chiklin was too gloomy for cleverness and answered approximately:

"There is nowhere for life to go, so then one thinks in one's head."

Prushevsky looked upon Chiklin as upon an aimless martyr, and then asked that there be carried out an exploratory drilling in the ravine and went off to his own office. There he began carefully to work at the parts of the all-proletarian house which he had conceived, so as to become aware of objects and to forget people in his recollections. Two hours later Voshchev brought him drill sections of earth from the exploratory drillings. "Evidently he knows the meaning of natural life," quietly thought Voshchev about Prushevsky, and, wearied by his own consistent sadness, he asked:

"Would you perhaps know—why the whole world was established?"

Prushevsky fixed his attention on Voshchev: could it possibly be that *they* were also intelligentsia, could it be that capitalism gave birth to *us* as twins. Good Lord, what a boring face he now has!

"I don't know," answered Prushevsky.

"You ought to have learned that, since they were trying to teach you."

"They taught each of us some particular dead portion: I know clay, the heaviness of weight, and the mechanics of resting bodies, but I know machines badly and I do not know why the heart beats in an animal. Everything as a whole or what is inside they never explained to us."

"They should have," Voshchev pointed out. "How is it that you have been alive so long? Clay is good for bricks, but for us it is too little!"

Prushevsky took into his hand a cross section of the ravine earth and concentrated upon it—he wished to be left all alone with this dark lump of earth. Voshchev retreated to the door and disappeared behind it, whispering his grief to himself.

The engineer examined the earth and for a long time, with the inertia of a self-propelling intelligence, freed of hope and the desire for satisfaction, he made calculations of compression and deformation. Previously, during the period of his sensitive life and apparent happiness, Prushevsky would have calculated the firmness of the soil less precisely; but now he wished to concern himself with objects and structures constantly so as to have them in his mind and his empty heart in place of friendship and attachment to people. His study of the technology of a body in a state of rest relating to the future building provided Prushevsky with an equanimity of clear thought close to physical enjoyment, and the details of the building aroused an interest, better and more firm than comradely excitement with those who shared his ideas. External substance, requiring neither movement nor life, nor disappearance, replaced for Prushevsky something forgotten and as essential as the person of a lost sweetheart.

Having completed the calculation of his magnitudes, Prushevsky guaranteed the indestructibility of the future all-proletarian dwelling and felt comforted by the reliability of the material which had been foreordained to protect and preserve human beings living until now in the out-of-doors. And inside he felt good and inaudible, just as if he had been living not an indifferent life leading to death, but that very same life about which his mother had once whispered to him from her own lips, though he had lost her even in his memory.

Without violating his calm or his astonishment, Prushevsky left the excavation works office. In nature the ravaged summer day was retreating into night; everything near and far was gradually ending; the birds hid, people lay down to sleep, smoke quietly rose from the distant houses in the fields where an obscure tired human being sat at the pot waiting for his dinner, having decided to endure his life to the end. At the foundation pit it was deserted, the diggers had moved on over to work on the ravine, and it was there that their movement was taking place at the present time. Prushevsky all of a sudden had a desire to be in a distant central city where people spend a long time sleeping, thinking and arguing, where the food stores are open evenings, with the smell of wine and confectionary goods arising from them, where one can meet a strange woman and converse with her the whole night long, experiencing the mysterious happiness of friendship, when one wishes to live forever in this state of excitement; and in the morning, saying farewells beneath the extinguished gas street lights, to part in the emptiness of the dawn without any promise of meeting again.

Prushevsky sat down on the bench by the office. Once upon a time he had used to sit just like this by his father's home—the summer evenings had not changed since—and he used to love to observe the passers-by then. Some of them he liked and he had regrets that people are not all acquainted with each other. One feeling he had which was alive and sad in him still to this very day; once on an evening just like this a girl walked past the home of his childhood, and he could not

37

recollect either her face or the year this event had taken place, but since that time he had looked into all women's faces and he had not recognized in any of them the one who, though she had disappeared, had nonetheless been his one and only sweetheart who had passed him by so closely yet without stopping.

During the period of the Revolution in all Russia the dogs had barked day and night, but now they had fallen silent; the order of the day was work, and the workers slept in quiet. The militia guarded from the outside the silence of the workers' houses, so that their sleep was deep and nourishing for the morning labor. The only ones not sleeping were the night shifts of builders and that legless cripple whom Voshchev had encountered on his entry into this city. Today he was riding in on his lowslung amputee's cart to Comrade Pashkin's so as to get from him his ration of life for which he went there once a week.

Pashkin lived in a solid house of brick so that it could not burn, and the open windows of his dwelling opened on a cultural park where even at night the flowers were illuminated. The crippled monstrosity rode past the window of the kitchen, where dinner was being cooked, as noisy as a boiler room, and he stopped opposite Pashkin's study. Pashkin was sitting motionlessly behind the desk, deeply pondering over something which was invisible to the cripple. On his desk were various liquids and jars for the strengthening of the health and the development of political activity. Pashkin had acquired much class consciousness for himself; he was in the ranks of the vanguard, he had already accumulated a sufficient quantity of achievements and he therefore was scientifically preserving his body—not only for the sake of the personal gladness of existence but also for the working masses near and dear to his heart. The cripple bided his time until Pashkin, getting up out of his chair as a result of his occupation with thought, performed simultaneously with all his limbs running calesthenics, and, on reaching the point of freshness, once again sat down. The cripple wished to enunciate his word through the window, but Pashkin took a vial and after three slow sighs drank from it a drop.

"Am I going to have to wait for you a long time?" asked the cripple, unaware of either the value of life or of health. "Once more, you are going to catch hell from me?"

Pashkin was desperately worried, but he relaxed by straining his mind—he never wished to spend the nervousness of his body.

"What are you up to, Comrade Zhachev; in what way are you not provided for, why are you excited?"

Zhachev responded to him directly on the basis of fact:

"What do you mean, you bourgeois, or maybe you have forgotten why I suffer you? Maybe you want to get a heavy one in the blind gut? Just keep one thing in mind—every criminal code is too weak for me!"

At this point the cripple tore out of the ground a whole row of roses which happened to be at hand, and, not using them, threw them away.

"Comrade Zhachev," replied Pashkin, "I don't understand you at all; after all you are getting a first category pension—now what about it? I have already met you half way in every way I could."

"You're lying, you class superfluity, it's I who landed halfway up your path, not you who came to meet me."

Pashkin's spouse entered his study, with red lips chewing on meat.

"Lyovochka, are you getting excited again!" she said. "I will take him a package right now; this is simply unbearable, with people like that you can ruin any nerves you have left."

She went out again, shuddering with her whole impossible body.

"Just look, how you've grabbed off a wife, you rat!" Zhachev declared from the garden. "In neutral he got all the valves working—so you mean to say you can manage a bitch like that."

Pashkin was too experienced in leadership of backwards people to get irritated.

"You might very well maintain a girl friend for yourself; all the minimum needs are taken into account in pensions."

"Oho, what a tactful snake you are!" Zhachev remarked from the darkness. "My pension isn't even enough for cleaned millet, just uncleaned. And I want some fats and something of dairy products too. Tell your witch to pour some cream in a bottle, and make it thick cream too!"

Pashkin's wife entered her husband's room with a package.

"Olya, he demands some cream too," Pashkin said to her.

"Well what's next! Perhaps we'll have to buy him some crepe de Chine for trousers? What are you thinking up now!"

"What she wants is for me to slit down her skirt on the street," said Zhachev from the flower bed. "Or maybe she wants me to smash in the window of her bedroom right straight through to the powder table where she garnishes her mug—she is going to catch it from me yet!"

Pashkin's wife recollected how Zhachev had sent the Provincial Control Committee a declaration against her husband and how the investigation had gone on for a whole month. They had even objected to his name; why was he named "Lev Ilich?" That alone was something! Therefore she immediately took out to the cripple a bottle of cooperative cream, and Zhachev when he had received the package and the bottle through the window started out the garden of the residence.

"I'll wait till I get home to check out the quality of the food," he shouted back, stopping his rig at the gate. "If I find one more spoiled piece of beef or just plain leftovers you can expect a brick in the belly; in terms of humanity I am better than you—I need worthy food."

Remaining there with his wife, Pashkin right till midnight was unable to overcome inside himself the alarm aroused by the cripple. Pashkin's wife had the capability of thinking during boring moments, and here is what she thought up to say during the period of family silence:

"Do you know what, Lyovochka? What you should do is somehow to organize Zhachev, and then take him and advance him into some position—let him take over leadership at least of cripples! After all every person needs to have at least a small position of power, and then he is quiet and behaves decently...How trusting and absurd you are still, Lyovochka!"

Pashkin on hearing his wife felt love and calm—his basic life had once again returned to him.

"Olyusha, darling little frog, you really have a gigantic feeling for the masses! Let me, because of that, organize myself up close to you!"

He put his head on the body of his wife and fell quiet in the enjoyment of happiness and warmth. The night continued on in the park, and far off Zhachev's cart creaked—this squeaking sign told all the petty inhabitants of the city very clearly that there was no cream, for Zhachev oiled his wagon with cream which he got in packages from highly placed persons; he intentionally spoiled this product so there would not be any superfluity of strength in the bourgeois body; he himself did not wish to have nourishment from this rich substance. During the last two days Zhachev for some reason had felt the desire to see Nikita Chiklin and he directed the movement of his cart to the foundation pit.

"Nikit!" he called out at the overnight barracks. After this sound, the night, the silence and the general sadness of the weak life in darkness became even more noticeable. From the barracks resounded no reply to Zhachev and all that could be heard was pitiful breathing.

"Without sleep the working man would long since

have kicked the bucket," thought Zhachev and rolled on further without making any noise. But two people emerged from the ravine with a lantern, and Zhachev became visible to them.

"Who are you? Why are you so short?" asked Safronov's voice.

"It's me," said Zhachev, "because capitalism cut half me off. And is there among the two of you at least one Nikita?"

"Why, it's not an animal but a human being!" reacted the same Safronov. "Tell him, Chiklin, your opinion of yourself."

Chiklin lit up with his lantern the face and the whole short body of Zhachev, and then in confusion removed the lantern to the dark side.

"Why did you come here, Zhachev?" Chiklin quietly enunciated. "You came here to eat kasha? Come along with you, we have some left. It will sour by tomorrow anyway, we will throw it out in any case."

Chiklin was afraid that Zhachev would be offended at receiving help but might eat the kasha anyway in the consciousness that it belonged to no one and that it would be thrown out in any case. Formerly, when Chiklin had worked at cleaning waterlogged stumps and snags out of the river, Zhachev had also paid visits to him, allegedly in order to get fed by the working class; but in the midst of the summer he had changed his direction and begun to get his nourishment from the maximal class, by which fact he counted on benefiting the whole propertyless movement in its future happiness.

"I have been missing you," reported Zhachev. "Finding a bastard torments me, and I want to ask you when you are going to get your nonsense built so that I can burn up the city!"

"Just try to squeeze grain out of a burdock like that!" said Safronov about the cripple. "We are all squeezing out our bodies for the common building, and here he presents a slogan that our heritage is nonsense, and that nowhere at all is there the element of feeling of mind!"

Safronov knew that socialism is a scientific thing, and he enunciated the words logically and scientifically, giving them two meanings for durability—their basic meaning and one held in reserve, as with every material. All three of them had already gone to the barracks and entered it. Voshchev got from the corner a pan of kasha, wrapped in a padded jacket in order to keep it warm, and gave it to the arrivals to eat. Chiklin and Safronov had become very chilled and were covered with clay and moisture; they had gone down into the foundation pit in order to dig out an underground spring, so as to stopper it up tightly with a plug of clay.

Zhachev did not open up his package, but instead ate the common kasha, making use of it both for the purpose of satiation and for affirmation of his equality with the two people eating. After the food Chiklin and Safronov went outside—to catch a breath of air before going to sleep and to look about. And so it was that they stood there for a time. The starry dark night did not correspond to the difficult earth of the ravine or to the rhythmic breathing of the sleeping diggers. If one looked only along the ground, at the dry details of the soil and into the grass, which lived thickly and in poverty, then in life there was no hope; the common general universal ugliness, and also the uncultured weariness of people puzzled Safronov and caused to totter within him the ideological arrangement. He was even beginning to have doubts in future happiness, which he pictured in the aspect of a dark blue summer, lit by a motionless sun—all around here, day and night, it was too depressing and useless.

"Chiklin, why is it that you live so silently? Why don't you say or do something to me for the sake of gladness?"

"What do you want me to do? Hug you or something?" answered Chiklin. "We are going to dig out the

43

foundation pit and that's enough...Your job is to persuade the people whom the employment office sent to us, for otherwise they are going to spare their bodies at the work, just as if they have something in them."

"I can," replied Safronov. "I can do it very boldly. I am going to transform those shepherds and clerks into the working class in a trice. They are going to start to dig so swiftly that among them the mortal element will appear on their face...And why is it, Nikit, that the field lies there so bored? Can it really be that inside the whole world there is only longing, that only we alone possess a five year plan?"

Chiklin had a small stony head, thickly grown over with hair, and therefore all his life he had been either a blockhead or else dug with his spade, and he never ever managed to think and did not elucidate to Safronov his doubts.

They sighed in the midst of the stagnant silence and went off to sleep. Zhachev had already bent himself over in his cart, going off to sleep as best he could, and Voshchev lay flat on his back and eyes open stared with the patience of curiosity.

"You said that you knew everything in the world," said Voshchev, "and for a fact all you do is dig in the earth and sleep! I would do better to leave you—I will go and wander about the collective farms; for no matter what without the truth I am ashamed to live."

Safronov put a definite expression of superiority on his face, and walked on past the legs of the sleepers with the easy stride of a leader.

"Tell me please, comrade, in what form do you wish to receive the particular product—round or liquid?"

"Don't touch him," Chiklin ordered. "We are all living in an empty world—do you really have peace in your soul?"

Safronov, who loved the beauty of life and courtesy of mind, stood there with esteem for Voshchev's lot, even though at the same time he was deeply

44

disturbed; is not truth merely a class enemy? After all it could now appear even in the form of a dream or imagination.

"You, Comrade Chiklin, restrain yourself from your declarations for the time being," Safronov said to him with full self-importance. "The question has come in the form of a matter of principle, and it has to be put back in accordance with the whole theory of feelings and mass psychosis."

"As they say, Comrade Safronov, that's enough of your reducing my wages," said the awakened Kozlov. "Stop taking the floor while I am asleep, or else I am going to send in a complaint against you! Don't you disturb yourself—sleep is considered as being just the same as wages, and you'll find out that it is so, believe me."

Safronov pronounced some kind of moralizing sound in his mouth and said in his stronger voice:

"Be so good, Comrade Kozlov, as to sleep normally—what kind of a class of nervous intelligentsia is it that we have here, if one sound immediately grows to become bureaucracy? And Comrade Kozlov, if you have any mental stuffing in you and lie in the vanguard then get up on your elbow and inform us; why was it that the bourgeoisie did not leave Comrade Voshchev a register of the universal dead inventory and that he lives in a state of such loss and in such ridiculousness?"

But Kozlov was already asleep and felt only the depth of his own body. Voshchev lay face down and began to complain in a whisper to himself about the mysterious life in which he had pitilessly been born.

All of those who had been active last had lain down and relaxed; night was giving way to the dawn—and only one small animal was crying somewhere out on the brightening warm horizon, being sad or being glad.

Chiklin was sitting among the sleepers and silently reliving his life; he loved to sit in the silence sometimes and observe everything he could see. He could think only with difficulty, and he was greatly grieved about that fact—willy-nilly it was his lot only to feel and silently to be troubled. And the more he sat, the more densely gloom accumulated within him because of immobility, so that he got up and leaned against the wall of the barracks with his arms just so as to bring pressure to bear and to move in some way. He did not want to sleep at all—on the contrary he would have gone out at the moment into the field and danced there with various girls and people beneath the branches, as he had used to do in the old time, when he had worked at the Dutch tile factory. There the daughter of the owner had once kissed him suddenly; he had been going down the stairs to the clay mixer in the month of June, and she had been coming up the stairs towards him. And, rising up on her feet which were hidden beneath her dress, she took him by the shoulders and kissed him with her puffy and silent lips on the fuzz on his cheek. Now Chiklin no longer recollects either her face or her character, but at that time he did not like her—for it was precisely as if she were a disreputable being—and so it was that at that time he had gone on past her without stopping, while she, a noble being, had perhaps wept afterwards.

Pulling on his cotton-padded typhoid-yellow jacket which was the only one that Chiklin had owned since the defeat of the bourgeoisie, settling down for the night as if for the winter, he was about to go out for a walk along the road and, after having performed some deed, then go to sleep in the morning dew.

A person at first unfamiliar entered the overnight dwelling and stood in the darkness of the entry.

"You are still awake, Comrade Chiklin!" exclaimed Prushevsky. "I'm walking about too and simply can't get to sleep; it keeps seeming to me that I lost someone and I simply can't meet..."

Chiklin, who held the engineer's intellect in esteem,

was unable to reply to him with empathy, and in his embarrassment remained silent.

Prushevsky sat down on the bench and his head drooped; having made the decision to disappear from the world he was no longer ashamed to face people, and he himself came to them.

"I beg your pardon, Comrade Chiklin, but I am continually troubled when I am alone in my apartment. Would it be all right for me to sit here until morning?"

"Why shouldn't you?" said Chiklin. "Among us you will rest peacefully—lie down in my place and I'll find a place for myself somewhere else."

"No, it would be better for me to sit here just like this. At home things became sad and awful, and I don't know what to do. But, please, don't think the wrong thing about me."

Chiklin in fact didn't think anything.

"Don't leave here to go anywhere else," he enunciated. "We will not permit anyone to touch you, don't be afraid now."

Prushevsky kept sitting there in that very same mood of his; the lamp illuminated his serious face which was a stranger to feeling happy, but he no longer regretted that he had acted unconsciously in coming here; in any event he did not have very much time left to endure before death and the liquidation of everything.

Because of the buzz of the conversation Safronov half opened one eye and thought about the most correct line to adopt towards the sleeping representative of the intelligentsia. Figuring out the answer he said:

"You, Comrade Prushevsky, to the extent of my information, have been worrying yourself to no purpose in order to conceive of all-proletarian housing in accordance with all conditions. And now, I observe, you have put in an appearance at night among the proletarian mass, just as if some kind of fury is driving you; but considering that there is a Party line in the direction of the technical specialists, lie down opposite me, so that you will

47

constantly be able to see my face and will sleep boldly..."

Zhachev also awakened on his amputee's cart.

"Maybe he wants to eat?" he asked on behalf of Prushevsky. "If he does I have some bourgeois food."

"What constitutes bourgeois food and how much nourishment is there in it, comrade?" enunciated Safronov, astonished. "Where did any bourgeois personnel present themselves to you?"

"Shut up, you ignorant nothing!" replied Zhachev. "It's your business to remain whole in this life and mine to perish so as to clear out a place!"

"Don't be afraid," said Chiklin to Prushevsky. "Just lie down and shut your eyes. I won't be far away—when you get frightened just call out to me."

Prushevsky went over, hunched over so as not to make noise, to Chiklin's place and lay down there in his clothing.

Chiklin took his cotton padded jacket off and threw it on to Prushevsky's knees so he could cover himself with it.

"I have not paid my trade union dues for four months," said Prushevsky quietly, growing chilled immediately on his lower parts and covering himself. "I kept thinking I would get around to it."

"And now you are an automatically expelled person; it's a fact!" reported Safronov from his place.

"Sleep in silence!" said Chiklin to all and went outside so as to live for a bit all alone in the midst of the wearisome night.

In the morning Kozlov stood for a long time over the sleeping body of Prushevsky; it tormented him that this intelligent person from among the leadership was sleeping like an insignificant citizen among the masses lying there and that now he would lose his authority. Kozlov had to consider profoundly such a bewildering circumstance as this—he did not wish, nor did he have the capability to permit harm to the whole state as a result of an inappropriate line of conduct on the part of the construction supervisor; he was even very worried and he washed himself hurriedly so as to be at the ready. In such moments of life, minutes of threatening danger, Kozlov felt hot social gladness inside himself; he wished to make use of this gladness in the achievement of a feat and to die with enthusiasm in order that the whole class should come to know of him and weep over him. Here Kozlov even shuddered with rapture, forgetting about summer time. With righteousness he went up to Prushevsky and awakened him from his sleep.

"Go back to your own apartment, comrade work supervisor," he said coldbloodedly. "Our workers have not yet caught up to the whole conception of things, and it will be bad for you to carry out the duties of this position."

"It's none of your business," replied Prushevsky.

"No, I beg your pardon," objected Kozlov. "Every citizen, as the expression goes, is duty bound to carry out the directive issued to him, but you are trampling on yours and equating yourself with backwardness. This is no good at all for anything, I am going to appeal to higher authorities, you are spoiling our line, you are against tempo and leadership—what sort of thing is this anyway?"

Zhachev chewed on his gums and kept silence, preferring to wait to strike Kozlov in the stomach till later on—because he was a son-of-a-bitch who was shoving himself ahead. And Voshchev, hearing these words and declarations, lay there without a sound, just as before not comprehending life. "I would have been better off to have been born a mosquito, his fate is quick" he hypothesized.

Prushevsky, saying nothing to Kozlov, got up from his couch, looked upon Voshchev whom he knew, and concentrated further his gaze on the sleeping people; he wished to enunciate a word or request which was tormenting him, but the feeling of melancholy, like weariness, passed across Prushevsky's face, and he started to leave. Chiklin, who approached from the direction of the dawn, told Prushevsky that if that evening once again things should seem frightening to him, in that case he should come here once again to spend the night, and if he wanted something then he would do better to speak out and ask for it.

But Prushevsky did not reply, and they silently continued, the two of them together, on their way. Wearily and hot began the long day; the sun, like blindness, hung there in place indifferently above the lowly palidness of the earth; but there was no other place allotted to life.

"Once a long time ago—almost back in childhood," said Prushevsky, "I noticed, Comrade Chiklin, a woman who passed me by, one just as young as I was then. It took place in June or July probably, and since that time I have felt longing and begun to remember and understand everything, but I have never seen her since and would like once more to look upon her. And more than that I no longer desire."

"In what locality was it that you noticed her?" asked Chiklin.

"In this very city."

"Well now, that must be the daughter of the Dutch tile manufacturer?" Chiklin suggested.

"Why?" enunciated Prushevsky. "I don't understand."

"I too met her then in the month of June—and at that time refused to look upon her. And then, after a time, something warmed up towards her within my breast, just as with you. The person you seek and the person I seek are the very same."

Prushevsky smiled modestly.

"But why?"

"Because I am going to bring her to you, and you are going to see her; if only she is alive in the world at this moment."

Chiklin quite clearly imagined to himself Prushevsky's

grief, because he himself, though he was more forget-
ful, had mourned at one time with the same grief—
for the thin, unfamiliar, ethereal stranger who had silently kissed him on the left side of his face. And here, as it
had become apparent, the one and the same rare, wonderful object had had an impact from near and far on them
both.

"Most likely she is middle-aged now," said Chiklin
soon after. "No doubt she has had a hard life and her
skin has become all brown or like that of a cook."

"Probably," agreed Prushevsky. "Much time has
passed and if she is alive she has become all charred."

They came to a halt at the very edge of the ravine;
the digging of the pit beneath the all-proletarian apartment house should have begun much earlier, for then
the being whom Prushevsky sought would have resided
here and remained whole.

"And most likely of all she is now a politically-
aware person," said Chiklin, "and is acting for our
common benefit; whoever in young years had an incal-
ulable feeling will subsequently develop a mind."

Prushevsky looked over the empty district of
nature nearby, and he felt sorry that his lost sweetheart
and many needed people were obliged to live on this
mortal earth on which comfort had not yet been built,
and he mentioned to Chiklin one disappointing consideration:

"But, after all, I do not know her face! What are we
to do, Comrade Chiklin, when she comes?"

Chiklin replied to him:

"You will feel her and you will recognize her—are
there not many forgotten people in the world! You will
recollect her merely from your own sadness."

Prushevsky understood that this was true, and,
afraid of somehow displeasing Chiklin, pulled out his
watch to show his concern for the approaching daily
labor.

Safronov, putting on an intelligent stride and a

thoughtful face, approached Chiklin.

"I have heard, comrades, that you have been throwing about your tendencies here, and so I beg of you to become more passive, for the time for work is at hand! And as for you, Comrade Chiklin, you better keep an eye on Kozlov—he is taking a line in the direction of sabotage."

At that moment Kozlov was eating breakfast in a state of melancholy; he considered his revolutionary services insufficient, and the public good he brought every day to be too little. Today he had awakened after midnight and right up till morning was attentively troubled by the fact that the principle organizational construction was taking place without his participation, and that he was operating only in the ravine, rather than on the scale of gigantic leadership.

By morning Kozlov had made his decision to go over onto an invalid's pension so as to be able truly to devote himself to the greatest public good—thus it was that his proletarian conscience within him spoke out with anguish.

Safronov, hearing this thought from Kozlov, considered him a parasite, and declared:

"You, Kozlov, have gained your principle, and you are abandoning the working masses, and you yourself are sticking your neck out a long way; and what that means is that you are an alien louse who always steers his course into the open."

"As they say, you'd do better to keep your mouth shut!" said Kozlov. "Otherwise you are going to get yourself an official rebuke very quickly! Do you recollect how during the very midst of the course towards collectivization you persuaded a certain poor peasant to kill his rooster and eat it! Do you remember that! We know that you wanted to weaken collectivization! We know how efficient a person you are!"

Safronov, in whom an idea was always surrounded by workaday passions, left the entire argument of Kozlov without reply, and walked right away from him with his free-thinking stride. He had no great esteem for having charges filed against him.

Chiklin approached Kozlov and asked him about everything.

"I am going to go to social security today to get myself put on a pension," Kozlov reported. "I want to keep my eye on everything to protect against social harm and petit-bourgeois uprising."

"The working class is not the tsar," said Chiklin. "It is not afraid of uprisings."

"It doesn't need to fear them," agreed Kozlov. "But nonetheless it would be better, as the expression goes, to guard against them."

Zhachev was close by on his amputee's cart and, rolling back, he bent down and drove forward and struck Kozlov in the stomach with his silent head at full speed. Kozlov fell backwards out of fright, losing for the moment his desire for the greatest possible public good. Chiklin, bending down, lifted Zhachev along with his cart up into the air and hurled them both off into space together. Zhachev, establishing equilibrium in his line of flight managed to utter his words:

"What for, Nikit? I only wanted him to get the first category of invalid's pension?" And he broke up his amputee's cart between his body and the earth as a result of his fall.

"Be off with you, Kozlov!" said Chiklin to the person lying there. "We are all, no doubt, in turn going to have to leave for there. It's time for you to take a breather."

Kozlov, coming to, declared that he had seen in his dreams at night the chief of the Central Administration of Social Security, Comrade Romanov, and a varied society of people dressed in clean clothes, so he had been worried all week long.

Soon thereafter Kozlov put on a jacket, and Chiklin, together with others, cleaned off the earth and the trash

53

which had stuck to it from his clothing. Safronov managed to bring in Zhachev and, hurling his exhausted body into a corner of the barracks, said:

"Let that proletarian substance lie there—from out of him maybe some kind of principle will grow."

Kozlov offered his hand to all of them and went off to get on a pension.

"Farewell," said Safronov to him. "You are now like a vanguard angel from the working staff, in view of your ascension into government institutions..."

Kozlov himself was able to think thoughts and therefore silently departed into the supreme universally—useful life, taking in his hand his little personal-property suitcase.

At that minute from beyond the ravine, one man whom it was still impossible to discern and stop dashed across the field; his body was wasted away inside his clothing; and his trousers oscillated on him as if they were empty. The man ran up to the people there and sat down separately on a pile of earth, like someone alien to all. One eye he shut, and with his other he gazed upon all, expecting something bad, but not having any intention of complaining; he had the eyes of a peasant who possessed his own separate private farm, eyes which were yellow in color and which evaluated everything visible with the anguish of miserliness.

Soon after the human being sighed and lay down on his stomach to doze. No one objected to his being here, because there were a lot of people still living without participating in the construction—and the time for labor in the ravine had already struck.

Workers dream various dreams at night—some of them express fulfilled hope, others the presentiment of the dreamer's own coffin in a grave in clay; but the hours of day are spent in a uniform hunched-over way—with endurance and suffering of the body which is digging in the earth, so as to plant in a fresh abyss the eternal masonry root of an indestructible architecture.

The new diggers gradually began to feel at home and became accustomed to work. Each of them thought up his own idea of a future escape from this place—one desired to get increased seniority and to go off to study, a second awaited the moment for reclassification into a higher technical skill, a third preferred to go into the Party and hide in the ruling apparatus—and each of them zealously dug the earth while constantly keeping in mind his own idea of salvation.

Pashkin visited the foundation pit after a day's absence and just as before found the tempo too slow. Ordinarily he came mounted on horseback—since he had sold off his carriage during the epoch of the economy drive; and now he observed from his animal's back the great digging. However, Zhachev was present there too and managed, during the period of Pashkin's tours on foot into the bottom of the foundation pit, to get the horse to drink so excessively that Pashkin began to take care not to come on horseback and arrived in an automobile.

Voshchev just as before did not sense the truth of life, but he became resigned out of exhaustion from the heavy soil—and all he did was to collect all kinds of unhappy petty trash of nature on his rest days—as being documents of the unplanned creation of the world, and facts of the melancholy of every living breath.

And in the evenings, which were now darker, and longer, it became boring to live in the barracks. The peasant with the yellow eyes, who had fled from somewhere out of the farm country, likewise lived amidst the artel; he was there, silent, but he atoned for his existence by doing the housework in the common household, including the assiduous repair of worn clothing. Safronov was already mentally considering whether it was time to bring this peasant into the union, as a force performing useful services, but he did not know how many cattle the man had had on his farm and whether there was an absence of landless hired laborers on it, and therefore he delayed his intentions.

Evenings Voshchev lay there with open eyes and longed for a future when everything would become universally known and a place would be found for it in the meager feeling of happiness. Zhachev tried to persuade Voshchev that his wish was insane, because a hostile propertied force was again taking place and walling off the light of life—and that the only thing to be done was to tend carefully the children as the tenderness of the revolution and to leave to them the mandate.

"What about it, comrades?" once said Safronov. "Ought we not install a radio in order to listen to achievements and directives! We have here backward masses for whom a cultural revolution and all kinds of musical sounds would be useful, so that they would not accumulate inside themselves gloomy moods."

"It would be better to bring a little orphan girl here by hand than to have your radio," Zhachev objected.

"And what merits or instruction would there be, Comrade Zhachev, in your little girl? How is she deprived for the sake of the raising of the whole construction?"

"She is not eating sugar right now for the sake of your construction, that is how she is serving it, get that unanimous soul of yours out of you!" replied Zhachev.

"Aha," Safronov delivered his opinion. "Then, Comrade Zhachev, bring this doleful little girl here on your own transportation facilities—from her melodic appearance we will begin to live in greater harmony."

And Safronov stood in front of them all there in the position of leader of the campaign for liquidation of illiteracy and of education and therefore paced a bit in front of them with a self-confident stride and made an activist's thinking face.

"Comrade, we require here, in the form of childhood, a leader of the future proletarian world; in this Comrade Zhachev has justified his situation of having his head whole but not his legs."

Zhachev wished to tell Safronov his answer, but he

preferred to drag up to himself by the britches that near-by peasant who had once had his own individual farm and to give him with his developed hand two blows in the side, as to an available guilty bourgeois. The peasant's yellow eyes only squinted from pain, but he made no effort to defend himself and silently stood there on the earth.

"Just look what an iron piece of farm machinery—he stands there and is not afraid," Zhachev grew angry and once again struck the peasant from above with his long arm. "So there you are; what it means is that somewhere this venemous snake caught it more painfully, that here it's wonderful; listen here you, whose government is it, you cow's spouse!"

The peasant sat down to catch his breath. He had already gotten used to catching blows from Zhachev for his property in the village, and inaudibly mastered his pain.

"And it would also be a good thing for Comrade Voshchev too, to acquire from Zhachev a blow of retribution," said Safronov. "Otherwise he alone among the proletariat does not know what he should live for."

"For what, Comrade Safronov?" Voshchev listened attentively from a corner of the room. "I want to know the truth for the sake of labor productivity."

With his hand Safronov made a gesture of moral admonition, and on his face there showed a wrinkled thought of pity for a backward person.

"The proletariat lives for the sake of labor enthusiasm, Comrade Voshchev! It is long since time for you to receive this tendency! The body of every member of the union should burn from this slogan."

Chiklin was not there, he was walking about the locality around the Dutch tile factory. Everything there was just as it had been there formerly long ago, except that it had acquired the decrepitude of an obsolete world; the trees on the street had dried up out of old age and had stood there for a long time without leaves, but some people still existed, hidden behind storm windows in little houses, living more firmly established than the trees. In Chiklin's youth there was a bakery smell in the air here, coalmen had ridden by, and milk was loudly advertised from village carts. Then the sun of childhood warmed the dust of the roadway, and his own life was an eternity in the midst of the dark-blue, dim earth which Chiklin had only then begun to touch with his bare feet. And now the air of decrepitude and of memory bidding farewell hung over the snuffed out bakery and the ancient apple orchards.

Chiklin's constantly active sense of life had brought him to a state of sadness, all the more so in that he saw one fence by which he used to sit and be happy in his childhood, and now this fence had been overgrown with moss, it was leaning over, with the ancient nails sticking out of it, freed from the tightness of the wood by the force of time; it was sad and mysterious that Chiklin had grown up to become a man, had carelessly lost his feeling, had gone to distant parts and worked at a variety of jobs, and that the old man of a fence had stood there unmoving and, recollecting him, had nonetheless been waiting for the hour when Chiklin would go past and stroke the boards which had been forgotten by all with a hand which had grown unused to happiness.

The Dutch tile factory was in a grassy back street which no one used as a through way because it came up against the dead-end wall of a cemetery. The factory building had now become lower for it had gradually sunk into the ground, and its yard was deserted. But one unfamiliar old man was still there—he sat beneath a stock shed repairing his peasant bast sandals, evidently intending to travel on back to old times in them.

"What's this here?" Chiklin asked him.

"That, my dear man, is constervation, the Soviet government is strong, but the machine hereabouts is feeble—it doesn't oblige. Well anyway it's almost all the same to me now; I have only a little time to breathe left."

Chiklin said to him;

"From the whole world all you have is bast sandals! Wait for me right here, and I'll get you something in the way of clothing or food."

"Who are you anyway?" asked the old man, composing his reverent face into an attentive expression. "Are you a thief, is that it, or maybe just the owner—a bourgeois?"

"Of course not, I'm from the proletariat," Chiklin informed him reluctantly.

"Aha, so you are the present tsar, it seems; then I will wait for you."

With the strength of shame and melancholy, Chiklin entered the old factory building; soon he found the wooden staircase on which the owner's daughter once upon a time had kissed him—it had become so rickety that it collapsed beneath Chiklin's weight somewhere into the lower darkness, and in his last farewell to it he could only feel its exhausted wornout remains. Standing there Chiklin saw in the darkness an unmoving light, barely alive, and a door leading somewhere. Behind that door was a room which had been forgotten or which perhaps had not been put into the plan—without windows, and there on the floor burned a kerosene lamp.

What being could be hiding out of self-preservation in the unknown retreat Chiklin did not know, and he stood still in the middle of it.

Near the lamp lay a woman on the earth—the straw beneath her body had almost disintegrated and the woman herself had hardly any clothes covering her; her eyes were deeply shut as if she were pining away or asleep— and the little girl who was sitting by her head was also dozing, yet she kept caressing her mother's lips with a lemon peel, never forgetting to continue. Opening her eyes the girl observed that her mother had relaxed, because her lower jaw had fallen open out of weakness and exposed a dark and toothless mouth; the girl was frightened for her mother and, so as not to be afraid, tied the mother's mouth shut with a string over the top of the head, so that the woman's lips once again touched each other. Thereupon the girl lay down by her mother's face, wishing to feel her and to sleep. But her mother momentarily awoke and said;

"Why are you sleeping? Rub my lips with lemon, you can see how hard it is for me."

The girl once again began to rub her mother's lips with lemon peel. The woman fell deathly still again for the time being, savoring her nourishment from the remnant of the lemon.

"You aren't going to go to sleep or leave me, are you?" she asked her daughter.

"No, I don't feel like sleeping any more. I'm only going to close my eyes, but I'll keep thinking all the time about you; after all you are my mama!"

The mother half opened her eyes, they were suspicious, prepared for any kind of a misfortune in life, and had whitened out of indifference—and she declared in her own defense:

"I don't feel sorry for you now and I don't need anyone—I have become like stone; please put out the lamp and turn me on my side, I want to die."

The girl kept a deliberate silence, and kept on as before wetting her mother's mouth with the lemon skin.

"Put out the light," said the old woman, "for otherwise I keep seeing you and keep on living. Just don't go anywhere; when I die then you'll go."

The girl blew into the lamp and extinguished the light. Chiklin sat down on the ground, fearing to make noise.

"Mama, are you still alive or not?" asked the girl.

"Just barely," answered the mother. "When you go away from me do not say that I am dead here. Do not tell anyone at all that I was your mother, for if you do they will mistreat you. Go far far away from here, and when you get there just forget about yourself, then you will stay alive.."

60

"Mama, what are you dying from, from being a bourgeois or from death?"

"I have become bored, I have become dead tired," said her mother.

"Because you were born a long long time ago, and I was not," said the girl. "When you die I won't tell anyone, and no one will ever know whether you existed or not. Only I alone will live and I will remember you in my head. Do you know what," she fell silent for a moment, "I am going to go off to sleep right now just for one droplet, and you lie there and think so as not to die."

"Just take the string off me," said the mother. "It is stifling me."

But the girl was already sleeping noiselessly, and it became absolutely silent; Chiklin could not even hear their breathing. Evidently, not even one vermin lived in this place, neither a rat, nor a worm, nor anything, and there was no noise at all. Just once there was an incomprehensible rumble—maybe an old brick falling in the neighboring forgotten retreat or perhaps it was the earth ceasing to suffer eternity and disintegrating into the debris of destruction.

"Come close to me someone!"

Chiklin listened to the air attentively and crawled cautiously into the darkness, trying not to crush the girl on his way. Chiklin had to move for a long time because he was hindered by some kind of material which got in his path. Feeling the girl's head, Chiklin then found the mother's face with his hand and bent down to her lips so as to find out if this was that former girl who had once kissed him in this very building or not. On kissing her he recognized by the dry taste of her lips and an insignificant remnant of tenderness in their caked wrinkles that it really was she.

"What do I need it for?" said the woman catching on quickly. "I shall be alone forever now," and turning away she died face down.

"I must light the lamp," loudly declared Chiklin,

and, working away in the darkness, illuminated the room.

The little girl was sleeping with her head on her mother's stomach; she was hunched up because of the chilly underground air, warming herself with the closeness of her limbs. Chiklin, wanting the child to rest, began to wait for her awakening; and so that the girl should not spend her warmth on her mother who was growing cold, he took her in his arms and protected her thus until morning—as being the last pitiful remnant of the woman who had perished.

■ ■ ■

At the beginning of the autumn Voshchev felt the longness of time and sat there in the living quarters, surrounded by the darkness of tired evenings.

Other people were also lying or sitting there—the common lamp lit up their faces and they were all silent. Comrade Pashkin had vigilantly provided the diggers' dwelling with a radio loud speaker so that during their period of rest each could acquire the meaning of class life from out of its mouth.

"Comrades, we must mobilize the nettles on the front of socialist construction! Nettles are nothing less than an object needed abroad..."

"Comrades, we must," by the minute the loud-speaker made its demand, "cut off the tails and manes of horses! Every eighty thousand horses will give us 30 tractors!"

Safronov listened triumphantly, regretting only that he could not speak back into the loudspeaker, so that his feeling about being an activist, or about his readiness to trim horses, and about happiness, could be made audible. For no cause Zhachev, and along with him Voshchev, became ashamed of the long speeches on the radio; they did not have any feelings against the persons speaking and giving instructions on the radio, but they kept feeling more and more of a personal ignominy. Sometimes

Zhachev simply could not stand his oppressed despera-
tion of soul, and he shouted in the midst of the noise of
conscientiousness which kept pouring from the speaker:

"Stop that noise! Let me answer him."

Safronov immediately stepped up in front with his
elegant little stride.

"You've already done enough of throwing about
your expressions, I would suppose, Comrade Zhachev,
and it's time wholly to submit to the production of the
leadership."

"Leave the man in peace, Safronov," said Voshchev.
"It's quite boring enough as it is to live."

But the socialist Safronov was afraid of forgetting
the obligation of gladness answered all and for always
with the supreme voice of power:

Anyone who has a Party ticket in his britches must
incessantly see to it that the enthusiasm of labor be in
the body. I challenge you, Comrade Voshchev, to a com-
petition for the highest happiness of mood!"

The loud speaker worked all the time, like a blizzard, and thereupon once more proclaimed that every
worker must help with the accumulation of snow upon
the collective farm fields, and at this point the radio fell
silent; in all likelihood the power of science, which had
hitherto with equanimity, hurled the words needed by
all through nature, had now collapsed.

Safronov, observing the passive silence, began to act
in place of the radio:

"Let us put the question; where did the Russian
people originate from? And let us reply: from out of
bourgeois smallfry! The Russian people might have been
born from somewhere else, but there was no other place.
And therefore we must hurl everyone into the brine of
socialism so that the hide of capitalism will come off
them easily and so their hearts will pay attention to the
heat of life around the bonfire of the class struggle, and
so enthusiasm should take place!.."

Having no other outlet for the strength of his mind,

Safronov put it into words and kept right on uttering the words for a long time. Supporting their heads on their hands some of the artel members listened to him in order to fill up the empty ache in their heads with these sounds, and others grieved monotonously—living within their own personal solitude and not hearing the words. Prushevsky sat on the very threshold of the barracks and looked out into the late twilight of the world. He saw dark trees and at times he heard a distant music which caused a flutter in the air. Prushevsky did not raise any objection in his feeling. Life seemed to him to be good when happiness was unattainable, when the tree leaves only rustled about it, and the band music sang in the trade union park.

Soon the whole artel, having settled down quietly with the general exhaustion, went off to sleep just as it lived: in daytime shirts and trousers so as not to labor over unbuttoning buttons, but to preserve strength for production.

Only Safronov remained without sleep. He looked upon the people lying there and declared with sadness:

"Oh, you, masses, masses! It is very hard to organize the skeleton of communism out of you. And so what do you want, you so and so's, anyway! You have put the whole vanguard through torment, you snake!"

And admitting precisely the poor backwardness of the masses, Safronov clung to some tired fellow and forgot himself in the depths of sleep.

And in the morning, without rising from his couch, he greeted the little girl who came with Chiklin as an element of the future and once again dozed off.

The little girl cautiously sat down on the bench, picked out the map of the USSR among the wall slogans and asked Chiklin about the meridian lines:

"Uncle, what are those, fences set up to keep out the bourgeois?"

"Fences, daughter, so they won't sneak in on us," Chiklin explained, desiring to endow her with a revolutionary mind.

"But my mama didn't crawl through the fence, and she died just the same!"

"Well what about it," said Chiklin. "The bourgeois are all dying nowadays."

"Let them die," declared the girl. "For after all I remember her and I will see her in my dreams. Except that her stomach is not here any more, I have nothing to put my head on to sleep."

"That's all right; you can sleep on my stomach," Chiklin promised.

"What's better, the icebreaker Krasin or the Kremlin?"

"That's something I don't know, little one; I am nothing!" said Chiklin and thought about his head which alone in his whole body was unable to feel; and if it could have then he would have explained the whole world to the child so she could live securely.

The girl went all about the new place of her life and counted over and over all the objects there and all the people, desirous of classifying immediately whom she liked and whom she did not like, with whom she should associate and with whom she should not; after this activity she had already become accustomed to the wooden shed and she felt hungry.

"Give me something to eat! Hey there, Julia, I'll do you in!"

Chiklin brought her some kasha and covered the childish tummy with a clean napkin."

"Why are you giving me cold kasha, hey you Julia!"

"What kind of a Julia am I to you?"

"And when my mama was called Julia, when she still used to see with her eyes and breathed all the time, she married Martynych because he was proletarian, and when Martynych used to come in that's what he said to mama: 'Hey, Julia, I'll do you in!' And mama used to keep quiet and she stayed with him anyway."

Prushevsky listened to and observed the small girl;

he had been awake for a long time already, aroused by the appearance of the child and at the same time depressed that this being, filled with fresh life, just as if with frost, was fated to be tormented in a more complex way and for a longer time than was he.

"I found your woman," said Chiklin to Prushevsky. "Let's go look at her. She is still intact."

Prushevsky arose and went along because it was all the same to him whether he lay there or moved forward.

In the courtyard of the Dutch tile factory the old man was completing the work on his bast sandals, but was afraid to go out into the world in such footwear.

"Would you perhaps know, comrades, whether they will arrest me because I wear bast sandals or whether they will leave me alone?" asked the old man. "After all nowadays every last one goes about in leather boot tops; the women used to go about from childhood naked under their skirts, but now every one of them has some flowered pants beneath her skirt—how do you like that, how interesting everything has become!"

"Who needs you!" said Chiklin. "Step along and keep quiet!"

"I wouldn't say a word! Here's what I am afraid of: aha, they'll say, you are going about in bast sandals, that means you are a poor peasant! And if I am a poor peasant then why do I live alone and not pile up with other poor peasants!... That's what I am afraid of. Else I'd have gone away from here long ago."

"Think, old man," advised Chiklin.

"But there's nothing to think with."

"You have lived a long time; you can work with your memory."

"But I've forgotten everything—I'd have to live it all over again from the start."

Descending into the woman's sanctuary, Chiklin bent down and kissed her again.

"But she's dead!" Prushevsky was astonished.

"Well and what of it!" said Chiklin. "Every person

is dead one time or another if he is worn down to nothing. After all you need her not for living, but just for recollecting."

Getting down on his knees, Prushevsky touched the dead, pained lips of the woman, and having felt them, he recognized neither the gladness nor the tenderness.

"She's not the one I saw in my youth," he declared. And rising over the deceased, he said in addition; "But maybe it is she—after intimate sensations I never could recognize those whom I loved, but I longed for them at a distance."

Chiklin was silent. In an unfamiliar and dead person he used to feel a certain residual warm and dear something—when he would kiss or even more profoundly somehow nestle up to that person.

Prushevsky could not go away from the deceased woman. Light and hot, she had once gone past him—he then wished death for himself, seeing her departing from his sight with her eyes dropped to the ground, and her hesitant, sad body. And then he had heard the wind in the weary world and pined for her. Fearing, however, that he would one day attain this woman, this happiness in his youth, he had perhaps left her defenseless throughout her whole life, and she, utterly exhausted by being tormented, had hidden here in order to perish from starvation and sadness. She lay there this moment face up—for Chiklin had turned her up for his kiss. The string across her head and chin held her mouth shut, and her long bare legs were covered with a thick fuzz, almost a wool, which had grown as a result of illness and homelessness—some kind of primal life-giving force had transformed the dead woman, even while she was still alive, into an animal growing a pelt.

"Well, enough," said Chiklin. "Let the various dead objects here keep watch over her. After all there are many who are dead, just as there are many who are alive, and among each other it is not boring for them."

And Chiklin stroked the bricks of the wall, lifted

up an unknown ancient thing, placed it alongside the deceased, and both persons went on out. The woman remained to lie there in that eternal age at which she had died.

Passing through the yard, Chiklin returned and blocked the door leading to the deceased with broken up bricks, old stone boulders, and other heavy material. Prushevsky did not help him and asked him later:

"Why are you trying so hard?"

"What do you mean why?" Chiklin said astonished. "The dead are people too."

"But she needs nothing."

"It is true she needs nothing, but I need her. Let something be economized of a human being—when I see the grief of the dead or their bones the way I feel is, why should I live?"

The old man making the bast sandals had gone on out of the yard—and only old footwear was left in his place, the sole souvenir of a person gone forever.

The sun had already risen high in the heavens and the moment for labor had long since arrived. So Chiklin and Prushevsky hastened to the foundation pit along earthen, unpaved streets covered with leaves beneath which the seeds of the future summer were concealed and kept warm.

That evening the diggers did not plug in the loudspeaker and instead, after eating, sat down to look at the little girl, whereby interrupting the trade union cultural work on the radio. Zhachev that morning had decided that as soon as that girl and other children like her became even a bit mature, he would put an end to all the adult inhabitants of his locality; only he knew that in the USSR there were many inveterate enemies of socialism, egoists, and venemous haters of the future world, and secretly he comforted himself with thinking sometime soon he would kill the entire mass of them, leaving alive only proletarian youth and the pure orphans.

"Just what are you, girl?" asked Safronov. "What

did your papa and mama do?"

"I am no one," said the girl.

"How can you be no one? Some kind of principle of the female sex obliged you by giving birth to you under Soviet rule."

"But I didn't want to be born myself, I was afraid that my mother would be a bourgeois."

"So how did you organize yourself then?"

The girl, discomfited and in fear, dropped her head and began to pull at her shirt; after all she knew that she was in the presence of the proletariat, and she kept a close guard over herself, just as her mother had told her to so often and for such a long time.

"I know who is the main one."

"Who is?" Safronov listened attentively.

"The main one is Lenin, and second is Budyonny. When they weren't there, and only the bourgeois people lived, then I was not born, because I didn't want to be. And when Lenin appeared then I came."

"Well now that's a real girlie for you." Safronov was able to declare. "Your mother was a politically conscious woman! And our Soviet rule is certainly profound if even children who do not remember their mother already sense Comrade Lenin!"

■ ■ ■

The stranger peasant with yellow eyes kept whimpering about his own tragedy in the corner of the barracks, but he did not say what caused it, and he kept trying to win the good will of everyone with his efforts. His homesick mind would picture the village all in rye with a wind blowing over the fields quietly and turning the wooden windmill grinding the peaceful grain for the daily bread. He had been living like that just a short time before, with the feel of fullness in his stomach and family happiness in his soul; and no matter for how many years he had looked from out of the village into the distance and the future, he had seen at the end of the plain only the merging of heaven and earth, and up above he had had sufficient sunlight and stars.

So as not to think further about it, the peasant lay down and sobbed out as quickly as possible urgent pouring tears.

"If you don't stop you will really have something to cry about, you petit bourgeois!" Safronov tried to stop him. "After all there is a child living here—or perhaps you don't know that grief is supposed to have been annulled in our country?"

The small girl left her place and leaned her head against the wooden wall. She had become lonesome for her mother, the new lonely night was terrifying to her, and then too she thought how sadly and how long her mother would lie there in the expectation of her little girl's becoming old and dying."

"Where's that stomach?" she asked, turning about to those watching her. "What am I to sleep on?"

Chiklin immediately lay down and got himself ready.

"What about food!" said the girl. "Everyone is sitting there, like Julias, and I have nothing to eat!"

Zhachev rolled up to her on his amputee's cart and offered her a fruit confection requisitioned that very morning from the manager of the food store.

"Go ahead and eat, you poor little thing! It's still unknown what will become of you, but it's already well known what will become of us."

The little girl ate and lay down with her face on Chiklin's stomach. She grew pale from weariness, and in a state of forgetfulness, she embraced Chiklin with her arm like her own accustomed mother.

Safronov, Voshchev and all the other diggers kept watch for a long while over the slumber of this tiny being who would be the master over their graves and live on a calmed earth packed full with their bones.

"Comrades!" Safronov began to define the general

feeling. "Before us lies unconscious a *de facto* inhabitant of socialism, and from the radio and other cultural materials we hear the line, and there is nothing at all to feel out. And right over there rests the substance of creation and the aim of the Party—a small human being destined to constitute the universal element! It is for the sake of that that we must complete as suddenly as possible the foundation pit, so the building may take place very soon, and so that the child personage will be shielded from the wind and from chill by a stone wall!

Voshchev felt the girl by the hand and looked her all over just as in childhood he had looked upon the angel up on the church wall; this weak body, left all alone, without kith and kin among people, would some day feel that warming flood of the meaning of life, and her mind would see a time which was like the first primeval day.

And then and there it was decided to begin tomorrow to dig the earth an hour ahead of time so as to bring closer the schedule for laying the foundation stone and the remaining architecture.

"As a monstrosity I can only hail your opinion, but I am unable to help!" said Zhachev. "You are all the same going to have to perish—you have nothing in your heart—and it would be better for you to love some small being and to deaden yourself with labor. So go on and exist for now!"

Because of the cold time Zhachev compelled the peasant to take off his homespun coat and put it over the child for the night; the peasant had saved up capitalism all his life—so he had plenty of time to warm up.

Prushevsky spent his rest days in observations, or writing letters to his sister. The moment when he stuck on a stamp and dropped the letter into the mail box always gave him calm happiness, just exactly as if he felt that someone needed him, summoning him to remain in life and to act industriously for the common good.

His sister wrote him nothing, she had many children and she was fagged out, and it was as if she had lost her memory. Only once a year, at Easter, would she send her brother a postcard in which she informed him; "Christ has risen, my dear brother! We live just as we have been living for a long time, I cook, the children are growing up, my husband has been promoted one rank, now he brings home 48 rubles. Come be our guest. Your sister, Anya."

Prushevsky used to carry this postcard around with him for a long time in his pocket, and when he reread it, he sometimes wept.

On his walks he used to go far, all by himself. Once he stopped on a hill, off to the side from the city and highway. The day was cloudy, indeterminate, just as if the time would not continue much longer—on days like this plants and animals doze, and people recollect their parents. Prushevsky looked quietly upon the entire foggy old age of nature and saw at its end white peaceful buildings, shining more brightly than there was light in the air. He did not know the name of this completed construction nor its purpose, though one could understand that those distant buildings were built not merely for use, but also for gladness. Prushevsky, who had become accustomed, to his astonishment, to the sadness of man, observed the precise tenderness and the cool contained strength of the distant monuments. He had never yet seen such faith and freedom embodied in masonry and was unfamiliar with the law of incandescence of the gray color of his motherland. Like an island this white vision of buildings stood there in the midst of the rest of the newly building world gleaming peacefully. But not everything was white in those buildings—in other places they had dark blue, yellow and green color which gave them the intentional beauty of a child's portrayal. "When was this built?" Prushevsky asked with chagrin. For him it was more comfortable to feel grief on this earthly, extinguished star; alien and distant happiness aroused shame and alarm in him. He would have wished, without admitting it, for the eternally building and never ever completed world to be like his own demolished life.

He looked fixedly upon this new city once more, wishing neither to forget it, nor to be mistaken, but the buildings stood there just as clear as before, just as if around them there had been not the fogginess of the native air but instead cool transparency.

On returning Prushevsky noticed many women on the city streets. The women were walking slowly, notwithstanding their youth—in all likelihood they were strolling in expectation of a starry night.

At dawn Chiklin came to the office with a stranger wearing only trousers.

"He has come to see you, Prushevsky," said Chiklin. "He is asking me to give their coffins back to their village."

"What coffins?"

The enormous naked man swollen from wind and from misfortune did not speak out immediately, at first he dropped his head and strained himself trying to think. It must have been he had constantly forgotten to remember about himself and about his own concerns; perhaps he was exhausted, or perhaps he was dying off by small parts in the course of life.

"Coffins!" he reported in a hot, wooly voice. "We stored up board coffins in the cave, and you are digging up the whole gully. Give us back our coffins!"

Chiklin said that yesterday evening one hundred empty coffins had really been discovered near the north picket; two of them he had appropriated for the little girl—in one he had made up her bed for the future when she would once again be left without his stomach and the other he had given her as a gift for her toys and all kinds of childs' things: let her have her own Red Reading Room.

"Give the rest of the coffins back to the peasant," replied Prushevsky.

"Give them all back," said the man. "We are lacking in dead inventory, the people are waiting for their property. We got those coffins through self-taxation, don't take away from us what we have earned!"

"No," declared Chiklin. "Two coffins you must leave for our child, they are too small for you, anyway."

The stranger stood there, thought it over and refused to agree.

"It's impermissible! Where will we put our own children? We made the coffins in an assortment of sizes; they're marked—to show who is to go into which. Among us each person can go on living because he has his own coffin; perhaps, it is all we have now; they are all part of an inseparable whole for us now! We lay in those coffins to break them in before we put them in the cave."

The peasant with yellow eyes who had been living at the foundation pit for a long time entered, hastening to the office:

"Yelisei," he said to the half-naked chap, "I have strapped them into one load, let's go and drag them off while it's still dry ground!"

"You didn't get back two coffins," declared Yelisei. "What are you yourself going to lie in now?"

"I, Yelisei Savvich, will lie beneath a leafy maple in my own yard, beneath a mighty tree. I'll lie down. I've already gotten a pit ready beneath the roots—I'll die and my blood will flow like sap up the trunk and go high high up! Or, do you say my blood's gotten too thin, that it won't be tasty to the tree?"

The half-naked chap stood there without any impression and said nothing in reply. Paying no heed to the roadside stones and the chilling dawn wind, he went afoot with the peasant to take the coffins. Behind them went Chiklin, watching Yelisei's back, covered with a whole layer of dirt and already grown over with a protective wool. Yelisei stopped and stood in place at long intervals and looked about space with sleepy, emptied eyes, just as if recollecting something forgotten, or seeking a cozy nook for a gloomy final resting place. But the locality was strange to him, and he let fall to the ground his fading eyes.

The coffins stood in a long row on a dry height over the edge of the foundation pit. The peasant, who had run first over to the barracks, was glad that the coffins had been found and that Yelisei had put in an appearance; he had already managed to drill holes into the heads and feet of the coffins and to tie them into one common line. Taking the end of the rope from the first coffin over his shoulder, Yelisei strained and hauled, like a Russian bargeman, to drag these board objects across the dry everyday sea. Chiklin and all of the rest of the artel stood there without hindering Yelisei, watching the trail the empty coffins traced out on the ground.

"Uncle, were those bourgeois?" the little girl asked out of curiosity, holding onto Chiklin.

"No, child," replied Chiklin. "They live in thatch huts, sow bread grains, and share half and half with us."

The girl looked up at all of the old faces of the people there.

"What do they need coffins for then? Only the bourgeois are supposed to die, not poor people."

The diggers kept their silence, still not absorbing this information or replying.

"And one was naked!" declared the girl. "When they take no pity on people, then they take away their clothes. My mother also lies naked."

"You are right, girl, the whole one hundred percent," decided Safronov. "Two kulaks just left here."

"Go kill them!" said the girl.

"It is not permitted, daughter; two individuals are not a class..."

"That's one and one more," counted the girl.

"But in total there were too few," Safronov regretted. "We, according to the plenum, have as our duty to liquidate them not less than as a class, so that the proletariat and the landless laboring class here should become orphaned from their enemies!"

"And with whom will you be left?"

"With tasks, with a firm line of further measures—do you understand that?"

"Yes," replied the girl. "That means that all bad people are to be killed for there are very few good ones."

"You are fully a class generation," Safronov was delighted. "You realize with clarity all the relationships, even though you yourself are still a juvenile. It was monarchists which had a demand for people without the least discrimination for war, but for us only one class is precious—and we will soon purge our class of the politically unconscientious element."

"Of scum," the girl guessed easily. "And then all that will be left will be the very very most chief people! My mama also called herself scum for having lived, and now she has died and become good—it's true isn't it?"

"True," said Chiklin.

The girl, recollecting that her mother was in darkness, went off silently, paying no attention to anyone, and sat down to play in the sand. But she didn't play, and merely touched something or other with an indifferent hand, and went on thinking.

The diggers came up near to her, and bending over asked:

"Who are you?"

"So," said the girl, paying no heed, "I have become bored with you, you don't love me—and when you go to sleep at night I am going to kill you."

The workmen looked at one another with pride and each of them had the desire to take up the child and to press her in their embraces, so as to feel that warm place from which emerged this intelligence and charm of a small life.

Only Voshchev stood there weak and cheerless among them, staring mechanically off into the distance; just as before he did not know where there was something really special in the common existence. And no one was able to read him any universal code of life, from memory—and as for events on the earth's surface, they did not entice him. Going off a ways by himself Vosh-chev, with slow steps, disappeared out in the open field and lay down there to lie for awhile, unseen by others, and content not to be a participant in insane circum-stances any longer.

Later on he found the trail of the coffins which had been hauled by the two peasants over the horizons to their own country of crooked wattle fences overgrown with burdocks. Perhaps there existed there the quiet of warm farmyard places, or perhaps there was to be found there in the wind of the roads the collective farm orphan-hood of the poor peasants with a pile of dead inventory in the middle. Voshchev proceeded on his way there at the pace of a person automatically detached, not recog-nizing that it was solely the fault of the weakness of cultural work at the foundation pit that compelled him to have no regrets about leaving the construction of the future building. Notwithstanding a sufficiently bright sun, somehow there was no gladness in his soul, all the more so that a turbid smokiness of breath and the odor of grass stretched across the fields. He looked about—everywhere over space hung the steam of living breathing, creating a sleepy, choking invisibility; endurance went wearily on and on in the world just as if everything living was somewhere between time and its own movement; its beginning had been forgotten by all and its end was un-known, the only thing remaining was direction. And Voshchev departed down the one open road.

Kozlov arrived at the foundation pit as a passenger in an automobile which Pashkin was driving himself. Koz-loz was dressed in a light gray three-piece suit, had a face which had filled out with some kind of permanent glad-ness, and had begun to love the proletarian masses in-tensely. Every one of his replies to a working person he would begin with certain self-sufficing words; "Well good, well excellent," and then he would continue. To himself he loved to declare; "Where are you now, you insignificant little fascist!" And many other brief slogan-songs.

That very morning Kozlov had liquidated as a feeling his love for a certain lady of middle years. In vain she wrote him letters expressing her adoration; and he, coping with his burden of public duties, kept silence, renouncing ahead of time the confiscation of her caresses, because he was seeking a woman of a more noble, politically-active type. Having read in the newspaper of the overloading of the mails and the imprecision in their operation, he decided to strengthen this sector of socialist construction by means of stopping the lady's letters to him. And he wrote the lady his last, summing-up postcard, divesting himself of the responsibility of love:

"Where once was a table of goodies,
Nowadays a coffin stands!

Kozlov."

This verse he had only just before read and he made haste not to forget it. Each day on awakening he would generally read books in bed for a time and, having memorized the formulations, slogans, verses, precepts, all kinds of words of wisdom, the theses of various formal statements, resolutions, verses of songs et cetera he then made his rounds of organs and organizations where he was known and respected as a politically active social force—and there Kozlov used to frighten the already frightened employees with his scientificalness, his breadth of outlook, and his well groundedness in politics. Supplementarily to his category No. 1 pension he had gotten himself provided with food in kind.

Dropping by the cooperative store one day, without moving an inch, he summoned to himself the manager and said to him:

"Well good, well excellent, but you have a cooperative here, as they say, of the Rochdale type, not of the Soviet type! So evidently you are not a milestone on the highroad to socialism!?"

"I do not recognize you, citizen," modestly replied the store manager.

"So once again we have here; 'Passively he asked not happiness from heaven / But daily bread, black bread, bread made with leaven.' Well good, well excellent!" said Kozlov and stalked out deeply insulted, and just one ten-day period later he became the chairman of the trade union committee of this same cooperative store. He never did realize that he had been given this position on the petition of the manager himself who had made his reckoning not only with the outrage of the masses but also of the quality of those outraged.

Getting out of the automobile, Kozlov, looking wise, went to the arena of construction and stood on the edge of it, so as to have an overall view of the whole tempo of labor. As for the nearby diggers, he said to them:

"Do not be opportunists in practice!"

During the lunch break Comrade Pashkin informed the workmen that the poor-peasant stratum of the village had been sadly longing for the collective farm and that it was required that something special from the working class be dispatched there so as to begin the class struggle against the village stumps of capitalism."

"It is long since time to put an end to the prosperous parasites!" declared Safronov. "We no longer feel the heat from the bonfire of the class struggle, but there must be fire; where otherwise are our political-activist personnel to warm themselves?"

And thereupon the artel appointed Safronov and Kozlov to go to the nearby village so the poor peasants would not be abandoned to become under socialism total orphans or private swindlers in their hideouts.

Zhachev rolled up to Pashkin with the little girl on his amputee's cart and said to him:

"Have regard for this socialism in a barefoot body. You carrion crow, bend down to her bones from which you have eaten off the fat!"

"Fact!" declared the girl.

Here Safronov too defined his opinion:

"Fixate in your mind, Comrade Pashkin, Nastya as our future joyful object!"

Pashkin pulled out his notebook and put a dot in it; there were many such dots depicted in Pashkin's notebook, and each dot marked some particular bit of attention to the masses.

That evening Nastya made a separate bed for Safronov and sat down to be with him. Safronov himself asked the girl to miss him for a bit because she was the only tender loving woman here. And Nastya spent the whole evening quietly with him, trying to think how Safronov would be going off where poor people were languishing in their huts, and how he would become louse-infected among strangers.

Later on Nastya lay down in Safronov's bed, warmed it up and then went off to sleep on Chiklin's stomach. She had long long since grown used to warming up her mother's bed before her stepfather went to bed in it.

The mother excavation for the apartment house of the future life was ready; and now foundation stone was to be laid in the foundation pit. But Pashkin kept constantly thinking bright thoughts, and he reported to the main person in the city that the scale of the house was too narrow, for socialist women would be replete with freshness and full-bloodedness, and the whole surface of the soil would be covered over with the sown seeds of childhood; would the children then really have to live out in the open air, in the midst of the unorganized weather?

"No," replied the chief, knocking a nourishing sandwich off the table with a sudden movement, "dig the main foundation pit excavation four times bigger."

Pashkin bent down and returned the sandwich from the ground to the table.

"It wasn't worth it to bend over," said the big man;

80

"For next year we have projected agricultural production in this district at half a billion."

So Pashkin put the sandwich in the wastepaper basket, fearing that he would be considered to be a person still living in the tempos of the epoch of the regime of economizing.

Prushevsky was waiting for Pashkin near the building for immediate communication of orders and instructions on the work. Pashkin, walking through the vestibule, was weighing the idea of increasing the foundation pit not four times in size but six times, and thereby certainly gaining favor and forging ahead of the main Party line so as subsequently to greet it joyously on open ground—and then the Party line would see him and he would become impressed upon it in the form of an external dot.

"Six times larger," he instructed Prushevsky. "I said that the tempo was too slow!"

Prushevsky was overjoyed and smiled. Pashkin, observing the happiness of the engineer, also became satisfied, because he had correctly sensed the mood of the engineering-technician section of this union.

Prushevsky went up to Chiklin to mark out the expansion of the foundation pit. Even before he got there he saw a meeting of the diggers and a peasant cart among silent people. Chiklin carried an empty coffin from the barracks and put it on the cart; thereupon he brought out also a second coffin, and Nastya pursued him from behind, tearing her pictures off the coffin. So that the girl would not be angry, Chiklin picked her up beneath his arm and, pressing her to himself, carried the coffin with the other hand.

"They've died anyway, what do they need coffins for!" Nastya was indignant. "I won't have any place to put my things!"

"That's the way it has to be," replied Chiklin. "All of the dead, they're special people."

"Important indeed!" Nastya was astonished. "Why

does everybody go on living then? They'd be better off to die and become important!"

"They live so there won't be any bourgeois people," said Chiklin and put the last coffin on the cart. Two men were sitting on the cart—Voshchev and that semi-kulak peasant who had departed some time back with Yelisei.

"Who are you sending the coffins to?" asked Prushevsky.

"Safronov and Kozlov died in a peasant hut, and they have been given my coffins now; well, just what are you going to do?!" Nastya reported with details. And she leaned against the cart, concerned with what had been taken.

Voshchev, who had arrived on the cart from unknown places, started up the horse so as to ride back into that space in which he had been. Leaving Zhachev behind to look after the girl, Chiklin went along on foot behind the departing cart.

To the very depths of the moonlit night he walked into the distance. Occasionally, in the direction of the ravine off to the side, secluded lights of unknown dwellings shone, and dogs barked there dolefully—perhaps they were lonely, and perhaps they had noticed the people coming and were afraid of them. Ahead of Chiklin the cart with the coffins kept on going forward all the time, and he did not get separated from it.

Voshchev, leaning back against a coffin, looked up from the cart to the dead mass of the mist of the Milky Way. He was waiting for the day when up there a resolution would be promulgated on the cessation of the eternity of time, on atonement for the weariness of life. Not daring to hope, however, he dozed off and awakened when they came to a halt.

Chiklin got to the cart after several minutes and began to look about. Nearby was an old village; the universal decrepitude of poverty was all over it—and the ancient, enduring, wattle fences, and the roadside trees which were bent over in the solitude had an identical appearance of sadness. In all the village cabins there was light, but there was no one outside them. Chiklin went up to the first hut and lit a match so as to read the white slip of paper on the door. On that slip it was written that this was socialized farmhouse no. 7 of the General Party Line Collective Farm and that here resided the activist for public works directed at the execution of state decrees and any campaigns whatsoever which were being carried out in the village.

"Let me in!" Chiklin knocked at the door.

The activist emerged and admitted him. Thereupon the activist made out a receipt for the coffins and instructed Voshchev to go to the village Soviet and stand there all night long as an honor guard at the two bodies of the fallen comrades.

"I will go myself," determined Chiklin.

"Go ahead," replied the activist. "Just give me the details about you and I will register you in the mobilized cadre."

The activist bent down over his papers, studying with his careful eyes all of the exact theses and tasks; with all the greed of possession, without a thought for his own personal domestic life and happiness, he was engaged in building the essential future and preparing an eternal place for himself within it—and that was why he had let himself go to seed right now, had grown swollen from his concerns, and become overgrown with sparse hairs. The lamp was burning beneath his suspicious gaze which was keeping a mental and factual watch on the kulak scum.

The whole night the activist kept sitting there under the unextinguished lamp, listening for a courier galloping in on the dark road from district headquarters so as to let drop a new directive on the village. Each new directive he read with the curiosity of one who counted on future enjoyment; like a child peering into the passionate secrets of adults he peered into the secrets of the central authorities. Rarely did a night pass without the appearance of a new directive. And the activist would study it right until morning, building up within himself by dawn the enthusiasm of implacable action. And it was only rarely that it seemed as if for the moment he came to a standstill because of the weariness of life—and at such times he looked complainingly upon anyone who fell beneath his gaze; for then it was that he felt the recollection of being "a stupid bungler and a delinquent"—as he was sometimes called in documents coming from the regional office. At such moments he would decide to himself, "Perhaps I ought to descend into the masses and lose myself in the universal life being directed from above," but then swiftly he pulled himself together—because he did not wish to be a member of the universal orphanhood, and he feared the long languishing wait for socialism till the time came when each shepherd would exist in a state of gladness, for the fact was that right now, at this very moment, a man could be at the right hand of the vanguard and possess immediately all of the advantages of the future. The activist spent a particularly long time examining the signatures on the documents; these letters had been written there at headquarters by the hot hand of the district, and the hand is part of the whole body dwelling in the satiation of fame in the eyes of the devoted, convinced masses. Tears even appeared in the eyes of the activist when he admired the clarity of the signatures and the depiction of the earthly spheres on the sealing stamps; after all, the whole earthly sphere, all its softness, would soon belong to those precise, iron hands—and how could it possibly be that then he himself would be left without influence on the worldwide body of the earth? And with the sparingness of assured happiness the activist caressed his chest, which was emaciated as a result of its heavy duties.

Why are you standing there motionless?" he asked Chiklin. "Go on over to guard the political corpses from being dishonored by the kulaks; you see how our heroic brothers perish!"

Through the murk of the collective farm night Chiklin went to the empty hall of the village Soviet. There rested there his two comrades. The largest lamp, intended for lighting the meetings, was burning above the corpses. They lay there next to each other on the presidium table, covered up with a banner up to their chins so their fatal wounds would not be noticeable and so that the living would not therefore be afraid of perishing in the same manner.

Chiklin stood at the feet of the two deceased and calmly gazed into their silent faces. Safronov would have nothing more to say from out of his mind, and Kozlov would not be pained in his soul for all organizational construction, would not receive the pension due him.

Passing time flowed slowly in the midnight darkness of the collective farm; nothing violated the collectivized property and the quiet of the collective consciousness. Chiklin lit up a smoke, went up close to the faces of the dead men and touched them with his hand.

"What about it, Kozlov, are you bored?" Kozlov, being killed, went right on lying there in a silent way; Safronov was also calm, like a satisfied person, and his red mustaches, which hung over his weakened, half-opened mouth, even grew from his lips, because in life he had not been kissed. Around the eyes of Kozlov and Safronov could be seen the dried up salt of their former tears, so that Chiklin found it necessary to wipe it off and to ponder why Safronov and Kozlov had wept at the end of their lives.

"What about it, Safronov, have you laid down for good, or are you planning perhaps to rise again?"

Safronov was unable to reply because his heart lay in his destroyed breast and had no feeling.

Chiklin listened to the rain beginning in the courtyard, to its long and mournful sound, singing in the foliage, in the wattle fences, and on the peaceful roofing iron of the village; apathetically, as in an emptiness, the fresh moisture poured down, and only the anguish of at least just one human being hearing the rain could have provided a reward for this attrition of nature. At long intervals the chickens screamed out in the fenced-off back country, but Chiklin heard them no more and had already lain down to sleep between Kozlov and Safronov beneath the common banner—because the dead are also human beings. The lamp burned unthriftily over them till the morning when Yelisei appeared in the room and likewise did not put out the lamp; to him it was all the same whether it was light or dark. He stood there uselessly for a time, and then went on out just as he had entered.

Leaning his chest up against the flag staff, Yelisei stared into the murky dampness of the empty place. On that place the rooks had assembled in order to migrate to warm faraway lands, even though it was not yet the right time for their departure from the land hereabout. Even before the departure of the rooks Yelisei had seen the swallows too disappear, and at that time he had wanted to turn into the light, untroubled body of a bird, but now he no longer thought about becoming a rook, because he no longer could think. He lived and he gazed with his eyes only because he had the documents of a middle peasant, and his heart was permitted by the law to beat.

From the village Soviet sounds resounded and Yelisei went up to the window and put his face against the pane; he constantly listened to hear all kinds of sounds which were emitted from the masses or nature, because no one spoke words to him nor gave him any ideas or concepts, so that he had to feel even distant rumbles of sound.

Yelisei saw Chiklin sitting up between the two others there who were flat on their backs. Chiklin was smoking and confidently comforting the decedents with his words.

"You've reached the end, Safronov! Well, what of

it? No matter, I remain here, and I'll be like you now; I'm going to become more intelligent, I'll begin to make statements from a point of view, I'll see all of your tendency, it's quite all right that you do not exist..."

Yelisei was unable to understand and could hear mere noises through the clean glass.

"And as for you, Kozlov, don't bother to live. I am going to forget myself, but I'll begin to possess you constantly. I'll conceal within myself all your ruined life, all your tasks, and I'll never abandon them, so just consider yourself alive. I'll be politically active day and night; I'll take under my observation the entirety of organizational life, and I'll go on a pension too—lie there peacefully, Comrade Kozlov!"

Yelisei breathed a film of breath on the pane and could see Chiklin only vaguely, but all the same he kept right on trying to see since there was nowhere else he could look. Chiklin fell silent and, feeling that Safronov and Kozlov were both happy now, he said to them:

"Let the entire class die—I alone will remain and I'll do its task in the world! I don't know how to live for myself anyway! Whose mug is that staring at us? Come in here stranger!"

Yelisei immediately entered the village Soviet and stood there without realizing his trousers had slipped down from his stomach even though the day before they had stayed up. Yelisei had no appetite for nourishment and therefore grew thinner every passing day.

"Was it you who killed them?" asked Chiklin.

Yelisei pulled up his trousers and did not let them drop any more and without answering anything, concentrated his pale, empty eyes on Chiklin.

"Well who then? Go and bring me someone who is killing our masses."

The peasant set off and went right through that wet place where the last assemblage of the rooks was taking place; the rooks gave him room to pass and Yelisei saw that same peasant with the yellow eyes; the latter had set

87

a coffin up against the wattle fence and was writing his own last name on it in printed letters, fishing some gooey stuff out of the bottle with the finger with which he was writing.

"Well, Yelisei, have you found out what the orders are?"

"So, so," said Yelisei.

"Then it's all right," calmly declared the yellow-eyed peasant. "Have they washed the bodies of the dead men in the village Soviet yet? I'm afraid that government cripple will come here on his amputee's cart and hit me with his hand because I am alive and the two others died."

So the yellow-eyed peasant went off to wash the dead men, thereby to demonstrate his sympathy and desire to help. Yelisei trailed on behind, not knowing in any case where it was best to be.

Chiklin raised no obstacles while the peasant removed the clothes from the corpses and carried each, one after the other, to be dipped naked in the pond, and then, after wiping them down with sheeps' wool, once more dressed them and put both bodies back on the table.

"Well, very good," said Chiklin at this point. "So who killed them."

"We do not know, comrade Chiklin. We ourselves live unexpectedly."

"Unexpectedly!" declared Chiklin and he struck the yellow-eyed peasant a blow in the face to make him begin to live politically aware. The peasant would have fallen but he was afraid to deviate too far lest Chiklin think him to be a prosperous peasant, so he moved up even closer to Chiklin, desiring to be the more seriously maimed and subsequently to petition for himself by means of his torment the rights of the life of a poor peasant; Chiklin, seeing before him such a creature, mechanically hit him in the stomach, and the peasant fell down, shutting his yellow eyes.

Yelisei, who was standing quietly off to one side, said to Chiklin that the peasant was dead.

"Are you sorry for him?" asked Chiklin.

"No," replied Yelisei.

"Put him in the middle between my comrades."

Yelisei dragged the peasant to the table and using all his strength lifted him up and dropped him across the previous deceased, and only then did he fit him in properly, placing him tightly, closely alongside Safronov and Kozlov. When Yelisei moved away the peasant opened his yellow eyes, but he couldn't close them again, and thus they stayed open.

"Does he have a woman?" asked Chiklin of Yelisei.

"He was all alone," replied Yelisei.

"Why did he exist?"

"He was afraid not to exist."

Voshchev came in the door and told Chiklin to go along—he had been summoned by the committee of activists.

"Here is a ruble for you," Chiklin hurriedly gave Yelisei money. "Go over to the foundation pit and look to see whether the girl Nastya is still alive and buy her some candy. My heart just began to ache for her."

The activist was sitting with his three assistant activists, emaciated from incessant heroism and very poor people; yet their faces showed the same firm feeling—zealous devotion. The activist gave Chiklin and Voshchev to understand that in accordance with a directive of Comrade Pashkin they must join all their hidden forces in the service of the campaign for collectivization.

"And is the proletariat supposed to have the truth?" asked Voshchev.

"The proletariat is supposed to have movement," the activist informed him. "And whatever it happens along its path all belongs to it; be it truth, be it a plundered kulak jacket—it all goes into the organizational pot, and you won't recognize a bit of it then."

Near the dead men in the village Soviet the activist

at first was saddened, but then, remembering the newly building future, he smiled enthusiastically, and gave orders to those surrounding him to mobilize the collective farm for a funeral procession so that all of them should feel the majesty of death during a time of the developing bright moment of socialization of private property.

Kozlov's left arm hung down, and all of his torso, which had perished, was hanging there askew from the table, just about ready to fall unconsciously. Chiklin reorganized Kozlov and noticed that it had gotten very crowded for the dead men lying there; there were already four instead of three. The fourth Chiklin did not remember and he turned to the activist for enlightenment on the misfortune, even though the fourth was not of the proletariat but was some uninteresting peasant lying askew on his side, with stopped breathing. The activist's story to Chiklin was that this farmyard element was the fatal wrecker of Safronov and Kozlov, but now he had realized his own grief as a result of the organizational movement against him and he himself had come here on his own and laid down on the table between the corpses and personally died.

"In any case I would have discovered him in another half hour," said the activist. "There is not one drop of unregulated elemental force in our village anymore, and there is nowhere to hide either! And who is this other extra one lying there?"

"That one I finished off," explained Chiklin. "I thought that the bastard had put in an appearance just begging to be struck a blow. I gave it to him and he weakened."

"Very correct too: in the district they would never believe that there was only one murderer; but two now, that's a complete kulak class and organization!"

After the funeral which was off at one side from the collective farm the sun set, and immediately it became desert-like and hostile on the earth; out from behind the morning edge of the district emerged a thick underground cloud, and by midnight it was bound to arrive at the localities hereabouts and to pour out upon them its whole weight of cold water. Looking that way the collective farmers began to feel chilled, and the chickens had long since been cackling in their henhouses, sensing ahead of time the whole length of the autumn night. Soon afterwards complete darkness fell upon the earth, intensified by the blackness of the soil trampled by the wandering masses; but up above it was still light—in the midst of the dampness of the inaudible wind and heights there was a yellow gleam of the sun which reached up to there and was reflected on the last of the leaves in the orchards bent over in the silence. People did not wish to be inside the huts—for there thoughts and moods attacked them. They walked about all the open places of the village and tried to keep each other within view at all times; and in addition they listened carefully—to hear whether some sound or other would not resound from a great distance in the moist air, in order to find reassurance in such a difficult space. The activist had long since issued an oral directive on the observation of sanitation in the life of the people, for which people were required to be out on the street all the time, and not suffocating in their family huts. And as a result it was easier for the convened committee of activists to maintain observation over the masses through the window and to lead them perpetually further and further.

The activist also managed to note this yellow evening glow, similar to burial light, and he decided to designate on the morn of the next day a march in star-formation of collective farm foot marchers into those nearby villages which were clinging to individual farming, and thereupon to announce folk games.

The chairman of the village Soviet, an old chap from among the ranks of the middle peasants, was about to approach the activist for some orders and directions because he was afraid of being inactive, but the activist motioned him away with his hand, instructing the village

Soviet only to give support to and make secure the previous accomplishments of the committee of activists and to guard the ruling poor peasants from the kulak beasts of prey. The old man chairman gratefully relaxed and went off to make for himself a night watchman's rattle.

Voshchev feared the nights, he lay sleepless in them in a state of doubt; his basic feeling of life strove for something appropriate in the world, and secret hope of thought promised him a distant salvation from the oblivion of universal existence. He went off to spend the night alongside Chiklin, and he was worried lest Chiklin should lie down and go off to sleep, while he would be there all alone staring with his eyes into the murk over the collective farm.

"Don't sleep today, Chiklin, because I'm afraid of something."

"Don't be afraid. Tell me who is frightening you. I'll kill him"

"I am frightened of perplexity of the heart, Comrade Chiklin. I myself do not know what. It keeps seeming to me as if far far away there is something special, or some luxurious unattainable object, and I meanwhile am living sadly."

"We will get it, Voshchev. As they say, don't you grieve!"

"When, Comrade Chiklin?"

"Just consider that we have already got it: you see how everything has now become nothing..."

At the edge of the collective farm stood the Organizational Yard—Org-Yard—in which the activist and other leading poor peasants conducted instruction of the masses; and here too it was that there lived the unproven kulaks and various penalized members of the collective— some of them had gotten there for falling into a petty mood of doubt, others because they had wept during a time of cheerfulness and kissed fenceposts in their own farmyards when they had departed for the collectivized yard, and still others for something else again, and then

92

last of all there was an old chap who had put in an appearance at the Org-Yard quiet haphazardly— this was the watchman from the Dutch tile factory: he had been walking on his way past and they had stopped him because he had an expression of alienation on his face.

Voshchev and Chiklin sat on a stone in the middle of the yard, expecting soon to go to sleep beneath the shed there. The old man from the Dutch tile factory re-collected Chiklin and approached him—up to that point he had been sitting on the nearest grass and had been wiping the dirt off his body beneath his shirt without using water.

"Why are you here?" asked Chiklin.

"Well I was going past and they ordered me to stay here: perhaps, they say, you are living to no purpose, let's look and see. I tried to go past in silence but they curtailed me back: halt, they shouted, you kulak! Since then I have been living here on potato peels.

"It's all the same to you where you live," said Chiklin, "just so long as you don't die."

"You're telling the truth there! I can get used to anything at all, only at first I pine. Here they have already taught me the letters and they are compelling me to know the number too; you are going to be, they say, an appropriate class-conscious old chap. And in fact why not—I will be!"

The old man would have talked the whole night, but Yelisei returned from the foundation pit and brought Chiklin a letter from Prushevsky. Beneath the lantern which lit up the sign of the Org-Yard Chiklin read that Nastya was alive and that Zhachev had begun to take her each day to a nursery school where she had come to love the Soviet state and was collecting scrap and waste for it; Prushevsky was very strongly pained over the death of Kozlov and Safronov while Zhachev had wept enormous tears for them.

"It is rather difficult for me," wrote Comrade

Prushevsky, "and I am afraid that I will fall in love with some woman or other and get married since I do not possess any social significance. The foundation pit has been completed and in the spring we will lay the foundation stone. Nastya knows how, it seems, to write in printed letters and I am sending to you her paper."

Nastya wrote to Chiklin:

"Liquidate the kulak as a class. Hail Lenin, Kozlov, and Safronov!

"Greetings to the poor collective farm but not to the kulaks."

Chiklin kept whispering these written words and was very profoundly touched, unable to wrinkle up his face for sadness and weeping: then he went off to sleep.

In the big house of the Org-Yard there was one enormous room and everyone slept there on the floor, thanks to the cold. Forty or fifty human beings from among the people opened up their mouths and breathed upwards, and beneath the low ceiling hung a lamp in the fog of their breath, and it quietly swung from some kind of quaking of the earth. In the middle of the floor lay Yelisei too: his sleeping eyes were nearly completely open and looked without blinking at the burning lamp. Finding Voshchev, Chiklin lay down next to him and settled himself down to wait for a brighter morning.

In the morn the barefoot collective farm foot marchers formed up in a row in the Org-Yard. Each had a banner with a slogan in his hands and a pouch of food over his shoulder. They were awaiting the activist as the prime person in the collective farm in order to learn from him why they were to go to strange places.

The activist came to the Yard along with the leading personnel and, having arranged the foot marchers in the form of a five-sided star, he stood in the middle of them all and delivered his speech, directing the foot marchers to go out among the surrounding poor peasantry and demonstrate to them the characteristic of the collective farm by the method of summoning to socialist law and order, because in any event what was about to happen would be bad. Yelisei held in his hand the longest banner of all and after hearing out obediently the activist he stepped out with his ordinary gait up in front, without knowing where he was expected to stop.

That morning there was dampness, and cold was blowing in from distant empty localities. This particular circumstance was likewise not missed by the committee of activists.

"Disorganization!" the activist said wearily of this chilling wind of nature.

The poor peasants and the middle peasants went on their way and disappeared into the distance, into space belonging to others. Chiklin gazed at the departing barefoot collective, not knowing what he ought to suppose beyond this, and Voshchev kept silence without thought. From the big cloud which had come to a halt over the distant God-forsaken fields of plowland, rain fell like a wall and covered those who had left in a surrounding of moisture.

"Where did they go?" said one prokulak, separated from the population at the Org-Yard because of his harmfulness. The activist had forbidden him to go outside beyond the wattle fence, and the prokulak had expressed himself across the fence. "One pair of shoes will last *us* for ten years, so where are *they* off to?"

"Hit him!" said Chiklin to Voshchev.

Voshchev went up to the prokulak and hit him hard in the face. The prokulak did not express himself further.

Voshchev approached Chiklin with his customary lack of comprehension of surrounding life.

"Just look, Chiklin, how the collective farm is going out into the world—bored and barefoot."

"That's why they are walking, because they are barefoot," said Chiklin. "They have nothing to be glad of—the collective farm after all is a run-of-the-mill everyday matter."

"Christ probably went about bored too, and in

95

nature then there was an insignificant rain."

"You do have a mind, poor fellow," replied Chiklin. "Christ went about all alone for some unknown reason, but in this case whole heaps are on the move for the sake of existence."

The activist was here at the Org-Yard; the previous night had passed to no purpose—no new directive had descended upon the collective farm, and he had let flow a river of thought within his own head; but the thought gave him fears of dereliction. He was fearful lest prosperousness might accumulate in the individually owned barnyards and that he would fail to take it into account. Simultaneously he was also fearful of overzealousness—and therefore he had collectivized only the horse population, tormenting himself over the isolated cows, sheep and poultry, because in the hands of the elemental private farmer even a goat was a lever of capitalism.

Restraining the strength of his initiative, the activist stood there immobile in the midst of the general silence of the collective farm, and his assistant comrades gazed upon his silenced lips, not knowing which direction they should move in. Chiklin and Voshchev departed from the Org-Yard and went off to seek the dead inventory so as to see its state of usefulness.

After covering a certain distance they stopped along the way because from the right side of the street certain of the gates swung open without the work of human hands and calm horses began coming through them. At a steady gait, not dropping their heads to the fodder growing right there on the earth, the horses in a solid mass passed the street and descended into the ravine in which water was contained. After drinking up their quota, the horses went down into the water and stood in it for a certain length of time for the sake of their own cleanliness, and thereupon clambered up on to the dry land of the shore and went on back, not losing their formation nor their own solidarity among themselves. But upon reaching the first barnyards the horses separated—one of them came to a halt at a thatch roof and began to jerk straw out of it, and another, bending down, picked up remnant bunches of spare hay in her mouth, while the more gloomy horses entered their farms residences and took there from their familiar, established places one sheaf, and then took it out to the street.

Each animal took a share of fodder which it could manage and thriftily carried it in the direction of the gates from which all the horses previously had emerged.

The horses which had arrived there first stopped at their common gates and waited there for all the rest of the mass of horses to come up, and only when all of them had gathered there together did the horse up in front push the gate wide open with his head and all of the horse formation enter the yard with fodder. In the yard the horses opened their mouths, the fodder fell from them into one center pile there, and at that point the collectivized horses stood in a circle and began slowly to eat, getting along with each other in an organized way without the meddling of a human being.

Voshchev gazed in fright through the chink in the gate at the animals there; he was astounded by the spiritual calm of the chewing horses, just as if all the horses had become convinced, with full exactitude, of the collective farm meaning of life, and as if he alone lived and was in a state of torment worse than any horse.

Beyond the horse yard someone's poor hut stood without any fence around it on a barren piece of land. Chiklin and Voshchev entered this hut and found a peasant lying face down on a bench. His woman was cleaning up the floor, and, upon seeing her guests, wiped her nose with the end of her kerchief, after which plain and ordinary tears began to flow:

"What's wrong with you?" Chiklin asked her.

"Ee, darlings!" the woman enunciated and wept even more profusely.

"Dry out right now and talk!" Chiklin tried to bring

her to her senses.

"My husband has been curled up and lying there for I don't know how many days now...Woman, he says. push some food into my insides, because I'm lying here all empty, and my soul has gone out of the whole flesh, and I'm afraid of floating away—he shouts at me to put some weight on his shirt. And when evening comes I tie the samovar to his stomach. When is there going to be something?"

Chiklin went up to the peasant there and turned him over on his back—he really was light and thin, and his pale, petrified eyes did not even express timidity. Chiklin bent down close to him.

"Are you breathing?"

"When I remember then I breathe," the man replied weakly.

"And if you forget to breathe?"

"Then I'll die."

"Perhaps you don't feel the meaning of life, and in that case just endure for a bit longer," said Voshchev to the man lying there.

The wife little by little but carefully and completely looked over the two new arrivals, and as a result of the causticity of her eyes her tears dried up unfeelingly.

"He had a presentiment for everything, comrades, he saw everything clearly in his soul! And when they took his horse into the organization then he just lay down there and just stopped everything. I at least weep, but he doesn't."

"It would be better for him to weep, it would be easier for him" advised Voshchev.

"That is exactly what I told him. Can you really just lie there in silence—the authorities will get frightened. After all, I'm of the people, that is the genuine real truth—you evidently are good folk—and when I go out on the street, I just overflow with tears. And the comrade activist sees me—after all he looks about everywhere and he has got all the chips counted up too—and when he sees me he gives the order: weep, woman, weep harder, what you see is the sun of the new life which has risen, and the light is hurting your dark eyes. And he has an even voice and I see that nothing bad is going to happen to me, and so I weep with all my heart."

"It seems your husband has only existed for a short time without spiritual support?" Voshchev asked.

"Yes, just since he stopped recognizing me as his wife, consider it was from then."

"His soul is his horse," said Chiklin. "Let him live a time empty, without any load, and the wind will air him out."

The woman opened her mouth, but stood there without making a sound, because Voshchev and Chiklin had gone out the door.

Another hut stood on a large lot, fenced with wattle, and inside a peasant man lay there in an empty coffin, and whenever he heard any noise at all he shut his eyes like one dying. Above this half-sleeping man's head an ikon lamp had been burning several weeks, and the man himself would pour oil into it from time to time. Voshchev put his hand up to the forehead of the "deceased" and felt that the man was warm. The peasant heard him and totally ceased breathing, desirous of becoming colder on his outside. He clenched his teeth and did not permit air to enter his inside depths.

"Now he has grown cold," said Voshchev.

The peasant exerted all his dark forces to try to stop the inner beating of his life, but his life, because it had been driven forward for so many years, could not just stop within him. "Just see how strongly you revive me," the peasant lying there thought between efforts. "All the same I'm going to wear you down, you'd do better to end it yourself."

"It seems as if he has gotten warmer again," Voshchev discovered after an interval of time.

"So he still isn't frightened, the prokulak devil," declared Chiklin.

The peasant's heart moved up on its own into his soul, into the tightly packed throat space, and pressed itself tightly there, emitting the steam of dangerous life into the upper skin. The peasant moved his legs so as to help his heart shudder, but his heart was exhausted without air and was unable to work. The peasant opened up his mouth and cried out with grief and death, sorry that his intact bones would rot to dust, that his bloody strength of body would decay, that his eyes would shut out the white bright world, and that his farmyard was doomed to eternal orphanhood.

"Dead men make no noise," said Voshchev to the peasant.

"I'm not going to," agreed the man lying there, and he fell still, happy that he had pleased the authorities.

"He's growing cold," Voshchev felt the peasant's neck.

"Put out the ikon lamp," said Chiklin. "Over him the flame burns, and he has closed his eyes tightly—now that's where there is no stinginess to the revolution."

Emerging into the fresh air, Chiklin and Voshchev encountered the activist going to the library hut on affairs of the cultural revolution. Afterwards he had as his next duty to make the rounds, in addition, of all of the middle-peasant individual farmers left outside the collective farm, in order to convince them of the unreasonableness of fenced-off barnyard capitalism.

In the library hut stood previously organized collective farm women and girls.

"Good day, comrade activist!" they all said in chorus.

"Greetings to the cadres!" thoughtfully replied the activist and stood there in silent consideration. "And now we will repeat the letter 'a'—listen to my statements and write..."

The women lay down on the floor because the entire library hut was bare and they began to write with pieces of plaster on the floor planking. Chiklin and

Voshchev also sat down, desirous of strengthening their knowledge of the alphabet.

"What words begin with the letter 'a?' " asked the activist.

One fortunate girl rose to her knees and replied with all the swiftness and sprightliness of her intelligence.

"Avantgarde, activist, advance, archleftist, antifascist! All of them to be spelled with a hard sign, except for archleftist!"

"Correct, Makarovna," the activist remarked. "Write those words down systematically."

The women and girls assiduously lay on the floor and began to work hard at drawing the letters, making use of the scratchy pieces of plaster. During this period the activist gazed out the window, pondering some further path, or else, perhaps, wearied by his lonely political awareness.

"Why are they writing hard signs there? There aren't supposed to be any there!" said Voshchev.

The activist looked about.

"Because Party lines and slogans are designated by words, and because a hard sign is more useful than a soft sign. It is the soft sign which has to be abolished, and the sign is something inevitable; it makes for harshness, and clarity of formulations. Does everyone understand?"

"Everyone," replied all of them.

"Now write next concepts with a 'b,' Makarovna!"

Makarovna rose and trusting in science she said:

"Bolshevik. Bourgeois, the collective farm is the *benefit* of the poor peasant, bravo, bravo, Leninists! Hard signs are put on Bolshevik and also at the end of collective farm, but everywhere else there are soft signs."

"You forgot 'bureaucratism,' " the activist pointed out. Well go ahead and write. And you, Makarovna, run on over to the church and get me a light for my pipe."

"I'll go," said Chiklin. "Don't tear the people away from the mind."

The activist pressed burdock crumbs into his pipe

and Chiklin went over to get it lit from the flame. The church stood on the edge of the village, and behind it began the desertedness of autumn and the eternal conciliatoriness of nature. Chiklin looked upon this impoverished solitude, on the lone vines lying chilly in the clayey field, but for the time being he found no grounds for entering an objection.

Near the church grew old forgotten grass, and there were no pathways or other marks of human passing—which meant that people had long since avoided worshipping in the church. Chiklin went to the church through a thicket of burdocks and goosefoot and then stepped up on the church porch. There was no one in the cold vestibule except for a sparrow who lived, all hunched up, in a corner; but even he was not frightened by Chiklin, and merely looked in silence at the human being, intending, evidently, to die soon in the darkness of the autumn.

In the church burned many candles; the light of the silent, sad wax illuminated the entire interior of the building right up to the cupola above the hiding place of the sacred relics, and the cleanwashed faces of the saints stared out into the dead air with an expression of equanimity, like inhabitants of that other peaceful world—but the church was empty.

Chiklin lit up the pipe from the nearest candle and saw that up in front on the pulpit someone else was smoking. Chiklin went on up to him.

"Did you come from the comrade activist?" asked the smoker.

"What's it to you?"

"I see by the pipe in any case."

"And who are you?"

"I used to be the priest, and now I have disassociated myself from my soul, and have had my hair cut in the style of the foxtrot. Just look at it!"

The priest took off his cap and showed Chiklin his hair, bobbed like that of a girl.

"Not so bad, right! But they don't believe me

anyway. They say I am a secret believer and an obvious parasite on the impoverished. And I am now going to have to earn my seniority, so they will accept me as a member of the atheists' circle.

"How are you earning it, vile being?" asked Chiklin.

The priest put his bitterness away in his heart and replied willingly:

"Oh, I sell candles to the people—you see how the whole church is lit up! The money received is saved up in the atheists' circle and will go to the activist for a tractor."

"Don't tell lies: where are the worshipping people?"

"There cannot be any people here," reported the priest. "The people only buy a candle and put it here for God, like an orphan, in place of their prayers, and meanwhile they hide."

Chiklin sighed wrathfully and asked further:

"And why is it that the people do not come here to cross themselves, you rat you?"

The priest, to show respect, rose to his feet in front of him, preparing to report to him in full.

"Crossing oneself, comrade, is not permitted: whoever does so I write their names down in stenography in the memorial register."

"Talk faster and further," directed Chiklin.

"I am not ceasing my words, comrade brigadier, it is just that I am weak in my tempos but please suffer me out anyway...And the register sheets with the designated persons who have made the sign of a cross, or who have bowed down before the heavenly powers, or who have carried out any other act of reverence to the prokulak high priests—those sheets I personally accompany each midnight to the comrade activist."

"Come up close to me," said Chiklin.

The priest readily descended the pulpit steps.

"Close your eyes tight, scoundrel!"

The priest shut his eyes and expressed touching kindness on his face. Chiklin, without a quaver of his torso gave the priest a conscientious blow on his cheek bone. The priest opened his eyes and once again shut them tightly, but he could not permit himself to faJl down—so as not to give Chiklin a concept of his disobedience.

"You want to live?" asked Chiklin.

"For me, comrade, it is useless to live," the priest replied wisely. "I do not feel the loveliness of creation any longer—and I am left without God, and God without man."

Having uttered these last words the priest bent down to the ground and began to pray to his protecting angel, touching the floor with his foxtrot-bobbed head.

A long whistle resounded in the village and in its wake the horses began to neigh.

The priest halted his praying hand and realized the significance of the signal.

"A gathering of the founders," said he with humility.

Chiklin went on out the church into the grass. Through the grass a woman was going to the church, straightening up the ruffled goosefoot in her tracks, but, when she saw Chiklin, she froze and out of fright she handed him a five-kopek piece for a candle.

■ ■ ■

The Org-Yard was filled with a mass of people; present were organized members and unorganized peasants who still had individual farms, those who were still weak in their political consciousness, or those who had a prokulak portion of life and had not yet entered the collective farm.

The activist was up on a high porch and he observed with silent grief the movement of the vital mass beneath him on the raw, wet, evening earth; he silently loved the poor peasantry who, eating their simple bread, were rushing eagerly ahead into the bright future, for all the same the land for them was empty and alarming; secretly he gave city candies to the children of the deprived and with the advance of communism into agriculture he decided to set his sights on marriage, all the more because then women would show their real mettle better. Right now someone's little child was standing near the activist and staring into his face.

"What is your mouth watering about?" asked the activist. "Here's a candy for you."

The boy took the candy, but mere food was too little for him.

"Uncle, why are you the smartest but you still don't have a visored cap?"

The activist stroked the boy's head without a reply; the child gnawed with astonishment on the candy which was stony all the way through—it was shiny like cloven ice and inside it there was nothing except hardness. The boy gave half the candy back to the activist.

"Eat it up yourself, there's no jam in the middle; little joy for us."

The activist smiled with a penetrating consciousness and had the presentiment that this child in the maturity of his life would recollect him in the midst of the burning light of socialism which had been wrought out of wattle-fenced village barnyards by the concentrated strength of the committee of the activists.

Voshchev and three other already convinced peasants were carrying beams to the gates of the Org-Yard and arranging them in a pile—the activist had given them previous instructions for this work.

Chiklin too walked behind the workers and, taking up a beam near the ravine, he carried it to the Org-Yard: let there be more benefit in the common pot, let it not be so sad all about.

"Well, how will it be, citizens?" declared the activist to the substance of the people located in front of him. "Just what are you up to, do you want to sow capitalism once again, or have you come to your senses?.."

The organized peasants sat on the earth and smoked

with a satisfied feeling, stroking their beards which during the last half year had for some reason begun to grow more sparsely; the non-organized peasants stood there on their feet, overcoming their useless souls, but one of the appointees of the committee of activists had taught them they possessed no souls but instead had only a private property attitude, and now they did not at all know what would become of them, given the fact they would have no more private property. Others, bending over, beat themselves in the breast and listened to hear their own thoughts emerging from there, but their hearts beat lightly and sadly as if they were empty and there was no response. The people standing there did not let the activist out of their sight for a moment, and those nearer to the porch stared at the leader with full desire in their unblinking eyes so that he should see their ready mood.

By this time Chiklin and Voshchev had already completed delivering the beams and begun to rough-hew them with joints on all ends, attempting to build some large object. There was no sun in nature either yesterday or now, and the weary night had fallen early on the raw, damp fields; quietude had now extended itself over all the visible world, and only Chiklin's axe resounded in its midst and echoed with a decrepit creak on the nearby mill and in the wattle fences.

"Well, what about it!" patiently said the activist from his lofty perch up above. "Or are you going to keep standing there between capitalism and communism: after all it's already time to get moving—in our district the fourteenth plenum is under way!

"Comrade active, let us middle peasants stay standing there awhile yet," the peasants from behind requested him. "Maybe we will get used to it: the main thing for us is custom, habit, otherwise we will endure everything."

"Well, go on standing there, while the poor peasants sit," the activist gave his permission. "Comrade Chiklin hasn't joined the beams together in one block yet anyway."

"And what are those beams being joined for, comrade active?" asked a middle peasant from the rear.

"It's for the liquidation of classes that a raft is being organized, so that tomorrow the kulak sector should be floated on down the river into the sea and further..."

Pulling out his notation sheets and his class-stratification register, the activist began to make marks on the paper; his pencil was two-colored, and sometimes he would use the dark blue, sometimes the red, and sometimes he merely sighed and thought, making no marks until he had reached a decision. The standing peasants opened their mouths and looked at the pencil with anguish in their weak souls which had arisen in them because of the last remnants of their private property, because their souls had begun to feel torment. Chiklin and Voshchev were hewing away with two axes at the same time and their beams were fitting right up to each other, forming a large area up on top of them.

The nearest middle peasant leaned his head up against the porch and stood there in this state of rest for a time.

"Comrade activist, comrade!"

"Speak out clearly," the activist told the middle peasant while continuing his activity.

"Just let us grieve our grief the rest of the night and then we will share in gladness with you forever."

The activist considered this briefly:

"The night is long. All about us the tempos in the whole district are marching along—but go ahead and grieve until the raft is ready."

"Well even till just the raft, that's a gladness too," said the middle peasant and began to weep, so as not to lose time from his last grieving. The women standing outside the wattle fences of the Org-Yard immediately began to wail at the top of their choked voices, so Chiklin and Voshchev stopped hewing the wood with their axes. The organized membership of the poor peasantry

107

rose from the earth, satisfied not to have to grieve, and they went out to look over their vital common village property.

"Turn away from us for a little while," the activist asked two of the middle peasants: "So we don't have to look at you."

The activist departed from the porch and went into the house where he greedily began to write out a report on the exact fulfillment of the measure for total collectivization and on the liquidation by means of a raft, of the kulaks as a class; but while doing this the activist was unable to put a comma after the word "kulak," since there was none in the directive. Further he requested the district for a new battle campaign for himself, so the local activists could be kept at uninterrupted work and clearly outline the dear general line forward. The activist would also have liked for the district to proclaim him in its decree the most ideological person in the entire district superstructure, but this desire subsided in him without any consequences, because he recollected how after the bread grain procurements for the state he had had occasion to proclaim himself to be the most intelligent man in the given stage, and how, on hearing this, a certain peasant had declared himself to be a woman.

The house door opened and through it resounded the sound of torment from the village; the person entering wiped the wetness from his clothing and then said:

"Comrade active, snow has started out there, and the cold wind is blowing."

"Let it snow and blow, what's it to us?"

"For us it's nothing, we can get along in anything, we will manage," the middle-aged poor peasant who had just put in an appearance completely agreed. He was permanently astonished that he was still alive in the world, because he had nothing except vegetables and his poor peasant's special benefits, and was unable to achieve a higher, satisfying life.

"Comrade chief, just tell me for my consolation:

should I join up with the collective farm to die, or just wait?"

"Sign up, of course, otherwise I'll send you to the ocean."

"There is no place at all that is frightening to a poor peasant; I would have signed up a long time ago but I will not sow Zoya."

"What Zoya? If you mean *soy,* that's after all an official grain."

"She's the one, that bitch!"

"Well don't sow it—I will take your psychology into consideration."

"Take it into consideration, please!"

Enrolling the poor peasant in the collective farm, the activist had to give him a receipt for his membership, which also attested to the fact that there would be no Zoya in the collective farm, and he also had to think up an appropriate form for this receipt since there was no way the poor peasant would leave without it.

Outdoors at this same time the cold snow kept falling ever more densely; the earth itself became the more relaxed as a result of the snow, but the sounds of the middle peasants' mood hindered the coming of total quietude. The old plowman Ivan Semyonovich Krestyanin—his last name meaning in Russian "peasant"—kissed the young trees in his orchard and then he broke them off right at the roots, and his wife lamented over the bare branches.

"Don't weep, old woman," said Krestyanin: "In the collective farm you will at least become a servant for the men. And these trees, they are my flesh, so let it now be tormented, for it will be depressing for it to be collectivized into captivity."

The woman, on hearing the words of her husband, virtually rolled along the ground: and another woman, something like an old maid or a widow, first ran along the street and wailed in such an agitating nun's voice that Chiklin had a strong desire to shoot at her; but then she saw how the Krestyanin woman was rolling on the ground, and she too threw herself down flat and kicked out with her legs in their woolen stockings.

The night covered over the whole village scale of things, and the snow made the air impenetrable and crowded and in it the chest choked; but nonetheless the women kept on shrieking everywhere, and getting used to this lament, kept up a constant howl. The dogs and other small nervous animals also supported these anguished sounds, and in the collective farm it was noisy and uneasy, just as in the vestibule to a bath house; the middle and the higher peasants silently worked in their yards and sheds, protected by their women's weeping at their wide-open gates. The remaining, uncollectivized horses slept sadly in their stalls, tied into them so tightly that they could never fall, because other horses already stood there dead; in the anticipation of the coming of the collective farm the less unprosperous peasants kept their horses without food, so as to be collectivized in on their body alone, and so as not to take the animals with them into their own sorrow.

"Are you alive, breadwinner?"

The horse dozed there in the stall, with sensitive head dropping down forever, one eye weakly closed and no strength left for the other—so that it kept right on staring into the darkness. The shed grew chilly without the breath of the horses, and the snow fell into it, and lay there on the head of the mare and did not melt. And the master put out the candle, embraced the horse's neck and stood there in his orphanhood, in memory smelling the mare's sweat, just as our plowing.

"So you've died? Well that's all right. I will die out soon too and things will be quiet for both of us."

A dog, not seeing the human being there, entered the shed and smelled the rear foot of the horse. The dog began to growl, bit into the meat there, and tore some off for itself. Both eyes of the horse whitened in the darkness, and she stared with both and stepped forward on her feet a bit, the feeling of pain showing she had not forgotten how to live.

"Maybe you'll go to the collective farm. Go then, but I'll wait a while," said the farmer.

He took a bunch of hay from the corner and held it up to the horse's mouth. The mare's eye sockets went dark; she already had closed off the last of vision and did not sense the smell of the grass because her nostrils did not twitch from the hay, and now two new dogs behind were indifferently eating at her rear legs—but the horse's life was still intact. It had only sunk deeper into poverty, was being divided into ever tinier parts, and could not be completely exhausted.

The snow was falling upon the cold ground, ready to stay there the whole winter; the peaceful covering was bedding down for sleep the entire visible earth; it was only around the stables that the snow had melted and that the earth was black, because warm blood of cows and sheep emerged from beneath the walls to the outside, and the summer places grew bare. Having liquidated all of their last smoking livestock, the peasants began to eat meat and ordered all their family members to eat it as well; meat they ate at that short time like a eucharist— no one wished to eat it but they had to hide the flesh of their own home slaughter within their bodies and preserve it there from collectivization. Other calculating peasants had long since become swollen from eating meat and went about heavily like moving barns; others vomited incessantly, but they could not say farewell to their cattle and destroyed what they had to the very bones, not expecting any use to the stomach. Whoever managed to eat up his livestock ahead of the others and whoever put his into the imprisonment of the collective farm just lay there then in an empty coffin and lived in it, just as in a crowded yard, feeling there a fenced-off peace.

Chiklin left off making the raft. Without ideology Voshchev also had weakened to such a degree that he

111

could not lift his axe, and he lay there in the snow; no matter what, there was no truth in the world, or, perhaps, it had existed within some plant or in some heroic tiny vermin, but some travelling beggar had come by and eaten up the plant or trampled on the vermin below, and had then died himself in an autumn ravine, and his body had been blown into nothingness by the wind.

The activist could see from the Org-Yard that the raft was not ready; however, the next morning he was duty bound to send off to district headquarters an official report with summary totals, and this was why he had given forth with the urgent whistle summoning all to the general organizational assemblage. The people had emerged from their farmyards in response to this sound and had appeared in their still nonorganized state on the square of the Org-Yard. The women were no longer weeping; they had dried their faces, and the men too bore themselves self-sacrificingly, ready to be organized once and for all. Pressing up against each other, the people stood there without uttering a word in all their middle peasant mass and kept their eyes fixed on the porch on which the activist stood with a lantern in his hand—from this light of his own he failed to see various petty details on the faces of the people there, but on the other hand he himself was observed clearly by all.

"Well, are you ready?" asked the activist.

"Wait a bit," said Chiklin to the activist. "Let them say their farewells before the future life."

The peasants were ready for something, but one of them said in the darkness:

"Give us a moment of time more."

And having said his last words the peasant embraced his neighbor, kissed him three times, and said his farewell to him:

"I beg your forgiveness, Yegor Semyonych!"

"There's nothing to forgive, Nikanor Petrovich: forgive me too."

Each one began to kiss in turn all of the people

there, embracing bodies hitherto those of strangers, and all of their lips kissed each sadly and with friendship.

"Forgive me, Aunty Darya, don't hold a grudge against me for having burned down your threshing barn."

"God will forgive, Alyosha, now the threshing barn isn't mine anyway."

Many, touching each other's lips, stood there immersed in that feeling for a while, so as to recall forever their new kin, because until this time they had lived without thought of each other and without pity.

"Come on, Stepan, let's be brothers."

"Forgive me, Yegor, we lived stormily, but we are coming to our ends with clean consciences."

After the kissing the people bowed down to the ground—each to all—and then rose to their feet, free and empty hearted.

"Now, comrade activist, we are ready, write us all down in one column and we will point out the kulaks to you ourselves."

But the activist had already previously listed all of the inhabitants—those to be in the collective farm and those to go on the raft.

"Aha, so political awareness has at last had its say with you?" he said. "So the mass work of the activists has born fruit! There it is—a precise line and your future world!"

Chiklin went out to the high porch and put out the activist's lantern—the night was quite light from the fresh snow without kerosene.

"Do you feel good now, comrades?" asked Chiklin.

"Good," they replied from the whole Org-Yard. "We no longer sense anything, the only thing left within us is ash."

Voshchev lay off to one side and could not manage to go to sleep without the peace of truth within his life—so he arose from the snow and went into the midst of the people.

"Hail and hello!" he said to the collective farm, gladdened. "You have become like me now—I too am nothing."

"Hello!" the entire collective farm was like one person gladdened.

Chiklin too could not stand being isolated on the porch when people were standing together down below; he descended to the ground, lit up a bonfire from fencing material, and all of them began to warm themselves at the fire.

The night hung dimly over the people, and no one spoke a word, and all that could be heard was, just as from time immemorial, a dog barking in a neighbor village just as if it existed in continuing eternity.

■ ■ ■

After the night had passed Chiklin came to himself first, because he recollected something important, but on opening his eyes he forgot it all. Before him stood Yelisei, holding Nastya in his arms. He had already held the girl for two hours, afraid to awaken Chiklin, and the girl had been sleeping calmly, warming herself on his warm, hearty chest.

"You didn't torment the girl?" asked Chiklin.

"I would not dare to," said Yelisei.

Nastya opened up her eyes looking at Chiklin and wept for him; she had thought that in the world everything was in actual truth final and forever, that if Chiklin departed then she would never ever find him anywhere in the world. In the barracks Nastya often saw Chiklin in her sleep and was even reluctant to sleep, so as not to be in anguish in the morning when she would awaken to find him not there.

Chiklin took the girl into his arms.

"Was everything all right with you?"

"All right," said Nastya. "And here you have made

a collective farm? Show me the collective farm."

Rising from the ground Chiklin put Nastya's hand up to his neck and went off to liquidate the kulaks.

"Zhachev didn't harm you?"

"Just how could he do harm to me when I will remain in socialism, while he will die soon!"

"Yes, I suppose he would not harm you!" said Chiklin and directed his attention at the multiplicity of people present. Outsiders, strangers were arrayed in groups and in whole masses throughout the Org-Yard, while the collective farm was still sleeping in its common mass near the night time bonfire which by now was going out. Along the collective farm street there were also people from the outside; they stood silently in expectation of that gladness for which Yelisei and other collective farm foot travelers had brought them there. Certain of the wanderers clustered about Yelisei and asked him:

"Where is all the collective farm wealth—or have we come here for nothing? Do we have to keep wandering about for a long time without shelter?"

"If they brought us here then the committee of activists knows about it," replied Yelisei.

"But your committee of activists is sleeping, it seems."

"The activists are not permitted to sleep," said Yelisei.

The chief activist emerged onto the porch with his aides, and along with them was Prushevsky; and Zhachev crawled along behind them all. Comrade Pashkin had sent Prushevsky to the collective farm because even though Yelisei had passed by the foundation pit the day before and eaten kasha with Zhachev, because of the absence of his mind he was unable to say even one word. Learning of this, Pashkin decided to send Prushevsky to the collective farm at full tempo, as a member of the cadre group of the cultural revolution, for organized people must not live without mind; and Zhachev meanwhile had gone along too at the same time out of his own desire, as a monstrosity—and therefore they had arrived, the three of them, with Nastya in their arms, not counting those passing peasants whom Yelisei had ordered to come too, following behind him, so as to celebrate the coming of the collective farm.

"Go along and finish up the raft as soon as possible," said Chiklin to Prushevsky. "And I'll manage to get back to you soon."

Yelisei went along with Chiklin because he was to show him the most oppressed landless hired laborer, who, nearly from the beginning of time, had worked for nothing for prosperous farms, and who was now working as a blacksmith's striker in the collective farm smithy and was receiving food and victuals for this as a smith's assistant; however, this smith's helper was not enrolled as a member of the collective farm, but was considered instead as a hired person, and the trade union line of command on receiving a report on this official landless hired laborer, the only one in the whole district, was very profoundly disturbed. Pashkin in general was grieving over this unknown proletariat of the district and wished to deliver him from oppression as swiftly as possible.

Near the smithy stood an automobile with motor running and burning gasoline on one spot. Pashkin, who had arrived along with his wife, had just gotten out of it, so as to discover here, with an activist's greediness, this one remaining landless laborer and, upon providing him with a better share of life, thereupon to go back and fire the district committee of the trade unions for carelessness in serving their member masses. But no more had Chiklin and Yelisei approached the smithy than Comrade Pashkin hurriedly emerged from the building and departed in his automobile, hanging his head in the car as if he did not know what would become of him. Comrade Pashkin's spouse had not gotten out of the car at all: she was only there to protect her beloved husband from encounters with women who worshipped the power of her husband and who mistook the firmness of his leadership for the power of the love which he could give them.

Chiklin, with Nastya in his arms, entered the smithy; Yelisei remained standing outside. The smith was pumping air into the furnace, with the bellows and meanwhile a bear was beating with a hammer on a white hot iron strip on the anvil.

"Faster, Mish, because, after all, you and I are a shock brigade!" said the smith.

But even without urging the bear was working so zealously that all about there was an odor of burned fur scorched by the sparks from the metal, but the bear did not feel it.

"Well, no, enough!" said the smith.

The bear ceased hammering and, stepping back, thirstily drank half a pail of water. Then, wiping his fatigued proletarian face, the bear spit into his paw and once again set to work hammering. This time the smith put him at hammering out a horseshoe for a certain individual farmer from the outskirts of the collective farm.

"Mish, you are going to have to finish that faster; in the evening the boss will come and there will be liquid refreshments!" And the smith indicated his neck as a pipe for vodka. The bear, understanding this future enjoyment, began to make the shoe with great energy.

"And why did you come here, person?" the smith asked Chiklin.

"Let your helper go so he can point the kulaks out to us; they say he has long years of experience."

The smith considered a bit and then said:

"Have you got the activists' consent? After all the smithy has its production and financial plan, and you are going to spoil its fulfillment."

"I have got full consent," answered Chiklin. "And if your plan is not fulfilled then I will come here myself to complete it... Have you heard of Mount Ararat—well I would no doubt have piled it all up myself if I had put the earth from my spade in one pile!"

"All right he can go then," said the smith of the bear. "Get on over to the Org-Yard and ring the bell so he will hear the signal for lunch time for otherwise he won't budge—he worships our discipline."

While Yelisei walked indifferently about the Org-Yard, the bear made four horseshoes and asked for more work. But the smith sent him out for firewood to be made into charcoal, and the bear brought back a whole suitable fence. Nastya, looking at the sooty, singed bear, was gladdened that he was for us and not for the bourgeois.

"He is tormented too, and that means he is on our side, right?" said Nastya.

"Of course!" answered Chiklin.

The bell rang and the bear momentarily stopped his work. Up to that point he had been breaking the fence up into tiny bits, but now he straightened up and sighed dependably; enough of that, so to say. Putting his paws into the pail of water so as to wash them off to make them clean, he then went out to get his food. The smith pointed Chiklin out to him and the bear went calmly behind the human being, bearing himself, as if accustomed to it, erectly, walking on his back paws only. Nastya touched the bear on the shoulder, and he also brushed her lightly with his paw and yawned with his whole mouth, from which the odor of past food was emitted.

"Look, Chiklin, he is all gray!"

"He has lived with human beings, so he got gray with grief."

The bear waited for the girl to look at him once again, and when she did he winked at her with one eye; Nastya laughed and the blacksmith striker-bear hit himself in the stomach so that something down there rumbled—which made Nastya laugh even more. But the bear paid the child no heed.

Near some of the farmyards it was as cold as out in

118

the open fields, but near others of them warmth could be felt. The cows and the horses lay on the lots with yawning rotting carcasses—the heat of life which over a period of many long years had been accumulated beneath the sun was still escaping from them into the open air, into the wide open spaces of winter. Chiklin and the blacksmith striker-bear had already passed many farmyards and for some reason nowhere had the kulaks been liquidated.

The snow, till then sparsely falling from the higher reaches, now was falling harder and faster—some kind of roaming wind began to build up into the blizzard which can happen once winter sets in. But Chiklin and the bear went on through the snow, cutting straight through its rhythmically falling sheets because Chiklin found it impossible to take into consideration the mood of nature: but Chiklin hid Nastya from the cold under his blouse, leaving only her head exposed, so that she would not be bored in the dark warmth. The little girl kept watching the bear all the time—she was pleased the bear was also of the working class—and meanwhile the blacksmith striker-bear looked at her as if she were a forgotten sister with whom he had been nursed at his mother's stomach in the summer forest of his childhood. Wishing to please Nastya the bear looked about to see what he could grab and break off for her as a gift. But nearby there wasn't any pleasing object whatsoever other than the clay-and-thatch huts and wattle fences. So the striker-bear looked up into the snowy wind and swiftly grabbed something tiny from it, and then he reached out his clenched paw to Nastya's face. Nastya took from it a fly, though she knew there were no flies now—they had died at the end of summer. The bear commenced to dash about after flies along the entire street—and the flies flew in whole big clouds, mingling with the driving snow.

"Why are there flies in winter?" asked Nastya.

"From the kulaks, daughter!" said Chiklin.

Nastya crushed within her hand the fat kulak fly, given her by the bear, and she said:

"Kill them as a class! Otherwise the flies will be here in winter and not in summer; the birds will have nothing to eat."

The bear suddenly growled near a strongly built clean hut and did not wish to go on further, forgetting all about flies and the girl. There was a woman's face staring through the windowpane, and down the glass flowed the liquid of her tears, just as if the woman had been keeping them on the ready all along. The bear opened his snout at the visible woman and roared in rage so that the woman jumped back into the house.

"Kulaks!" said Chiklin and, entering the farmyard, opened the gates from the inside. The bear also crossed the property line onto the lot.

Chiklin and the bear began by inspecting the nooks and hiding places of the farmstead. In the shed, covered with chaff, lay four or five large dead sheep. When the bear touched one of them with his foot, flies rose from it; they were having themselves a fat life in the hot meaty crannies of the sheep's body and, feeding energetically, they flew fat and heavy in the midst of the snow, not at all chilled by it.

From the shed emerged a breath of warmth—and in the carcass wells of the slaughter shed it was in all likelihood as hot as in summer in rotting peaty soil, and the flies lived in there just as if it were not winter at all. Chiklin felt ill in the big shed; it seemed to him as if bath ovens were being heated up in here, and Nastya shut her eyes tight because of the stink and wondered to herself why it was warm in the collective farm in the winter and why there were no four seasons of the year, about which Prushevsky had told her at the foundation pit when on empty autumn fields the singing of the birds had ceased.

The blacksmith striker-bear went from the shed into the hut and, roaring in the passageway with a hostile voice, he hurled across the porch an enormous ancient trunk from which spools of thread spilled.

In the hut Chiklin found one woman and a small boy; the boy was sulking on a night pot, and his mother, seating herself, settled down into the room just as if all the substance had sunk downwards in her; she did not cry out, but only opened her mouth and tried to breath.

"Husband, husband!" she began to call, not moving because of the impotence of grief.

"What?" responded a voice from the stove; and then came the creak of a dried-out coffin, and the master of the house climbed out.

"They have come," said the woman slowly. "Go and meet them, my bitter darling!"

"Get out!" Chiklin ordered the entire family.

The blacksmith striker-bear tried to take the boy by the ear and the boy leapt from the night pot, and the bear not knowing what it was sat down on the low utensil himself in order to try it out.

The boy stood there in just his shirt and, realizing what was going on, stared at the seated bear:

"Come on uncle, do caca!" he asked; but the bear quietly growled at him, exerting himself in his uncomfortable position.

"Get out!" declared Chiklin to the kulak population.

The bear, not moving from the night pot, gave forth with a noise from his jaws—and the prosperous peasant answered:

"Don't be noisy, sirs, we will go away ourselves."

The blacksmith striker-bear recollected how in the old times he had used to pull out stumps on the backlands of this peasant and ate grass out of silent starvation because the peasant gave him food only in the evening— what the pigs had left; and for that matter the pigs used to lie down there in their trough and eat a portion in their sleep. Remembering this the bear got up from the night pot, embraced easily the peasant's body, and hugged him with such force that all the accumulated fat was squeezed out of the man as well as his sweat, and the bear shouted right into his head in different voices—for out of anger and because of being accustomed to hearing people the blacksmith striker-bear was almost able to converse.

The prosperous peasant, waiting a while, till the bear released him and stepped back, went on outside just as he was, and went on past the window on foot, and only then did the woman dash out after him, and the boy remained in the hut without his parents. Standing there in dull bepuzzlement, he grabbed up the night pot from the floor and ran after his father and mother with it.

"He is very sly," said Nastya of this boy who had taken his night pot with him.

Further on they encountered more kulaks. Three farmyards down the street the bear roared once again, announcing the presence here of his class enemy. Chiklin gave Nastya over to the blacksmith striker-bear and went on into the hut all alone.

"Why have you come here, dear sir?" asked an amiable, quiet peasant.

"Get out!" replied Chiklin.

"Why, have I done something which displeased you?"

"We need a collective farm, don't try to prevent it!"

The peasant, unhurried, thought a bit, just as if he was having a heart to heart conversation.

"The collective farm is no good for you..."

"Get out rat!"

"Well so you are going to make the whole republic into a collective farm and the whole republic will then be one single private farm.

Chiklin gasped, and he rushed to the door and opened it so that he could see freedom in front of him— he had once before hurled himself at the locked door of a prison, not comprehending captivity, and had cried out from the gnashing strength of his heart. He turned away from the reasoning peasant—so the latter would participate in his overwhelming grief which concerned only the working class alone.

"It's none of your business, carrion crow! We can appoint a tsar if it is useful for us to do it, and we can overthrow him with one fell swoop...And as for you—disappear!"

At this point Chiklin grabbed the peasant cross-ways and carried him outside where he threw him into the snow; the peasant was unmarried out of his greed, expending all his flesh in the accumulation of property, in the happiness of a secure existence, and now he did not know what he ought to feel.

"Liquidated?" he said from the snow. "Just look, today I am not here, and tomorrow you will be gone yourself. That's what is going to come of it—the only one who will get to socialism will be your chief person!"

Four farmyards further the blacksmith striker-bear once again roared hatefully. Out of the house lept a poor inhabitant with a pancake in his hands. But the bear knew that this master had beat him with a tree root when out of fatigue he had stopped turning a millstone by means of a beam. This peasant had compelled the bear to work in his mill in place of the wind so as not to pay a tax, and he himself had always whimpered about like a landless hired laborer and had eaten only when hidden beneath the bed covers with his wife. When his wife became pregnant then the miller had caused her to have a miscarriage with his own hands, because he loved only his big son whom he had long since gotten fixed up with a post among the city communists.

"Eat, Misha!" the peasant gave the pancake to the blacksmith striker-bear.

The bear turned the pancake over on his paw, and with it in his paw he slapped the kulak on the ear so the peasant squealed and fell down.

"Go out of the property which belongs to the land-less laborers!" said Chiklin to the man lying there. "Get out of the collective farm and don't dare to live in the world any longer!"

The well-to-do peasant lay for a time and then came to his senses:

"Show me your paper that you are a real person!"

"What kind of a person am I to you?" said Chiklin. "I am nobody: we have a Party—that's your person!"

"Show me then the Party at least, I want to look at it."

Chiklin smiled meagrely.

"You wouldn't recognize it by face. I myself barely feel it. Go put in your appearance at the raft, you capitalist bastard!"

"Let him ride the seas: here today and there tomorrow—it's the truth, isn't it?" said Nastya. "It would be a bore for us with the bastard!"

Further Chiklin and the blacksmith striker-bear liberated another six huts squeezed from the sweat of landless hired laborers, and then they returned to the Org-Yard where the masses purged of the kulaks stood in expectation of something.

Checking the arriving kulak class against his registration list, the activist found complete exactitude and was delighted by the actions of Chiklin and of the blacksmith striker-bear. Chiklin likewise gave his approval to the activist:

"You are a politically aware guy," he said, "and you have a nose for class as good as that of an animal."

The bear was unable to express himself and, standing off separately, he went back to the smithy through the falling snow in which the flies were buzzing; only Nastya followed him with her eyes and felt sorry for this old creature who was just as singed as a human being.

Prushevsky had already accomplished the completion of the raft made from the beams and was now looking in readiness at all who were there.

"You are repulsive!" Zhachev said to him: "What are you staring for, like one who has lost touch? Live more boldly—'Squeeze each other up: Put the money in a cup!' You think it is people who are existing? Don't make me laugh! All there is is superficial skin, we have a long way yet to go before we get to people, that's what I regret."

On command of the activist the kulaks bent down and began to move the raft straight down to the river valley. Zhachev crawled along behind the kulaks, so as to assure them a safe float down to the sea down-river, and so as to be the more intensely certain that socialism would come into being, that Nastya would receive it as her maiden's dowry, and that he, Zhachev, would die the sooner, as outworn prejudice.

■ ■ ■

Having liquidated the kulaks at a distance, Zhachev did not relax, it became even more difficult for him, though it was not clear why. For a long time he watched the raft systematically float down the gently flowing river, the evening wind rustle the warm, dead water which was pouring through cold lands into its distant abyss: and he became depressed, sad within his breast. After all, the social category of sad monstrosities was not needed in socialism and they would soon liquidate him too in distant silence.

The kulaks looked from the raft in only one direction—at Zhachev; the people there wished for a last time to look upon their home and the last, happy human being on it.

Already the kulak river transport had begun to disappear behind the bushes on the shore at the bend, and Zhachev had begun to lose visibility of the class enemy.

"Hey there parasites, farewell!" shouted Zhachev down the river.

"Farewellll!" responded the kulaks floating down to the sea.

From the Org-Yard resounded music which made

one want to march forward; Zhachev hurriedly crawled up the clayey bluff to the celebration of the collective farm, even though he knew that only former participants in imperialism were celebrating, provided one did not count Nastya and other childhood.

The activist had put out on the Org-Yard porch a radio loud speaker from which the march of the great onward drive was broadcast, and the whole collective farm, together with the foot traveller guests from the surrounding area, was joyfully stamping up and down in place. The collective farm peasants were radiant of face, as if freshly washed, and now they no longer felt regrets, and there was oblivion and a chill in their emptiness of soul. When the music changed, Yelisei went out to the central spot, struck the ground with the sole of his shoe and began to dance, not bending over in the least, nor blinking with his white eyes; he went about straight and upright like a rod—he alone among those standing there—moving his bones and his torso in time. Gradually the other men puffed themselves up and began to egg one another on, and the women merrily raised up their arms and went about moving their legs beneath their skirts. The guests tossed aside their handbags and pouches, called the local girls to join them, and began to move swiftly in their lower parts, shuffling energetically; and for their enjoyment they kissed the collective farm girls. The radio music made life still more exciting; passive peasants cried out with shouts of satisfaction, while the more politically advanced of them gave a many-sided development to the further tempo of the holiday, and even the collectivized horses, on hearing the roar of human happiness, came one at a time to the Org-Yard and began to neigh.

The snowy wind fell quiet; the dim moon appeared on the distant sky, made empty by the stormwind and the clouds—on a sky which was so deserted it could envision eternal freedom and which at the same time was so terrible that for freedom friendship was necessary.

126

Beneath this sky, on the clean snow, already specked in places by flies, the whole people triumphantly celebrated. People who had been living in the world for a long time—these too danced and stamped in total abandon.

"Oh you, USSR, our mother!" one prankster peasant cried out in joy, showing his stuff and clapping himself on the tummy, cheeks and mouth. "Pay court to our government and kingdom, boys! She's not married."

"Is she a gal or a widow?" a guest from across the way asked while still dancing.

"A gal!" explained the peasant who was also in motion. "Or don't you see how smart she is?"

"Let her be smart!" the guest from outside agreed. "Let her celebrate! Later on we'll make a quiet woman of her: she'll be good!"

Nastya got down from Chiklin's arms and also stamped along next to the dashing peasants because she felt like it. Zhachev crawled between all of them, tripping those in his way, and when he got to that peasant from the outside who had wanted to marry off the girl-USSR to a peasant, Zhachev gave him a poke in the side so he would forget about it.

"Don't you dare to think whatever comes into your mind! Maybe you want to earn yourself a trip floating down the river? You'll get on a raft all right!"

The guest got frightened at having come here.

"I'll not think anything any more, comrade cripple, I'll only whisper from now on."

Chiklin looked long upon the celebrating mass of people and felt peace of mind arising out of good in his breast; from the height of the porch he saw the lunar purity of distant scale, the sadness of the settled snow, and the obedient sleep of the whole world into whose construction so much labor and anguish had gone, all of which had been forgotten by everyone—so they would not have to know the fear of living on.

"Nastya, dont't get so cold, come to me," Chiklin

127

called her.

"I'm not chilled in the least, after all people are breathing here," said Nastya, running away from the lovingly roaring Zhachev.

"Rub your hands together, otherwise you are going to get stiff with cold: the air is big and you are little!"

"I have already rubbed them together: sit there and be quiet!"

The radio suddenly stopped playing in the middle of a tune. But the people themselves could not stop until the activist said: "Stand still until the next sound!"

Prushevsky managed to fix the radio in very short order, but it emitted not music but only a human voice:

"Listen to our reports: the state summons you to gather willow bark!"

And at this point the radio once again shut down. The activist, on hearing the report, thought about it so as to remember it, so as not to forget about the willow bark drive and thereby not to become notorious in the entire district as a "delinquent" as had happened with him the last time when he had forgotten about organization of a "bush day," as a result of which the whole collective farm now had no willow withes. Prushevsky once more began to fix the radio—and time passed while the engineer, with hands growing colder, kept attempting to repair the mechanism: but he was not succeeding because he was not convinced the radio would provide the poor peasants with reassurance or that a loving voice might speak to him from somewhere.

It was evidently nearly midnight; the moon was high over the wattle fences and the peaceful aged village, and the dead burdocks gleamed, covered with fine, fused snow. One lost fly tried to land on an icy burdock, but immediately slipped off and flew away, buzzing in the heights of the moonlight like a lark beneath the sun.

The collective farm, without ceasing the stomping, heavy dancing, also gradually began to sing in a weak voice. The words in this song could not be understood at all, yet nonetheless they echoed with plaintive happiness and the melody of man dragging himself along.

"Zhachev!" said Chiklin. "Go on over and stop the movement—have they died out of joy, is that it: they keep dancing and dancing."

Zhachev crawled away with Nastya into the Organizing House—the Org-House—and once he had made a place for her to sleep there, he crawled back out.

"Hey, you organized people out there, that's enough dancing: you bastards have had your fun!"

But the collective farm, carried away, did not listen to Zhachev's words and kept right on, heavily stamping, covering themselves with song.

"Do you want to catch it from me? You'll get what for—right now too!"

Zhachev climbed down from the porch, mingled among the moving legs, and without warning began taking people by their lower ends and throwing them down flat on the ground. And the people toppled like empty pants. Zhachev even regretted that in all likelihood they could not even feel his hands—they fell quietly just like that!

"Where is Voshchev?" Chiklin was worried. "What's he looking for off in the distance, some petty proletariat?"

Without waiting for Voshchev, Chiklin went off after midnight to look for him. He went down the whole deserted village street to its end, and nowhere was there to be seen a human being; only the bear was snoring away in the smithy in the entire moonlit vicinity, and the smith himself would occasionally cough.

All about it was still and beautiful. Chiklin halted in puzzled thought. Just as before, the bear went on snoring obediently, gathering strength for the next day's work and a new feeling of life. He would never again see the kulaks who had tormented him, and now he would be glad of his existence. Now, no doubt, the blacksmith striker-bear would hammer away at horseshoes and tire irons with even greater heartfelt zeal, given the fact that there was a mysterious force in the world which left in the village only those middle people whom he liked, who silently went about making useful substance and feeling participatory happiness; all the precise meaning of life and universal happiness were forced to languish in the breasts of those who were digging the earth of proletarian happiness—so that the hearts of the bear and of Chiklin should just hope and breathe, so that their working hand would be true and enduring.

Chiklin in his concern closed someone's open gates and then looked about to see whether things were in order in the street—whether everything was intact—and noticing a peasant's cloth coat lying there in the road he picked it up and took it into the passageway of the nearby hut: let it be preserved for the benefit of labor.

Bending down his body out of trusting hope, Chiklin went—through the backs of the farmyards—looking further for Voshchev. He climbed over wattle fences, went past clay walls of dwellings, straightened up bent over pickets, and constantly saw how beginning right at the thin fences, endless empty winter commenced immediately, Nastya could very easily get chilled in such an alien world because the earth does not exist for freezing childhood—only those like the blacksmith striker-bear could manage to endure their life here, and even they would grow gray from it.

"I had not yet been born when you already lay there, poor, unmoving, my darling!" the voice of Voshchev, of a human being, spoke nearby. "So you have been enduring for a long time: come and get warm."

Chiklin turned his head obliquely and observed that Voshchev had bent down behind a tree and was putting something in a bag which was already full.

"What are you up to, Voshchev?"

"Just so," said Voshchev and, tying up the neck of his bag, put this weight over his shoulder.

They went, the two of them, to spend the night at

the Org-Yard. The moon had already sunk lower, the tree stood in black shadows, everything had fallen into deep silence, and only the river which was growing more dense as a result of the cold rustled in its accustomed rural banks.

The collective farm slept imperturbably in the Org-Yard. In the Org-House the security lamp burned—one lamp for the whole snuffed out village; by the lamp sat the activist at his mental labor—he was drawing up the graph for the official report in which he wished to put down all of the statistics on organization of public services and amenities for the poor and middle peasants so that there might already be in existence an eternal formal picture and experience, as a foundation.

"Write down my things in it too!" asked Voshchev, opening his bag.

From around the village he had gathered into it all of the pauper and rejected objects, all the petty oblivion, and all kinds of unconsciousness—for the sake of social-ist retribution. This worn down and long-suffering trash had once upon a time touched the flesh and blood of hired landless laborers; in these things the burden of their stooped-over life was imprinted for eternity, life spent without conscious meaning, life which had perished in-gloriously and lay somewhere beneath the rye straw of the earth. Voshchev, without completely understanding, had thriftily accumulated in his bag the material remains of lost people, who like him had lived without truth and who had come to their end before the victorious finish. So now he presented these liquidated toilers to the face of the authorities and of the future, in order, by means of organization of the eternal meaning of people, to obtain retribution—for those who lay quietly in the depths of the earth.

The activist began to inventory the things which had come with Voshchev, setting up for this purpose a special column off to one side under the title of "a list of kulaks fatally liquidated as a class by the proletariat, in accordance with escheated remnants." Instead of people, the activist listed the marks of existence: a bark sandal from the last century, a tin earring from a shepherd's ear, a pantleg of canvas, and various other equipment of the working, yet propertyless, body.

By this time Zhachev, who was sleeping with Nastya on the floor, managed to awaken the girl accidentally.

"Turn your mouth away: you don't clean your teeth, you fool," said Nastya to the cripple who was protecting her from the cold from the door; "The bourgeois cut your legs off just like that, and now you want your teeth to be gone too?"

Zhachev shut his mouth out of fright and began to breathe through his nose. The girl stretched out, adjusted the warm kerchief which she wore to bed on her head, but was unable to go to sleep, because she had been awakened.

"What's that they brought—waste and scrap for the scrap and waste drive?" she asked about Voshchev's sack.

"No," said Chiklin, "those are toys collected for you. Go pick out the ones you want."

Nastya stood to her full height, stamped a bit to get her blood going, and, getting down on the floor, surrounded the inventoried pile of objects with her outstretched legs. Chiklin put the table lamp on the floor so the girl could see better what she liked—the activist, after all, could write in the darkness without making a mistake.

After a time the activist dropped the official register on the floor so the child would note that he had received in full all of the accumulated property of the landless hired laborers who had died without kith and kin and that he would make good use of it. Nastya slowly drew a hammer and sickle on the paper and handed it back.

Chiklin took off his quilted cotton padded jacket, and his footwear, and he went about the floor in stockings, satisfied and at peace, because now there was no one to take Nastya's share of life in the world away from her, since rivers flow only down to ocean deeps, and since those floating off on the raft would never return to torment the blacksmith's striker, Mikhail, the bear; those very same nameless people of whom there remained only bark sandals and tin earrings need not then lie in anguish for all eternity underground, but they could not arise either.

"Prushevsky," Chiklin called.

"Here I am," replied the engineer; he was sitting in a corner, leaning back against the wall, and dozing inattentively. His sister had not written him a thing for a long time now—and if it turned out she had died then he had decided he would go there to cook for her children in order to exhaust himself to the point of loss of his soul, someday to come to his end as an old person grown used to living without sensitivity. This would be exactly the same as dying now, but even sadder. He could, if he went there, live for his sister, and recollect longer and more sadly that girl who had passed by in his youth, who probably did not exist any longer. Prushevsky wished that the excited young woman, forgotten by all if she had perished and who was cooking cabbage soup for her children if she were still alive should remain in the world a little while longer even if only in his own secret feelings.

"Prushevsky! Are the successes of higher science able to resurrect people who have decomposed or not?"

"No," said Prushevsky.

"You're lying," accused Zhachev without opening his eyes. "Marxism can do anything. Why is it then that Lenin lies intact in Moscow? He is waiting for science—he wants to be resurrected. And I would find work for Lenin too," reported Zhachev. "I would tell him who should be getting handed out something additional! For some reason I can see through any son-of-a-bitch right off!"

"You are a fool," explained Nastya, digging about

133

in Voshchev's remnants of landless hired laborers. "All you can do is to see, and what's needed is to work. That's true isn't it, Uncle Voshchev?"

Voshchev had already covered himself up with the empty sack and was lying there listening to the beating of his muddled heart which kept dragging his whole body into some undesirable, far-off remoteness of life.

"It's not known," Voshchev replied to Nastya. "Go on working and working and working and when you have worked your way all the way to the very end, when you learn everything, then you'll be all fagged out and die. Don't grow up, little girl—you'll just begin to pine!"

Nastya was left dissatisfied.

"The only ones who have to die are kulaks—and you are a fool. Zhachev, look after me, I want to go to sleep again."

"Go ahead, girl," responded Zhachev. "Come to me—away from that prokulak. He wants to catch it from me—and tomorrow he'll get it but good!"

All fell silent, patiently enduring the night. Only the activist continued to write noisily, and achievements spread out ever more broadly before his politically aware mind, so that he already thought to himself: "You are bringing damage to the Soviet Union, you passive devil—you could have sent the whole district into collectivization, and here you are suffering away in one collective farm; it's long since time to send off the population in whole trainloads into socialism, and here you keep trying on a small scale. What a shame!"

Out of the pure lunar quiet someone knocked at the door softly and in the sounds of that hand could be heard fear as a vestige of the former order.

"Come in, there is no meeting going on," said the activist.

"Well," replied the person outside without entering, "I just thought you were thinking."

"Come in, don't irritate me!"

Yelisei entered; he had already had his sleep out on

134

the ground, because his eyes had darkened from internal blood, and he had grown stronger from the habit of being organized.

"There's a bear who is hammering over in the smithy and roaring a song—the whole collective farm has opened its eyes, and without you we are frightened."

"I must go and see what's up!" decided the activist.

"I'll go there myself," decided Chiklin. "Sit right there and just keep on writing—that will be better; reports are your business."

"He's still a fool!" Zhachev warned the activist. "But soon we are all going to become activists: just let the masses endure enough torment, let the children grow up!"

Chiklin went to the smithy. Great and chill was the night up above him, the stars shone down unselfishly upon the snowy cleanliness of the earth, and the striker-bear's blows resounded widely, just as if he were ashamed of sleeping beneath these expectant stars, and was replying to them the only way he could.

"The bear is a straightforward old proletarian," Chiklin expressed his esteem for him in his thoughts. And then the bear began to roar long roars of satisfaction, communicating aloud some kind of happy song.

In the moonlit night the smithy opened out upon the whole brightly lit surface of the earth, in the furnace burned a blast flame fanned by the smith himself, lying on the ground, pulling on the bellows' ropes. And the striker-bear, totally satisfied, was forging a white hot tire iron and singing a song.

"He just won't let me sleep," complained the smith. "He got up, roared, I lit up the furnace for him, and he went off to kick up a row... He always used to be quiet, and now it's just as if he had gone off his crock!"

"Why is it?" Chiklin asked.

"Who can say! Yesterday he returned from the liquidation of the kulaks and just kept stamping about and muttering in a pleased tone. It would seem he felt he

135

had been done a favor. And then a proactivist came in and pinned up that material over there on the fence. And Mikhail keeps looking all the time at it and imagining something. No more kulaks, so to speak, and a red slogan hanging over there. I see that something keeps entering his mind and stopping there."

"All right, you sleep, and I will work the bellows," said Chiklin. Taking the rope he began to pump air into the furnace so the Bear would make tire irons for wheels for collective farm carts.

Closer to dawn the peasants who had been there as guests began to disperse to the surrounding areas. The collective farm itself however had nowhere else to go, and after arising in the Org-Yard, began to move on towards the smithy where the hammering of the striker-bear resounded. Prushevsky likewise put in an appearance with them all and watched Chiklin helping the Bear. Next to the smithy hung a slogan on a banner: "For the Party, for loyalty to it, for shock labor which is breaking open the door into the future for the proletariat."

Growing tired, the bear went outside and ate snow to cool off, and then once again the hammer beat into the flesh of the iron with the frequency of the blows ever increasing; by now the striker-bear had stopped singing—he was expending all his fierce, silent joy in the zeal of his labor, and the collective farm peasants gradually began to feel for him and collectively grunted in time with the clang of the anvil in order that the tire irons would be stronger and more reliable. After watching for a time Yelisei gave the striker-bear advice:

"Listen, Mish, strike with a greater interval between blows, because then the tire iron will be less brittle and won't break. You keep hitting at the iron as if you were beating up some bitch of a whore—but it's good material! That's no way!"

But the bear merely bared his teeth at Yelisei who retreated quickly, still sorry for the iron. However, other peasants too couldn't stand seeing good iron spoiled:

"Don't hit so hard, you devil!" they began to hoot. "Don't spoil what belongs to all; nowadays property is an orphan—there's no one to care for it. Come on there, you hobgoblin, go easy!"

"Why are you being so hard on the iron? What do you think—that it's still private property?"

"Get out and cool down, you devil! Lay off, you fur-covered demon!"

"He should be kicked out of the collective farm—and that will be that! We aren't going to stand for any losses; not on your life!"

But Chiklin kept on fanning the blast with the bellows and the striker-bear tried to keep up with the blast and crushed the iron as if it were his blood enemy, if there were no more kulaks the bear was alone in the world.

"How terrible!" sighed the collective farm members.

"That's a mistake for you; it's all going to break! All the iron will be in blisters!"

"What a plague—and he can't even be touched. They'll say he's a poor peasant, proletariat, industrialization!"

"That is just the beginning. If the Party cadres pass on the word then we'll all catch it because of him!"

"The cadres aren't the half of it. If the Party instructor comes or comrade Pashkin himself then they'll really have us on fire!"

"But maybe nothing will happen—maybe we should just beat him up!"

"What's wrong with you, have you gone mad? Just the other day comrade Pashkin came here especially to see him—after all, he finds it boring that there are no landless hired laborers about."

Yelisei in the meanwhile spoke less but was more concerned about it than nearly anyone else there. When he used to have his own farm he couldn't sleep nights—

he kept watch to see that nothing perished, that the horse should not overeat or overdrink, that the cow should be in a good mood, and now when the whole collective farm, the entire local world about him, had become his concern, because he was fearful of relying on others, his stomach ached ahead of time out of fear for such property as this.

"We'll dry up into nothing!" quietly declared a middle peasant who had lived through the whole revolution. "Used to be I had to worry only about my own family, but now they say we have to worry about all—that kind of dependency is going to be the total torment of all of us."

Voshchev felt sad that the bear was working as if he could sense the meaning of life nearby, while meantime he himself, Voshchev, stood there at ease without trying to open the door into the future; and perhaps there really was something inside it. Chiklin by this time had already stopped forcing the blast with the bellows and had undertaken with the bear to make some narrow teeth. Paying no heed to the people observing them or to the entire scene, the two workmen worked incessantly out of a sense of conscience, which was the way it was supposed to be. The bear forged the teeth and Chiklin tempered them, even though he did not know the precise length of time they were supposed to be held in the water so as not to become overtempered.

"But what if a tooth runs into a stone?" moaned Yelisei. "What if it hits something hard—it will break right in two!"

"Pull the iron out of the liquid, you devil you!" the collective farm members exclaimed. "Don't torture material!"

Chiklin was going to pull the overfatigued metal from the water, but Yelisei had already come on into the smithy, taken away the tongs from Chiklin and begun to temper the teeth with his own two hands. Other collective farm men also thrust themselves into the smithy and, to ease their hearts, began to work on iron objects—with that exhausting zeal typical when benefit is more needed than loss. "We must remember to whitewash this smithy," Yelisei thought calmly at his work. "Or it'll get all black. Can one call this a businesslike institution?"

"Well, pull on the rope!" agreed Yelisei. "But not too hard—rope is precious now. And no one's going to be getting any new bellows out of collective farm earnings either."

"I'll take it easy," said Voshchev, and he began to pull and then let out the rope, forgetting himself in the endurance of labor.

The morning of the winter day arrived, and the customary light spread all over the whole district. The lamp was still burning in the Org-Yard, until Yelisei noticed this superfluous flame. When he had noticed he went there and put out the lamp so the kerosene would remain intact.

The girls and youths who previously used to sleep in huts had already awakened; as a rule they seemed to be indifferent to the alarmed concern of their fathers; the torments of the latter were of no interest to them, and they endured, without paying any attention, their poverty in domestic amenities, living off their feeling of a happiness which, though it was still unresponsive, was all the same bound to come. Almost all the girls and the still growing generation went off in the morning to the library hut and stayed there, eating nothing the whole day, learning reading, writing, arithmetic, growing accustomed to friendship, and imagining something or other in a state of expectation. Prushevsky alone had stayed off to one side when the collective farm had taken over the smithy and remained unmoving for the whole time beside a wattle fence. He did not know why they had sent him to this village, nor how he could live forgotten in the midst of the masses, and he decided to set an exact date for the end of his stay on earth; pulling out his notebook, he jotted down in it a late night hour of the dull winter day: let them all lie down to sleep, the frozen earth would fall silent of the sound of all kinds of construction, and he, no matter where he was to be, would lie down with his face upwards and cease to breathe. After all, there was no construction project or installation, no satisfaction, no dear friend, no conquest of the stars which could overcome his impoverishment of soul; and no matter what might happen he would recognize the vanity of any friendship not founded on superiority or on corporeal love, and the tedium of even the most distant stars from whose inner depths those very same copper ores would be required by that very same Supreme Council of the National Economy. It seemed to Prushevsky that all his feelings, all his enthusiasms and his ancient longing had met in judgement and had acknowledged themselves right to the very source of origin, to the fatal destruction of the innocence of every kind of hope. But the origin of feelings remained an exciting area of life; on dying, one could lose forever this one and only happy and true area of existence without entering into it. What was to be done, good Lord! If there were none of those self-oblivious impressions, which arouse life and which, when they appear, reach out their arms toward what they hope for?

Prushevsky covered his face over with his hands. Let reason be the synthesis of all feelings—where all the currents of alarmed impulses become reconciled with each other and fall quiet, but where then does this alarm and the impulse come from? He did not know; he only knew that the old age of judgement constituted an inclination towards death, this was his sole feeling; and then, perhaps, he would close the circle—he would return to the origin of feelings, to the evening of that summer day of his unique encounter.

"Comrade! Were you the one who came to us for cultural revolution?"

Prushevsky dropped his hands from his eyes. Off to one side the young men and women were streaming into the library hut. One of the girls stood there in front of him—dressed in felt boots and with a poor peasant kerchief on her trusting head; her eyes gazed on the engineer with astonished love because the power of knowledge concealed within this human being was incomprehensible to her; she would have agreed then and there to love him devotedly and eternally, gray though he was and a stranger, she would have agreed to have his child, to torment her body every living day for him, if only he would teach her to know the whole world and to participate in it. Her youth was nothing to her nor her happiness either. She felt a hurtling hot drive nearby, her heart rose upwards from the wind of the universal, onward-rushing life; but she was unable to express in words her joy, and so now she stood there and begged to be taught these words in which to express herself, to be taught this capability of feeling within her own head the whole world, so as to help it shine forth. The girl did not yet know whether this educated person would take her, and she looked hesitatingly, ready to learn once more from the activist.

"I will come with you right now," said Prushevsky.

The girl wished to be glad and to shout out but she did not—so Prushevsky would not be offended.

"Let us go," declared Prushevsky.

The girl went on ahead, pointing out to the engineer the way, even though it was quite impossible to lose one's way there; she wished to show appreciation, but had nothing to offer as a gift to the man following in her wake.

■ ■ ■

The collective farm members burned up all the charcoal in the smithy, used up all the iron which was to be found there on useful things, repaired all of the stock, and with anguish that their labor had come to an end, and not knowing how to prevent the collective farm from going into the red at this point, left the smithy. The striker-bear had gotten exhausted even earlier—he had gone on out to eat snow previously because of his thirst and while the snow was melting in his mouth he had dozed and fallen flat on his whole carcass to rest.

Emerging, the collective farm sat at the wattle fence and kept on sitting there while the snow melted underneath the motionless peasants. Halting work, Voshchev once again began to think, standing still in one spot.

"Come to!" Chiklin said to him. "Lie down with the bear and forget about everything."

"The truth, comrade Chiklin, cannot forget about everything..."

Chiklin picked Voshchev up crossways and laid him down by the sleeping striker-bear.

"Lie there and be quiet," he said from above. "The bear is breathing, and you cannot! The proletariat endures, and you are afraid! What a bastard you are anyway!"

Voshchev squeezed up to the bear, got warm, and went to sleep.

Along the street galloped a rider from the district headquarters on a foaming steed.

"Where are the activists?" he shouted at the seated collective farm without slowing down.

"Gallop on, straight ahead!" the collective farm informed him of the route. "Just don't turn to the right or the left!"

"I won't!" cried the rider, already in the distance, while the pouch with the directives beat against his hip.

In a few minutes time that very same rider hurtled back in the same direction from which he had come, waving in the air his record book so that the wind would dry the ink of the activist's signature. The fat horse, splashing the snow and the mud as he galloped, urgently disappeared in the distance.

"Spoiling a horse like that, the bureaucrat!" thought the collective farm. "Depressing to see it!"

Chiklin took an iron rod from the smithy and went to take it to Nastya as a toy. He loved quietly to bring her various objects—so that without saying anything the girl would understand his joy in her.

Zhachev had long since already awakened. Nastya, opening her fatigued mouth, involuntarily and sadly continued to sleep.

Chiklin looked at the girl attentively—to see if somehow she had been harmed since the day before, whether her body was wholly intact; but the child was quite intact and in running order; only her face burned with the inner power of youth. The activist's tears meanwhile dripped onto the new directive—Chiklin immediately noticed this. Just as yesterday evening this leader sat there unmoving behind the table. He had sent off, with great satsifaction, with the district headquarter's courier, the completed register of liquidation of the class enemy, and had reported all the successes of his activity in it; but then and there another fresh directive had descended on him signed for some reason by provincial headquarters, sent thus over the heads of the two intermediate instances, the district and the region. In this new directive were singled out some undesirable cases of extremism, of overshooting, overzealousness, and all sorts of sliding onto the right and left away from the precise sharpness of the well-defined Party line; and in addition the directive ordered the manifestation of an increased vigilance of activists towards middle peasants; did not their rushing into the collective farms mean this was a general fact of secret evil intention, carried out on the initiative of the masses of the prokulaks: so to say, let us enter the collective farms in all of our existing ocean deeps and wash away the shores of the leadership—then the government will not be strong enough, to cope with us, it will wear itself out.

"According to the latest materials in the hands of

the provincial Party Committee," it was stated at the conclusion of the directive, "it is clear, for example, that the activists' committee of the General Party Line Collective Farm has already put the cart ahead of the horse and fallen into the leftist swamp of rightist opportunism. The Party organizer of the local collective farm inquires of his immediately superior organization: is there something beyond the collective farm and the commune which is superior and brighter, so as no doubt immediately to push thither the local poor and middle peasant masses which are irrepressibly driving forward into the far distance of history, to the peak of universal unheard-of times. This comrade asks to be sent an exemplary statute of such an organization, and at the same time blank forms, a penholder and a pen, and two quarts of ink. He has no comprehension of the extent to which he is gambling on the sincere, for the most part healthy, middle peasantry's feeling of attraction to the collective farms. One cannot but agree that such a comrade as this is a wrecker of the Party, an objective enemy of the proletariat, and must immediately be removed once and for all from a position of leadership."

At this point the weakening heart of the activist shuddered and his tears fell on the document from provincial headquarters.

"What's with you, vulture?" Zhachev asked him.

But the activist did not answer. Had he really seen any gladness lately, had he really eaten or slept enough, or had he possessed the love of even one of the poor peasant maidens? He had felt as if he were in a delirium, his heart had barely beat from the load it bore, and it was only externally—away from himself—that he had tried to organize happiness and, even though only in the long term, to deserve, to earn, a position in the district headquarters.

"Answer, you parasite, or I'll give you what for!" once again Zhachev burst out. "You reptile, no doubt you have spoiled our republic!"

144

Jerking the directive from off the table, Zhachev began to study it on the floor himself.

"I want to go to my mama!" said Nastya, awakening.

Chiklin bent down over the unhappy child.

"Your mama died, little girl. I'm what's left."

"So why do you take me where there are four seasons of the year? Just feel what an awful fever I have under the skin! Take off my shirt, otherwise it will burn up—and when I get well there will be nothing for me to wear."

Chiklin felt Nastya; she was hot, moist, and her bones protruded achingly from inside; how tender and quiet the surrounding world had to be for her to live.

"Cover me up, I want to sleep. I'll remember nothing, for it's sad to be ill, isn't it true?"

Chiklin took off all his outer clothing and in addition he took from Zhachev and the activist their padded jackets and wrapped Nastya up with all this warm material. She shut her eyes and in warmth and in heat she felt lighter, as if she were flying through cool air. During the recent period Nastya had grown a bit and looked more and more like her mother.

"I knew he was a bastard," Zhachev judged the activist. "Well what are you going to do with that member?"

"What's reported in there?" asked Chiklin.

"They write in there that it is impermissible not to agree with them!"

"Just try and not agree with them," the activist person declared, in tears.

"Oh, what grief I've had with the revolution," Zhachev became seriously sad. "Where are you now, you worst bitch of all? Come here to me, my darling, and come and get it from a maimed warrior!"

Feeling thought in loneliness, not wishing to spend unrecompensed funds on the state and the future generation, the activist took his jacket off Nastya: if they were showing him the door then let the masses warm

145

themselves without his help. And jacket in hand he stood there in the middle of the Org-House—without further desire for life, shedding great tears, and thinking in his heart that perhaps capitalism, if you please, might yet put in an appearance.

"Why did you uncover the child?" asked Chiklin. "You want her to be chilled?"

"Phooey on your child!" said the activist.

Zhachev looked at Chiklin and advised him:

"Take that iron rod you brought from the smithy."

"Of course not!" answered Chiklin. "I have never yet in my life touched a man with a dead weapon: how then could I feel justice?"

Thereupon Chiklin calmly gave the activist a blow with his fist in the chest, so that children might still have hope and not just shiver from cold. Inside the activist a weak crack of bones resounded and the entire human being collapsed to the floor. Chiklin looked upon him with satisfaction, as if he had just carried out a necessary and useful deed. The activist's jacket had been torn from his hands and lay separately, not covering anyone.

"Cover him up!" said Chiklin to Zhachev. "Let him warm up."

Zhachev immediately dressed the activist in his own jacket and simultaneously pinched him to see to what extent he was still intact.

"Is he alive?" asked Chiklin.

"Maybe yes, maybe no, on the whole in between," replied Zhachev rejoicing. "It's all the same, comrade Chiklin: your hand works like an anvil, it has nothing to do with you."

"He shouldn't have taken covers off a hot child!" said Chiklin, still angry. "He could've boiled up some tea and made himself warm."

In the village a snow storm rose, though no storm wind could be heard. Opening the window to check up, Zhachev saw that what was happening was that the collective farm was sweeping up snow for the sake of hygiene: the peasants did not like it that the snow was all covered over with flies now, they wanted a cleaner winter.

On finishing up with the Org-Yard the collective farm members ceased their work and got under a shed roof where they waited in puzzlement over their further life. In spite of the fact that the people had already gone a long time without eating, even now they were not hungry because their stomachs were still piled full of the surplus of meat from recent days. Making use of the peaceful grief of the collective farm, and also of the invisibility of the activists' committee, the old man from the Dutch tile factory and other unclear elements who up to then had been imprisoned in the Org-Yard emerged from the rear storerooms and various concealed obstacles to life and went off into the distance on their urgent affairs.

Chiklin and Zhachev leaned up against Nastya from both sides, the better to care for her. Because of her confined warmth the girl became all swarthy and submissive, except that her mind sadly thought:

"I want to go to my mama again!" she said, without opening her eyes.

"Your mother does not exist," said Zhachev without gladness. "All die of life—only the bones are left."

"I want her bones!" Nastya begged. "Who is that crying there in the collective farm?"

Chiklin readily listened; yet everything was quiet all around—no one was crying, there was nothing to cry about. The day had already arrived at its middle point, the pale sun shone high over the region, some distant masses moved along the horizon to some unknown intervillage assemblage—nothing could make noise. Chiklin went out on the porch. A quiet unconscious moaning wafted to the silent collective farm and then was repeated. The sound commenced somewhere off to the side, directing itself towards a remote place, and was not calculated to be a complaint.

"Who's that?" cried Chiklin from the height of the porch across the entire village so that that dissatisfied person would hear him.

"It's the bear who is whining," answered the collective farm lying there beneath the shed roof. "And last night he was growling out songs."

And in reality, other than the bear, there was no one else left to cry. No doubt he had stuck his snout in the earth and was groaning away sadly into the depths of the soil, without understanding his grief.

"The bear is pining for something," said Chiklin to Nastya, returning to the room.

"Summon him to me. I am also pining," asked Nastya. "Carry me to my mama, I am very hot here!"

"Right away, Nastya. Zhachev go crawl off to the bear. In any case there's no reason for him to work here. There isn't any material."

But Zhachev who had just disappeared had already returned: the bear himself was coming to the Org-Yard along with Voshchev; and Voshchev was holding him, as if he were weak, by the paw, and the bear was moving alongside him with sad step.

Entering the Org-House the bear smelled the activist lying there and stood indifferently in the corner.

"I took him as a witness that there is no truth," Voshchev declared. "After all the only thing he can do is work, and just as soon as he starts resting he begins to pine. Let him exist now as an object—for eternal memory—I will be host to all!"

"Be host to the imminent bastard," agreed Zhachev. "Save for him the pitiful product."

Bending down, Voshchev commenced to gather up into his sack the decrepit old things, taken out by Nastya, which were requisite for the coming retribution. Chiklin picked up Nastya in his arms and she opened her fallen, silent eyes dried out like leaves. Through the window the little girl looked upon the collective farm peasants

148

pushed up close to one another, lying beneath the shed roof in patient oblivion.

"Voshchev, are you going to take the bear for your trash and scrap drive too?" Nastya worried.

"But of course. I even save remains and ash, and this is a poor being!"

"And what about them then?" Nastya stretched out her little emaciated hand, as thin as a lamb's leg, pointing to the collective farm lying out in the Org-Yard.

Voshchev looked over the courtyard with a managerial eye and, turning away, let droop even further his head which was pining away for truth.

The activist lay there, just as before, silent on the floor, until thoughtful Voshchev bent down over him and moved him a bit, out of a feeling of curiosity towards all loss of life. But the activist, whether feigning or dead, did not respond to Voshchev. Then Voshchev sat down close to the man and looked long into his blind, open face, which was borne deeply into his sad consciousness.

The bear was quiet for a moment and then began to whine once more, and on hearing his voice the whole collective farm came from the Org-Yard into the house.

"Comrades of the activists' committee, just how are we to go about living from now on?" the collective farm asked. "Grieve over us because we have no endurance left! Our implements are in working order, our seed is clean, it's now a matter of winter work—there's nothing to be felt in it. You must try!"

"There is no one to grieve," said Chiklin. "There lies your chief griever."

The collective farm calmly studied the toppled activist, having no pity for him, yet not feeling gladness either, because the activist had always spoken precisely and correctly, fully in accordance with the gospel, except that he was personally so repulsive that when all local society had planned to get him married off on one occasion so as to lessen his activity, even the least

149

comely women and wenches had wept from sadness.

"He died," Voshchev reported to them all, rising from below. "He knew everything, yet he too came to an end."

"But maybe he is still breathing?" Zhachev expressed skepticism. "Touch him and try him, please, because he hadn't yet got what was coming to him from me: Then I'll give him some more, right now!"

Voshchev lay down once more by the body of the activist who had once carried on with such predatory significance that all the universal truth, all of the meaning of life, was located solely within him, and existed nowhere else, while Voshchev got nothing out of it except torment of mind, unconsciousness in the onward driving torrent of existence and the submissiveness of blind material.

"Aha, you viper!" whispered Voshchev over this silent carcass. "So *that's* the reason I did not know meaning! It would seem that you, you dry soul, had sucked the blood not only from me but from the entire class as well, leaving us to wander about like quiet dregs, knowing nothing."

And Voshchev punched the activist on the forehead—for the sake of the durability of his death and for the sake of his own politically conscious happiness.

Feeling now a full mind, though still unable to pronounce or to bring into action his original strength, Voshchev rose to his feet and said to the collective farm:

"Now I will grieve for you!"

"We beg you!!" the collective farm cried unanimously.

Voshchev opened wide the Org-House door and recognized the desire to live away out in that unfenced-in distance, where the heart could beat not only from the cold air but also from the honest gladness of overcoming the whole dull substance of the soil.

"Carry the dead body away!" directed Voshchev.

"Where to?" asked the collective farm. "After all he certainly cannot be buried without music! At least turn on the radio!"

"You can dekulakize him—down the river and into the sea!" Zhachev suggested.

"That can be done too," agreed the collective farm. "The water is still running."

So several men lifted the activist's body high up and took it to the river bank. All this time Chiklin held Nastya close to him, intending to go to the foundation pit with her, but was detained by the occurring conditions.

"The juice has left me, from everywhere in me," said Nastya. "Take me to my mama quickly, you old fool! I am bored!"

"We'll get going right now, little girl. I will carry you on the run. Yelisei, be off with you, summon Prushevsky—tell him we're leaving and that Voshchev is being left here on behalf of all of us because the child has fallen ill."

Yelisei went off and returned by himself: Prushevsky did not wish to go, saying that he had to finish the teaching of all the youths here first, because otherwise they might perish in the future and he felt sorry for them.

"All right, let him stay," Chiklin consented. "Just so he himself remains intact."

Zhachev, because he was a monstrosity, was unable to move by himself swiftly and could only crawl: therefore Chiklin organized things thus: he commanded Yelisei to carry Nastya, and he himself carried Zhachev. And thus, making haste on their way, they went off to the foundation pit along the winter road.

"Take good care of Mishka the Bear!" Nastya ordered, turning back. "I will come to visit him soon."

"Don't worry, miss!" promised the collective farm.

By evening time the foot travellers could see the electric illumination of the city in the distance. Zhachev had long since grown tired of sitting in Chiklin's arms and said they should have taken a horse from the collective farm.

"Afoot we will get there more swiftly," replied Yelisei. "Our horses have grown unused to being ridden: they have been just standing still for so long! Their legs have even become swollen, for after all, the only walking they get is in stealing fodder."

When the travelers arrived at their destination they saw that the entire foundation pit was covered with snow, and in the barracks it was empty and dark. Chiklin, placing Zhachev down on the ground, set to lighting a bonfire to get Nastya warm, but she said to him:

"Bring me mama's bones, I want them!"

Chiklin sat down opposite the little girl and kept trying to get the fire going for light and heat, and Zhachev meanwhile had been sent out to get some milk from someone. Yelisei sat for a long time on the threshold, observing the nearby bright city where something was constantly making a clamour and rising and falling rhythmically in the universal disturbance, and then he fell down upon his side and went off to sleep without eating anything.

People went past the barracks, but no one came to call on the ailing Nastya, because each had his head bent down and was thinking incessantly about total collectivization.

Sometimes all of a sudden quiet fell, and then once again the train whistles blew from far away, the piledrivers released lengthy gusts of steam, and voices shouted from the shock brigades which had come up against something heavy—all around everything was supercharged with the public good.

"Chiklin, why is it that I always feel mind and cannot forget it?" Nastya expressed surprise.

"I don't know, little girl. Probably because you have never seen anything good."

"And why is it that in the city they work at night

and do not sleep?"

"They are doing it for you."

"And I am lying here so sick... Chiklin, give me mama's bones, I will embrace them and go to sleep. I have gotten so depressed now!"

"Go to sleep, maybe you'll forget your mind."

The weakened Nastya suddenly half rose and kissed the bent-over Chiklin on the moustache—like her mother she had the capability of kissing people without warning them.

Chiklin froze from this repetition of the happiness of his life and breathed silently above the child's body until once again he felt concern for this small, hot torso.

To preserve Nastya from the wind and for her general warmth Chiklin got Yelisei up from the threshold and put him beside the child.

"Lie there," said Chiklin to Yelisei who had become frightened in his sleep. "Hug the girl with your arm and breathe on her more often."

Yelisei did just this, and Chiklin himself lay down off to one side of his elbow and listened sensitively with his dozing head to the aroused clamor from the city's installations.

Zhachev returned about midnight: he brought with him a bottle of cream and two pastries. He was unable to obtain anything else since all the newly-activated employees were absent from their apartments and were showing themselves off somewhere away from home. All in a sweat from hustling about, Zhachev decided in the end to penalize Comrade Pashkin as his most reliable reserve. But Pashkin was not at home either. It turned out, he was attending the theater with his wife. Therefore Zhachev had to put in an appearance at the performance in the midst of the darkness and the attention being paid to some elements dashing about the stage, and he had loudly demanded Pashkin's presence in the buffet, thereby bringing the theatrical activity to a halt. Pashkin immediately emerged, silently purchased the foodstuffs at the buffet for Zhachev, and hurriedly disappeared back into the hall so he could have his emotions stirred again.

"Tomorrow I must go to Pashkin again," said Zhachev, relaxing in the far corner of the barracks. "Let him install a stove in here, for otherwise in this wooden wagon no one is ever going to get to socialism!"

Early in the morning Chiklin awakened. He had grown chilled, and he listened closely to Nastya. It was just barely light and quiet, except that Zhachev kept mumbling his complaints in his sleep.

"You're breathing there, you middle peasant devil!" Chiklin said to Yelisei.

"I'm breathing, Comrade Chiklin, what else can I do? I've been giving away my warmth to the child all night!"

"So what?"

"The girl isn't breathing: she has grown cold for some reason."

Chiklin slowly got up from the ground and stood there in place. After having stood a time he went to where Zhachev was lying and looked to see whether the cripple had perhaps annihilated the cream and the pastries, and then he found a broom and cleaned out the whole barracks of various trash accumulated there since the time it had been inhabited.

After putting the broom back in place Chiklin wanted to dig in the earth; he broke the lock on the forgotten stockroom where the spare implements were stored and, bringing himself out a spade, he went on over to the foundation pit unhurriedly. He began to dig in the ground, but the ground had already frozen, and Chiklin had to cut the earth into chunks and to pry it out in whole dead pieces. Deeper down things were softer and warmer; Chiklin drove into it with cutting blows of his iron spade and soon was concealed beneath the silence of the earth's interior, nearly to the extent of his whole height; but even that far in he was unable to become fatigued, and he began to smash the earth sideways, opening wide the earth's inner tightness. Striking a wedge of virgin stone, the spade bent from the power of the blow—and then Chiklin hurled it along with its handle up onto the outer surface and bent down his head to the exposed clay.

In these actions he wanted to forget his mind, but his mind kept right on unmovingly thinking that Nastya had died.

"I'll go get another spade!" said Chiklin and climbed out of the hole.

In the barracks, so as not to believe his mind, he went up to Nastya and touched her head; then he put his hand against Yelisei's forehead, verifying his life by the warmth.

"Why is she cold while you are hot?" asked Chiklin and did not hear the answer because his mind had now forgotten itself by itself.

Thereupon Chiklin kept sitting on the earthen floor the whole time, and Zhachev who had awakened from sleep was also there with him, preserving unmovingly in his hands the bottle of cream and the two pastries. And Yelisei, who had breathed on the girl the whole night long without sleep, was now exhausted and had gone to sleep alongside her, and slept until he heard the neighing voices of the socialized horses of his native village.

Into the barracks came Voshchev and following him came the bear and the whole collective farm; the horses were left waiting outside.

"What are you doing here?" Zhachev saw Voshchev. "Why did you leave the collective farm, or maybe you want all our land to die? Or maybe you want to catch it from the whole proletariat? So come over here to me, and I'll give you as a class what for!"

But Voshchev had already gone out to his horse and had not heard Zhachev out. As a gift he had brought to Nastya the bag of specially collected trash and scrap, as rare, unpurchasable toys, each of which was an eternal momento of a forgotten human being. Nastya, even though she was looking at Voshchev, was not gladdened, and Voshchev touched her. Observing her open, silenced mouth, and her indifferent, tired body, Voshchev stood there in bewilderment over this silenced child—now he no longer knew where there would be communism in the world, if it did not exist as a beginning in the feelings of a child and in the impression of conviction? Why did he need the meaning of life and the truth of universal origin now if the small, loyal and true human being within whom truth would have become joy and motion no longer existed?

Voshchev would have reconciled himself to not knowing anything again and to living without hope in the dim passionate longing of futile mind, if only the girl were again whole, intact, ready for life, even if she were to endure torment with the passing of time. Voshchev lifted up Nastya into his arms, kissed her on her open lips, and with the passion of happiness pressed her to himself, finding more than he had sought.

"Why did you bring the collective farm? I am asking you for the second time!" Zhachev addressed him, not letting either the cream or the pastries out of his hands.

"The peasants wish to enroll in the proletariat," answered Voshchev.

"Let them," declared Chiklin from inside the earth. "Now we have to dig the foundation pit even wider and deeper. Let every person who now lives in barracks or a clay hut move into our building. Summon here all the authorities and Prushevsky while I go out to dig."

Chiklin took a crowbar and a new spade and slowly went out to the far edge of the foundation pit. There he once again began to open up the unmoving earth, because he was unable to weep; and he dug till night, incapable of tiring, and then the whole night through until he heard his bones cracking in his laboring torso. So then he called a halt and looked about himself. The collective farm had come out behind him, and unceasingly was digging the ground; all the poor and middle peasants were working with such zeal for life, that it was as if they wished to save themselves forever in the abyss of the foundation pit.

The horses were not standing still either—the collective farm members mounted on their backs were carrying foundation stone in their hands, and the bear was hauling this stone afoot with his mouth wide open from the strain of the work.

Only Zhachev alone was not participating in anything and looked upon the whole labor of digging with a regretful gaze.

"What are you sitting there for, like some white-collar employee?" Chiklin asked him as he returned to the barracks. "You might at least set to sharpening the spades."

"I am unable to, Nikit, I don't believe in anything any longer!" replied Zhachev on that morning of the second day.

"Why, you rat?"

"You can see that I am a monstrosity of imperialism; and communism is a thing for children, and for that I loved Nastya... I am going over right now to kill Comrade Pashkin in farewell."

And Zhachev crawled off to the city and never more returned to the foundation pit.

■ ■ ■

At noon Chiklin began to dig a special grave for Nastya. He dug it fifteen hours in a row so it would be deep and so that neither worms, nor tree roots, nor warmth, nor cold would be able to penetrate it, so the child would never ever be troubled by the clamor of life on the earth's surface. Chiklin carved out the tomb from

157

eternal stone and also made ready a special separate granite slab as a top to it, so the enormous weight of the grave earth might not lie upon the small girl.

After he had rested, Chiklin took Nastya in his arms and carefully carried her and put her within the stone and covered over her grave. It was night, the whole collective farm was sleeping in the barracks, and only the striker-bear, sensing movement, had awakened, and Chiklin allowed him to touch Nastya in farewell.

А. Платонов

КОТЛОВАН

Предисловие

И. Бродского

ПРЕДИСЛОВИЕ

Идея Рая есть логический конец человеческой мысли в том отношении, что дальше она, мысль, не идёт; ибо за Раем больше ничего нет, ничего не происходит. И поэтому можно сказать, что Рай — тупик; это последнее видение пространства, конец вещи, вершина горы, пик, с которого шагнуть некуда, только в Хронос — в связи с чем и вводится понятие вечной жизни. То же относится и к Аду.

Бытие в тупике ничем не ограничено, и если можно представить, что даже там оно определяет сознание и порождает свою собственную психологию, то психология эта прежде всего выражается в языке. Вообще следует отметить, что первой жертвой разговоров об Утопии — желаемой или уже обретенной — прежде всего становится грамматика, ибо язык, не поспевая за мыслью, задыхается в сослагательном наклонении и начинает тяготеть к вневременным категориям и конструкциям; вследствие чего даже у простых существительных почва уходит из-под ног, и вокруг них возникает ореол условности.

Таков, на мой взгляд, язык прозы Андрея Платонова, о котором с одинаковым успехом можно сказать, что он заводит русский язык в смысловой тупик или — что точнее — обнаруживает тупиковую философию в самом языке. Если данное высказывание справедливо хотя бы наполовину этого достаточно, чтобы назвать Платонова выдающимся писателем нашего времени, ибо наличие абсурда в грамматике свидетельствует не о частной трагедии, но о человеческой расе в целом.

В наше время не принято рассматривать писателя вне социального контекста, и Платонов был бы самым подходящим объектом для подобного анализа, если бы то, что он проделывает с языком, не выходило далеко за рамки той утопии (строительство социализма в России), свидетелем и летописцем которой он предстает в «КОТЛОВАНЕ». «КОТЛОВАН» — произведение чрезвычайно мрачное, и читатель закрывает книгу в самом подавленном состоянии. Если бы в эту минуту была возможна прямая трансформация психической энергии в физическую, то первое, что следовало бы сделать, закрыв данную книгу, это отменить существующий миропорядок и объявить новое время.

Это, однако, отнюдь не значит, что Платонов был врагом данной утопии, режима, коллективизации и проч. Единственно, что можно сказать всерьёз о Платонове в рамках социального контекста, это что он писал на языке данной утопии, на языке своей эпохи; а никакая другая форма бытия не детерминует сознание так, как это делает язык. Но, в отличие от большинства своих современников — Бабеля, Пильняка, Олеши, Замятина, Булгакова, Зощенко, занимавшихся более или менее стилистическим гурманством, т.е., игравшими с языком каждый в свою игру (что есть, в конце концов, форма эскапизма) — он, Платонов, сам подчинил себя языку эпохи, увидев в нем такие бездны, заглянув в которые однажды, он уже более не мог скользить по литературной поверхности, занимаясь хитросплетениями сюжета, типографскими изысками и стилистическими кружевами.

Разумеется, если заниматься генеалогией платоновского стиля, то неизбежно придётся помянуть житийное «плетение словес», Лескова с его тенденцией к сказу, Достоевского с его захлёбывающимися бюрократизмами. Но в случае с Платоновым речь идет не о преемственности или традициях русской литературы, но о зависимости писателя от самой синтетической (точнее: не-аналитической) сущности русского языка, обусловившей — зачастую за счёт чисто фонетических аллюзий — возникновение понятий, лишенных какого бы то ни было реального содержания. Если бы Платонов пользовался даже самыми элементарными средствами, то и тогда его «мессэдж» был бы действенным и ниже я скажу, почему. Но главным его орудием была инверсия; он писал на языке совершенно инверсионном; точнее — между понятиями *язык* и *инверсия* Платонов поставил знак равенства — *версия* стала играть всё более и более служебную роль. В этом смысле единствен-

164

ным реальным соседом Платонова по языку я бы назвал Николая Заболоцкого периода «Столбцов».

Если за стихи капитана Лебядкина о таракане Достоевского можно считать первым писателем абсурда, то Платонова за сцену с медведем-молотобойцем в «КОТЛОВАНЕ» следовало бы признать первым серьёзным сюрреалистом. Я говорю — первым, несмотря на Кафку, ибо сюрреализм — отнюдь не эстетическая категория, связанная в нашем представлении, как правило, с индивидуалистическим мироощущением, но форма философского бешенства, продукт психологии тупика. Платонов не был индивидуалистом, ровно наоборот: его сознание детерминировано массовостью и абсолютно имперсональным характером происходящего. Поэтому и сюрреализм его вearth внеличен, фольклорен и, до известной степени, близок к античной (впрочем, любой) мифологии, которую следовало бы назвать классической формой сюрреализма. Не эгоцентричные индивидуумы, которым сам Бог и литературная традиция обеспечивают кризисное сознание, но представители традиционно неодушевленной массы являются у Платонова выразителями философии абсурда, благодаря чему философия эта становится куда более убедительной и совершенно нестерпимой по своему масштабу. В отличие от Кафки, Джойса или, скажем, Беккета, повествующих о вполне естественных трагедиях своих «альтер эго», Платонов говорит о нации, ставшей в некотором роде жертвой своего языка, а точнее — о самом языке, оказавшемся способным породить фиктивный мир и впавшем от него в грамматическую зависимость.

Мне думается, что поэтому Платонов непереводим и, до известной степени, благо тому языку, на который он переведён быть не может. И все-таки следует приветствовать любую попытку воссоздать этот язык, компрометирующий время, пространство, самую жизнь и смерть — отнюдь не по соображениям «культуры», но потому что, в конце концов, именно на нём мы и говорим.

Иосиф Бродский

КОТЛОВАН
Повесть

В день тридцатилетия личной жизни Вощеву дали расчет с небольшого механического завода, где он добывал средства для своего существования. В увольнительном документе ему написали, что он устраняется с производства вследствие роста слабосильности в нем и задумчивости среди общего темпа труда.

Вощев взял на квартире вещи в мешок и вышел наружу, чтобы на воздухе лучше понять свое будущее. Но воздух был пуст, неподвижные деревья бережно держали жару в листьях, и скучно лежала пыль на безлюдной дороге, — в природе было такое положение. Вощев не знал, куда его влечет, и облокотился в конце города на низкую ограду одной усадьбы, в которой приучали бессемейных детей к труду и пользе. Дальше город прекращался, — там была лишь пивная для отходников и низкооплачиваемых категорий, стоявшая, как учреждение, без всякого двора, а за пивной возвышался глиняный бугор, и старое дерево росло на нем одно среди светлой погоды. Вощев добрался до пивной и вошел туда на искренние человеческие голоса. Здесь были невыдержанные люди, предававшиеся забвению своего несчастья, и Вощеву стало груще и легче среди них. Он присутствовал в пивной до вечера, пока не зашумел ветер меняющейся погоды; тогда Вощев подошел к открытому окну, чтобы заметить начало ночи, и увидел дерево на глинистом бугре — оно качалось от непогоды, и с тайным стыдом заворачивались его листья. Где-то, наверно в саду совторгслужащих, томился духовой оркестр; однообразная, несбывающаяся музыка уносилась ветром в природу через приовражную пустошь. После ветра опять настала тишина, и ее покрыл еще более тихий мрак. Вощев сел у окна, чтобы наблюдать нежную тьму ночи, слушать разные грустные звуки

167

и мучиться сердцем, окруженным жесткими каменистыми костями.

— Эй, пищевой! — раздалось в уже смолкшем заведении. — Дай нам пару кружечек — в полость налить!

Вощев давно обнаружил, что люди в пивную всегда приходили парами, как женихи и невесты, а иногда целыми дружными свадьбами.

Пищевой служащий на этот раз пива не подал, и двое пришедших кровельщиков вытерли фартуками жаждущие рты.

— Тебе, бюрократ, рабочий человек одним пальцем должен приказывать, а ты гордишься!

Но пищевой берег свои силы от служебного износа для личной жизни и не вступал в разногласия.

— Учреждение, граждане, закрыто. Займитесь чем-нибудь на своей квартире.

Кровельщики взяли с блюдечка в рот по соленой сушке и вышли прочь. Вощев остался один в пивной.

— Гражданин! Вы требовали только одну кружку, а сидите здесь бессрочно! Вы платили за напиток, а не за помещение!

Вощев захватил свой мешок и отправился в ночь. Вопрошающее небо светило над Вощевым мучительной силой звезд, но в городе уже были потушены огни: кто имел возможность, тот спал, наевшись ужином. Вощев опустился по крошкам земли в овраг и лег там животом вниз, чтобы уснуть и расстаться с собою. Но для сна нужен был покой ума, доверчивость его к жизни, прощение прожитого горя, а Вощев лежал в сухом напряжении сознательности и не знал — полезен ли он в мире, или всё без него благополучно обойдется? Из неизвестного места подул ветер, чтобы люди не задохнулись, и слабым голосом сомнения дала знать о своей службе пригородная собака.

— Скучно собаке, она живет благодаря одному рождению, как и я.

Тело Вощева побледнело от усталости, он почувствовал холод на веках и закрыл ими теплые глаза.

Пивник уже освежал свое заведение, уже волновались кругом ветры и травы от солнца, когда Вощев с сожалением открыл налившиеся влажной силой глаза. Ему снова предстояло жить и питаться, поэтому он пошел в завком — защищать свой ненужный труд.

— Администрация говорит, что ты стоял и думал среди производства, — сказали в завкоме. — О чем ты думал, товарищ Вощев?

— О плане жизни.

— Завод работает по готовому плану треста. А план личной жизни ты мог проработать в клубе или в красном уголке.

— Я думал о плане общей жизни. Своей жизни я не боюсь, она мне не загадка.

— Ну и что же ты бы мог сделать?

— Я мог выдумать что-нибудь вроде счастья, а от душевного смысла улучшилась бы производительность.

— Счастье произойдет от материализма, товарищ Вощев, а не от смысла. Мы тебя отстоять не можем, ты человек несознательный, а мы не желаем очутиться в хвосте масс.

Вощев хотел попросить какой-нибудь самой слабой работы, чтобы хватило на пропитание: думать же он будет во внеурочное время; но для просьбы надо иметь уважение к людям, а Вощев не видел от них чувства к себе.

— Вы боитесь быть в хвосте: он — конечность, и сели на шею.

— Тебе, Вощев, государство дало лишний час на твою задумчивость — работал восемь, теперь семь — ты бы и жил — молчал! Если все мы сразу задумаемся, то кто действовать будет?

— Без думы люди действуют бессмысленно! — произнес Вощев в размышлении.

Он ушел из завкома без помощи. Его пеший путь лежал среди лета, по сторонам строили дома и техническое благоустройство — в тех домах будут безмолвно существовать доныне бесприютные массы. Тело Вощева было равнодушно к удобству, он мог жить, не имея дома, в открытом месте, и томился своим несчастьем во время сытости, в дни покоя на прошлой квартире. Ему еще раз пришлось миновать пригородную пивную, еще раз он посмотрел на место своего ночлега — там осталось что-то общее с его жизнью, и Вощев очутился в пространстве, где был перед ним лишь горизонт и ощущение ветра в склонившееся лицо.

169

Через версту стоял дом шоссейного надзирателя. Привыкнув к пустоте, надзиратель громко ссорился с женой, а женщина сидела у открытого окна с ребенком на коленях и отвечала мужу возгласами брани; сам же ребенок молча щипал оборку своей рубашки, понимая, но ничего не говоря.

Это терпение ребенка ободрило Вощева, он увидел, что мать и отец не чувствуют смысла жизни и раздражены, а ребенок живет без упрека, вырастая себе на мученье. Здесь Вощев решил напрячь свою душу, не жалеть тела на работу ума с тем, чтобы вскоре вернуться к дому дорожного надзирателя и рассказать осмысленному ребенку тайну жизни, все время забываемую его родителями. «Их тело сейчас блуждает автоматически, — наблюдал родителей Вощев, — сущности они не чувствуют».

— Отчего вы не чувствуете сущности? — спросил Вощев, обратясь в окно. — У вас ребенок живет, а вы ругаетесь, он же весь свет родился окончить.

Муж и жена со страхом совести, скрытой за злобностью лиц, глядели на свидетеля.

— Если вам нечем спокойно существовать, вы бы почитали своего ребенка — для вас лучше будет.

— А тебе чего тут надо? — со злобной тонкостью в голосе спросил надзиратель дороги. — Ты идешь и иди, для таких и дорогу замостили...

Вощев стоял среди пути, не решаясь. Семья ждала, пока он уйдет, и держала свое зло в запасе.

— Я бы ушел, но мне некуда. Далеко здесь до другого какого-нибудь города?

— Близко, — ответил надзиратель, — если не будешь стоять, то дорога доведет.

— А вы чтите своего ребенка, — сказал Вощев, — когда вы умрете, то он будет.

Сказав эти слова, Вощев отошел от дома надзирателя на версту и там сел на край канавы; он почувствовал сомнение в своей жизни и слабость тела без истины, он не мог дальше трудиться и ступать по дороге, не зная точного устройства всего мира и того, куда надо стремиться. Вощев, истомившись размышлением, лег в пыльные, проезжие травы; было жарко, дул дневной ветер, и где-то кричали петухи на деревне, — все предавалось безответному существованию, один Вощев отделился и молчал. Умерший, палый лист лежал рядом с головою Вощева, его принес ветер с дальнего дерева, и теперь этому листу предстояло смирение в земле. Вощев подобрал отсохший лист и спрятал его в тайное отделение мешка, где он сберегал всякие предметы несчастья и безвестности. «Ты не имел смысла жизни, — со скупостью сочувствия полагал Вощев, — лежи здесь, я узнаю, за что ты жил и погиб. Раз ты никому не нужен и валяешься среди всего мира, то я тебя буду хранить и помнить».

— Все живет и терпит на свете, ничего не сознавая, — сказал Вощев близ дороги и встал, чтоб идти, окруженный всеобщим терпеливым существованием. — Как будто кто-то один или несколько немногих извлекли из нас убежденное чувство и взяли его себе.

Он шел по дороге до изнеможения; изнемогал же Вощев скоро, как только его душа вспоминала, что истину она перестала знать.

Но уже был виден город вдалеке, дымились его кооперативные пекарни, и вечернее солнце освещало пыль над домами от движения населения. Тот город начинался кузницей, и в ней во время прохода Вощева чинили автомобиль от бездорожной езды. Жирный калека стоял подле коновязи и обращался к кузнецу:

— Мишь, насыпь табачку: опять замок ночью сорву!

Кузнец не отвечал из-под автомобиля. Тогда увечный толкнул его костылем в зад:

— Мишь, лучше брось работать — насыпь: убытков наделаю!

Вощев приостановился около калеки, потому что по улице двинулся из глубины строй детей-пионеров, с уставшей музыкой впереди.

— Я ж вчера тебе целый рубль дал, — сказал кузнец. — Дай мне покой хоть на неделю! А то я терплю-терплю и костыли твои пожгу!

— Жги! — согласился инвалид. — Меня ребята на тележке доставят — крышу с кузни сорву!

Кузнец отвлекся видом детей и, добрея, насыпал увечному табаку в кисет:

171

— Грабь, саранча!

Вощев обратил внимание, что у калеки не было ног — одной совсем, а вместо другой находилась деревянная приставка; держался изувеченный опорой костылей и подсобным напряжением деревянного отростка правой отсеченной ноги. Зубов у инвалида не было никаких, он их сработал начисто на пищу, зато имел громадное лицо и тучный остаток туловища; его коричневые, скупо отверстые глаза наблюдали посторонний для них мир с жадностью обездоленности, с тоской скопившейся страсти, а во рту его терлись десны, произнося неслышные мысли безногого.

Оркестр пионеров, отдалившись, заиграл музыку молодого похода. Мимо кузницы, с сознанием важности своего будущего, ступали точным маршем босые девочки; их слабые, мужающие тела были одеты в матроски, на задумчивых, внимательных головах вольно возлежали красные береты, и их ноги были покрыты пухом юности. Каждая девочка, двигаясь в меру общего строя, улыбалась от чувства своего значения, от сознания серьезности жизни, необходимой для непрерывности строя и силы похода. Любая из этих пионерок родилась в то время, когда в полях лежали мертвые лошади социальной войны, и не все пионеры имели кожу в час своего происхождения, потому что их матери питались лишь запасами собственного тела; поэтому на лице каждой пионерки осталась трудность немощи ранней жизни, скудость тела и красоты выраженья. Но счастье детской дружбы, осуществление будущего мира в игре юности и в достоинстве своей строгой свободы обозначали на детских лицах важную радость, заменявшую им красоту и домашнюю упитанность.

Вощев стоял с робостью перед глазами шествия этих неизвестных ему, взволнованных детей; он стыдился, что пионеры, наверное, знают и чувствуют больше его, потому что дети это — время, созревающее в свежем теле, а он, Вощев, устраняется спешащей, действующей молодостью в тишину безвестности, как тщетная попытка жизни добиться своей цели. И Вощев почувствовал стыд и энергию — он захотел немедленно открыть всеобщий, долгий, смысл жизни, чтобы жить впереди детей, быстрее их смуглых ног, наполненных твердой нежностью.

Одна пионерка выбежала из рядов в прилегающую к кузнице ржаную ниву и там сорвала растение. Во время своего действия маленькая женщина нагнулась, обнажив родинку на опухающем теле, и с легкостью неощутимой силы исчезла мимо, оставляя сожаление в двух зрителях — Вощеве и калеке. Вощев поглядел на инвалида: у того надулось лицо безвыходной кровью, он простонал звук и пошевелил рукою в глубине кармана. Вощев наблюдал настроение могучего увечного, но был рад, что уроду империализма никогда не достанутся социалистические дети. Однако калека досмотрел до конца пионерское шествие, и Вощев побоялся за целость и непорочность маленьких детей.

— Ты бы глядел глазами куда-нибудь прочь, — сказал он инвалиду. — Ты бы лучше закурил!

— Марш в сторону, указчик! — произнес безногий.

Вощев не двигался.

— Кому говорю? — напомнил калека. — Получить от меня захотел?

— Нет, — ответил Вощев. — Я испугался, что ты на ту девочку свое слово скажешь или подействуешь как-нибудь.

Инвалид в привычном мучении наклонил большую голову к земле.

— Чего ж я скажу ребенку, стервец? Я гляжу на детей для памяти, потому что помру скоро.

— Это, наверно, на капиталистическом сражении тебя повредили, — тихо проговорил Вощев. — Хотя калеки тоже стариками бывают, я их видел.

Увечный человек обратил свои глаза на Вощева, в которых сейчас было зверство превосходящего ума; увечный вначале даже помолчал от обозления на прохожего, а потом сказал с медленностью ожесточения:

— Старики такие бывают; а вот калечных таких, как ты — нету.

— Я на войне настоящей не был, — сказал Вощев. — Тогда б и я вернулся оттуда не полностью весь.

— Вижу, что ты не был: откуда же ты дурак! Когда мужик войны не видал, то он вроде нерожавшей бабы — идиотом живет. Тебя ж сквозь скорлупу всегда заметно!

173

— Эх!.. — жалобно произнес кузнец. — Гляжу на детей, а самому так и хочется крикнуть: да здравствует 1-е мая!

Музыка пионеров отдохнула и заиграла вдали марш движения. Вощев продолжал томиться и пошел в этот город жить.

До самого вечера молча ходил Вощев по городу, словно в ожидании, когда мир станет общеизвестен. Однако ему по-прежнему было на свете неясно, и он ощущал в темноте своего тела тихое место, где ничего не было и ничто ничему не препятствовало качаться. Как заочно живущий Вощев гулял мимо людей, чувствуя нарастающую силу горюющего ума и все более уединяясь в тесноте своей печали.

Только теперь он увидел середину города и строящиеся устройства его. Вечернее электричество уже было зажжено на построечных лесах, но полевой свет тишины и вянущий запах сена приблизились сюда из общего пространства и стояли нетронутыми в воздухе. Отдельно от природы, в светлом месте электричества с желанием трудились люди, возводя кирпичные огорожи, шагая с ношей груза в тесовом бреду лесов. Вощев долго наблюдал строительство неизвестной ему башни; он видел, что рабочие шевелились равномерно, без резкой силы, но что-то уже прибыло в постройке для ее завершения.

— Не убывают ли люди в чувстве своей жизни, когда прибывают постройки? — не решался верить Вощев. — Дом человек построит, а сам расстроится. Кто жить тогда будет? — сомневался Вощев на ходу.

Он отошел из середины города на конец его. Пока он двигался туда, наступила безлюдная ночь; лишь вода и ветер населяли вдали этот мрак и природу, и одни птицы сумели воспеть грусть этого великого вещества, потому что они летали сверху и им было легче.

Вощев забрел в пустырь и обнаружил теплую яму для ночлега; снизившись в эту земную впадину, он положил под голову мешок, куда собирал для памяти и отмщения всякую безвестность, опечалился и с тем уснул. Но какой-то человек вошел на пустырь с косой в руках и начал сечь травяные рощи, росшие здесь испокон века.

К полночи косарь дошел до Вощева и определил ему встать и уйти с площади.

— Чего тебе! — неохотно говорил Вощев. — Какая тут площадь, это лишнее место.

— А теперь будет площадь, теперь здесь положено быть каменному дому. — Ты утром приходи поглядеть на это место, а то оно скоро скроется навеки под устройством.

— А где же мне быть?

— Ты смело можешь в бараке доспать. Ступай туда и спи до утра, а утром ты выяснишься.

Вощев пошел по рассказу косаря и вскоре заметил досчатый сарай на бывшем огороде. Внутри сарая спали на спине семнадцать или двадцать человек и припотушенная лампа освещала бессознательные человеческие лица. Все спящие были худы, как умершие, тесное место меж кожей и костями у каждого было занято жилами, и по толщине жил было видно, как много крови они должны пропускать во время напряжения труда. Ситец рубах с точностью передавал медленную освежающую работу сердца, — оно билось вблизи, во тьме опустошенного тела каждого уснувшего. Вощев всмотрелся в лицо ближнего спящего — не выражает ли оно безответного счастья удовлетворенного человека. Но спящий лежал замертво, глубоко и печально скрылись его глаза, и охладевшие ноги беспомощно вытянулись в старых рабочих штанах. Кроме дыханья, в бараке не было звука, никто не видел снов и не разговаривал с воспоминаниями, — каждый существовал без всякого излишка жизни, и во время сна оставалось живым только сердце, берегущее человека. Вощев почувствовал холод усталости и лег для тепла среди двух тел спящих мастеровых. Он уснул, незнакомый этим людям, закрывшим свои глаза, и довольный, что около них ночует, — и так спал, не чувствуя истины, до светлого утра.

Утром Вощеву ударил какой-то инстинкт в голову, **он** проснулся и слушал чужое слово, не открывая глаз.

— Он слаб!

— Он несознательный.

— Ничего: капитализм из нашей породы делал дураков, и этот — тоже остаток мрака.

— Лишь бы он по сословию подходил: тогда — годится.

— Видя по его телу, класс его бедный.

Вощев в сомнении открыл глаза на свет наступившего дня. Вчерашние спящие живыми стояли над ним и наблюдали его немощное положение.

— Ты зачем здесь ходишь и существуешь? — спросил один, у которого от изможения слабо росла борода.

— Я здесь не существую, — произнес Вощев, стыдясь, что много людей чувствуют сейчас его одного. — Я только думаю здесь.

— А ради чего же ты думаешь, себя мучаешь?

— У меня без истины тело слабнет, я трудом кормиться не могу, — я задумывался на производстве и меня сократили...

Все мастеровые молчали против Вощева; их лица были равнодушны и скучны, редкая, заранее утомленная мысль освещала их терпеливые глаза.

— Что же твоя истина! — сказал тот, кто говорил прежде. — Ты же не работаешь, ты не переживаешь вещества существования, откуда же ты вспомнишь мысль!

— А зачем тебе истина? — спросил другой человек, разомкнув спекшиеся от безмолвия уста. — Только в уме у тебя будет хорошо, а снаружи гадко.

— Вы уж, наверно, все знаете? — с робостью слабой надежды спросил их Вощев.

— А как же иначе? Мы же всем организациям существование даем! — ответил низкий человек из своего высохшего рта, около которого от изможения слабо росла борода.

В это время отворился дверной вход, и Вощев увидел ночного косаря с артельным чайником: кипяток уже поспел на плите, которая топилась на дворе барака; время пробуждения миновало, наступила пора питаться для дневного труда.

Сельские часы висели на деревянной стене и терпеливо шли силой тяжести мертвого груза; розовый цветок был изображен на облике механизма, чтобы утешать всякого, кто видит время. Мастеровые сели в ряд по длине стола, косарь, ведавший женским делом в бараке, нарезал хлеб и дал каждому человеку ломоть, а в прибавок еще по куску вчерашней холодной говядины. Мастеровые начали серьезно есть, принимая в себя пищу, как должное, но не наслаждаясь ею. Хотя они и владели смыслом жизни, что равносильно вечному счастью,

176

однако, их лица были угрюмы и худы, а вместо покоя жизни они имели измождение. Вощев со скупостью надежды, со страхом утраты наблюдал этих грустно существующих людей, способных без торжества хранить внутри себя истину; он уже был доволен и тем, что истина заключалась на свете в ближнем к нему теле человека, который сейчас только говорил с ним, значит, — достаточно лишь быть около того человека, чтобы стать терпеливым к жизни и трудоспособным.

— Иди с нами кушать! — позвали Вощева евшие люди.

Вощев встал и, еще не имея полной веры в общую необходимость мира, пошел есть, стесняясь и тоскуя.

— Что же ты такой скудный? — спросили у него.

— Так, — ответил Вощев. — Я теперь тоже хочу работать над веществом существования.

За время сомнения в правильности жизни он редко ел спокойно, всегда чувствуя свою томящую душу.

Но теперь он поел хладнокровно, и наиболее активный среди мастеровых товарищ Сафронов, сообщил ему после питания, что, пожалуй, и Вощев теперь годится в труд, потому что люди нынче стали дороги, наравне с материалом; вот уже который день ходит профуполномоченный по окрестностям города и пустым местам, чтобы встретить бесхозяйственных бедняков и образовать из них постоянных тружеников, но редко кого приводит — весь народ занят жизнью и трудом.

Вощев уже наелся и встал среди сидящих.

— Чего ты поднялся? — спроисил его Сафронов.

— Сидя у меня мысль еще хуже развивается. Я лучше постою.

— Ну стой. Ты, наверно, интеллигенция — той лишь бы посидеть да подумать.

— Пока я был бессознательным, я жил ручным трудом, а уж потом — не увидел значенья жизни и ослаб.

К бараку подошла музыка и заиграла особые жизненные звуки, в которых не было никакой мысли, но зато имелось ликующее предчувствие, приводившее тело Вощева в дребезжащее состояние радости. Тревожные звуки внезапной музыки давали чувство совести, они предлагали беречь время жизни, пройти даль надежды до конца и достигнуть ее, чтобы

177

найти там источник этого волнующего пения и не заплакать перед смертью от тоски тщетности.

Музыка перестала, и жизнь осела во всех прежней тяжестью.

Профуполномоченный, уже знакомый Вощеву, вошел в рабочее помещение и попросил всю артель пройти один раз поперек старого города, чтобы увидеть значение того труда, который начнется на выкошенном пустыре после шествия.

Артель мастеровых вышла наружу и со смущением остановилась против музыкантов. Сафронов ложно покашливал, стыдясь общественной чести, обращенной к нему в виде музыки. Землекоп Чиклин глядел с удивлением и ожиданием — он не чувствовал своих заслуг, но хотел еще раз прослушать торжественный марш и молча порадоваться. Другие робко опустили терпеливые руки.

Профуполномоченный от забот и деятельности забывал ощущать самого себя, и так ему было легче; в суете сплачивания масс и организации подсобных радостей для рабочих, он не помнил про удовлетворение удовольствиями личной жизни, худел и спал глубоко по ночам. Если бы профуполномоченный убавил волнение своей работы, вспомнил про недостаток домашнего имущества в своем семействе или погладил бы ночью свое уменьшившееся, постаревшее тело, он бы почувствовал стыд существования за счет двух процентов тоскующего труда. Но он не мог останавливаться и иметь созерцающее сознание.

Со скоростью, происходящей от беспокойной преданности трудящимся, профуполномоченный выступил вперед, чтобы показать расселившийся усадьбами город квалифицированным мастеровым, потому что они должны сегодня начать постройкой то единое здание, куда войдет на поселение весь местный класс пролетариата, — и тот общий дом возвысится над всем усадебным, дворовым городом, и малые единоличные дома опустеют, их непроницаемо покроет растительный мир, и там постепенно остановят дыхание исчахшие люди забытого времени.

К бараку подошло несколько каменных кладчиков с двух новостроящихся заводов, профуполномоченный напрягся от восторга последней минуты перед маршем строителей по городу, музыканты приложили духовые принадлежности к губам, но артель мастеровых стояла врозь, не готовая идти. Сафронов заметил ложное усердие на лицах музыкантов и обиделся за унижаемую музыку.

— Это что еще за игрушку придумали? Куда это мы пойдем — чего мы не видали!

Профуполномоченный потерял готовность лица и почувствовал свою душу — он всегда ее чувствовал, когда его обижали.

— Товарищ Сафронов! Это окрпрофбюро хотело показать вашей первой образцовой артели жалость старой жизни, разные бедные жилища и скучные условия, а также кладбище, где хоронились пролетарии, которые скончались до революции без счастья, — тогда бы вы увидели, какой это погибший город стоит среди равнины нашей страны, тогда бы вы сразу узнали, зачем нам нужен общий дом пролетариату, который вы начнете строить вслед за те...

— Ты нам не переугождай! — возражающе произнес Сафронов. — Что мы — или не видели мелочных домов, где живут разные авторитеты? Отведи музыку в детскую организацию, а мы справимся с домом по одному своему сознанию.

— Значит, я переугожденец? — все более догадываясь, пугался профуполномоченный. — У нас есть в профбюро один какой-то аллилуйщик, а я, значит, переугожденец?

И, заболев сердцем, профуполномоченный молча пошел в учреждение союза, и оркестр за ним.

На выкошенном пустыре пахло умершей травой и сыростью обнаженных мест, отчего яснее чувствовалась общая грусть жизни и тоска тщетности. Вощеву дали лопату, он сжал ее руками, точно хотел добыть истину из земного праха; обездоленный, Вощев согласен был и не иметь смысла существования, но желал хотя бы наблюдать его в веществе тела другого, ближнего человека, — и чтобы находиться вблизи того человека, мог пожертвовать на труд все свое слабое тело, истомленное мыслью и бессмысленностью.

Среди пустыря стоял инженер — не старый, не седой от счета природы человек. Весь мир он представлял мертвым телом, — он судил его по тем частям, какие уже были им

179

обращены в сооружения: мир всюду поддавался его внимательному и воображающему уму, ограниченному лишь сознанием косности природы; материал всегда сдавался точности и терпению, значит, — он был мертв и пустынен. Но человек был жив и достоин среди всего унылого вещества поэтому инженер сейчас вежливо улыбался мастеровым. Вощев видел, что щеки у инженера были розовые, но не от упитанности, а от излишнего сердцебиения, и Вощеву понравилось, что у этого человека волнуется и бьется сердце.

Инженер сказал Чиклину, что он уже разбил земляные работы и разметил котлован — и показал на вбитые колышки: теперь можно начинать. Чиклин слушал инженера и добавочно проверял его разбивку своим умом и опытом — он во время земляных работ был старшим в артели, грунтовый труд был его лучшей профессией; когда же настанет пора бутовой кладки, то Чиклин подчинится Сафронову.

— Мало рук, — сказал Чиклин инженеру, — это измор, а не работа — время всю пользу съест.

— Биржа обещала прислать пятьдесят человек, а я просил сто, — ответил инженер. — Но отвечать будем за все работы в материке только вы и я: вы — ведущая бригада.

— Мы вести не будем, а будем равнять всех с собой. Лишь бы люди явились.

И сказав это, Чиклин вонзил лопату в верхнюю мякость земли, сосредоточив вниз равнодушно-задумчивое лицо. Вощев тоже начал рыть почву вглубь, пуская всю силу в лопату; он теперь допускал возможность того, что детство вырастет, радость сделается мыслью, и будущий человек найдет себе покой в этом прочном доме, чтобы глядеть из высоких окон в простертый, ждущий его мир. Уже тысячи былинок, корешков и мелких почвенных приютов усердной твари он уничтожил навсегда и работал в теснинах тоскливой глины. Но Чиклин его опередил, он давно оставил лопату и взял лом, чтобы крошить нижние сжатые породы. Упраздняя старинное природное устройство, Чиклин не мог его понять.

От сознания малочисленности своей артели Чиклин спешно ломал вековой грунт, обращая всю жизнь своего тела в удары по мертвым местам. Сердце его привычно билось, терпеливая спина истощалась потом, никакого предохраняющего сала у Чиклина под кожей не было, — его старые жилы и внутренности близко подходили наружу, он ощущал окружающее без расчета и сознания, но с точностью. Когда-то он был моложе, и его любили девушки — из жадности к его мощному, бредущему куда попало телу, которое не хранило себя и было предано всем. В Чиклине тогда многие нуждались, как в укрытье и покое среди его верного тепла, но он хотел укрывать слишком многих, чтобы самому было чего чувствовать, тогда женщины и товарищи из ревности покидали его, а Чиклин, тоскуя по ночам, выходил на базарную площадь и опрокидывал торговые будки или вовсе уносил их куда-нибудь прочь, за что томился затем в тюрьме и пел оттуда песни в летние вишневые вечера.

К полудню усердие Вощева давало все меньше и меньше земли, он начал уже раздражаться от рытья и отстал от артели; лишь один худой мастеровой работал тише его. Этот задний был угрюм, ничтожен всем телом, пот слабости капал в глину с его мутного однообразного лица, обросшего по окружности редкими волосами; при подъеме земли на урез котлована он кашлял, вынуждая из себя мокроту, а потом, успокоившись, закрывал глаза, словно желая сна.

— Козлов! — крикнул ему Сафронов. — Тебе опять не можется?

— Опять, — ответил Козлов своим бледным голосом ребенка.

— Наслаждаешься много, — произнес Сафронов. — Будем тебя класть спать теперь на столе под лампой, чтоб ты лежал и стыдился.

Козлов поглядел на Сафронова красными сырыми глазами и промолчал от равнодушного утомления.

— За что он тебя? — спросил Вощев.

Козлов вынул соринку из своего костяного носа и посмотрел в сторону, точно тоскуя о свободе, но на самом деле ни о чем не тосковал.

— Они говорят, — ответил он, — что у меня женщины нету, — с трудом обиды сказал Козлов, — что я ночью под одеялом сам себя люблю, а днем от пустоты тела жить не гожусь. Они ведь, как говорится, все знают!

181

Вощев снова стал рыть одинаковую глину и видел, что глины и общей земли еще много остается — еще долго надо иметь жизнь, чтобы превозмочь забвеньем и трудом этот залегший мир, спрятавший в своей темноте истину всего существования. Может быть, легче выдумать смысл жизни в голове, — ведь можно нечаянно догадаться о нем или коснуться его печально текущим чувством.

— Сафронов, — сказал Вощев, ослабев терпеньем, — лучше я буду думать без работы, всё равно весь свет не разроешь до дна.

— Не выдумаешь, — не отвлекаясь, сообщил Сафронов. — У тебя не будет памяти, и ты станешь, вроде Козлова, думать сам себя, как животное.

— Чего ты стонешь, сирота! — отозвался Чиклин спереди. — Смотри на людей и живи, пока родился.

Вощев поглядел на людей и решил кое-как жить, раз они терпят и живут: он вместе с ними произошел и умрет в свое время неразлучно с людьми.

— Козлов, ложись вниз лицом — отдышься! — сказал Чиклин. — Кашляет, вздыхает, молчит, горюет — так могилы роют, а не дома.

Но Козлов не уважал чужой жалости к себе, — он сам незаметно погладил за пазухой свою глухую ветхую грудь и продолжал рыть связный грунт. Он еще верил в наступление жизни после постройки больших домов и боялся, что в ту жизнь его не примут, если он представится туда жалобным нетрудовым элементом. Лишь одно чувство трогало Козлова по утрам — его сердце затруднялось биться, но все же он надеялся жить в будущем хотя бы маленьким остатком сердца; однако по слабости груди ему приходилось во время работы гладить себя изредка поверх костей и уговаривать шепотом терпеть.

Уже прошел полдень, а биржа не прислала землекопов. Ночной косарь травы выспался, сварил картошек, полил их яйцами, смочил маслом, подбавил вчерашней каши, посыпал сверху для роскоши укропом и принес в котле эту сборную пищу для развития павших сил артели.

Ели в тишине, не глядя друг на друга и без жадности, не

признавая за пищей цены, точно сила человека происходит из одного сознания.

Инженер обошел своим ежедневным обходом разные непременные учреждения и явился на котлован. Он постоял в стороне, пока люди съели всё из котла, и тогда сказал:

— В понедельник будут еще сорок человек. А сегодня — суббота: вам пора уже кончать.

— Как так кончать? — спросил Чиклин. — Мы еще куб или полтора выбросим, раньше кончать ни к чему.

— А надо кончать, — возразил производитель работ. — Вы уже работаете больше шести часов, и есть закон.

— Тот закон для одних усталых элементов, — воспрепятствовал Чиклин, — а у меня еще малость силы осталось до сна. Кто как думает? — спросил он у всех.

— До вечера долго, — сообщил Сафронов, — чего жизни зря пропадать, лучше сделаем вещь. Мы ведь не животные, мы можем жить ради энтузиазма.

— Может, природа нам что-нибудь покажет внизу, — сказал Вощев.

— Что! — произнес неизвестно кто из мастеровых.

Инженер наклонил голову, он боялся пустого домашнего времени, он не знал, как ему жить одному.

— Тогда и я пойду почерчу немного, и свайные гнезда посчитаю опять.

— А то что ж: ступай, почерти и посчитай! — согласился Чиклин. — Все равно земля ископана, кругом скучно — отделаемся, тогда назначим жизнь и отдохнем.

Производитель работ медленно отошел. Он вспомнил свое детство, когда под праздники прислуга мыла полы, мать убирала горницы, а по улице текла неприятная вода, и он, мальчик, не знал, куда ему деться, и ему было тоскливо и задумчиво. Сейчас тоже погода пропала, над равниной пошли медленные сумрачные облака, и во всей России теперь моют полы под праздник социализма, — наслаждаться как-то еще рано и не к чему; лучше сесть, задуматься и чертить, и чертить части будущего дома.

Козлов от сытости почувствовал радость, и ум его увеличился.

— Всему свету, как говорится, хозяева, а жрать любят, — сообщил Козлов. — Хозяин бы себе враз дом построил, а вы помрете на порожней земле.

— Козлов, ты скот! — определил Сафронов. — На что тебе пролетариат в доме, когда ты одним своим телом радуешься?

— Пускай радуюсь! — ответил Козлов. — А кто меня любил хоть раз? Терпи, говорят, пока старик капитализм помрет, — теперь он кончился, а я опять живу один под одеялом, и мне ведь грустно!

Вощев заволновался от дружбы к Козлову.

— Грусть это ничего, товарищ Козлов, — сказал он, — это, значит, наш класс весь мир чувствует, а счастье все равно далекое дело... От счастья только стыд начнется!

В следующее время Вощев и другие с ним опять встали на работу. Еще высоко было солнце, и жалобно пели птицы в освещенном воздухе, не торжествуя, а ища пищи в пространстве; ласточки низко мчались над склоненными роющими людьми, они смолкали крыльями от усталости, и под их пухом и перьями был пот нужды — они летали с самой зари, не переставая мучить себя для сытости птенцов и подруг. Вощев поднял однажды мгновенно умершую в воздухе птицу и павшую вниз: она была вся в поту; а когда ее Вощев ощипал, чтобы увидеть тело, то в его руках осталось скудное печальное существо, погибшее от утомления своего труда. И нынче Вощев не жалел себя на уничтожении сросшегося грунта: здесь будет дом, в нем будут храниться люди от невзгоды и бросать крошки из окон живущим наруже птицам.

Чиклин, не видя ни птиц, ни неба, не чувствуя мысли, грузно разрушал землю ломом, и его плоть истощалась в глинистой выемке, но он не тосковал от усталости, зная, что в ночном сне его тело наполнится вновь.

Истомленный Козлов сел на землю и рубил топором обнажившийся известняк; он работал, не помня времени и места, спуская остатки своей теплой силы в камень, который он рассекал, — камень нагревался, а Козлов постепенно холодел. Он мог бы так весь незаметно скончаться, и разрушенный камень был бы его бедным наследством будущим растущим людям. Штаны Козлова от движения заголились, сквозь кожу обтягивались кривые острые кости голеней, как ножи с зазубринами. Вощев почувствовал от тех беззащитных костей тоскливую нервность, ожидая, что кости прорвут непрочную кожу и выйдут наружу; он попробовал свои ноги в тех же костных местах и сказал всем:

— Пора пошабашить! А то вы уморитесь, умрете, и кто тогда будет людьми?

Вощев не услышал себе слово в ответ. Уже наставал вечер; вдалеко подымалась синяя ночь, обещая сон и прохладное дыхание, и — точно грусть — стояла мертвая высота над землей. Козлов по-прежнему уничтожал камень в землю, ни за что не отлучаясь взглядом, и, наверно, скучно билось его ослабевшее сердце.

Производитель работ общепролетарского дома вышел из своей чертежной конторы во время ночной тьмы. Яма котлована была пуста, артель мастеровых заснула в бараке тесным рядом туловищ, и лишь огонь ночной припотушенной лампы проникал оттуда сквозь щели теса, держа свет на всякий несчастный случай или для того, кто внезапно захочет пить. Инженер Прушевский подошел к бараку и поглядел внутрь через отверстие бывшего сучка; около стены спал Чиклин, его опухшая от силы рука лежала на животе, и все тело шумело в питающей работе сна; босой Козлов спал с открытым ртом, горло его клокотало, будто воздух дыхания проходил сквозь тяжелую темную кровь, а из полуоткрытых бледных глаз выходили редкие слезы — от сновидения или неизвестной тоски.

Прушевский отнял голову от досок и подумал. Вдалеке светилась электричеством ночная постройка завода, но Прушевский знал, что там ничего нет, кроме мертвого строительного материала и усталых, недумающих людей. Вот он выдумал единственный общепролетарский дом, вместо старого города, где и посейчас живут люди дворовым огороженным способом; через год весь местный пролетариат выйдет из мелко-имущественного города и займет для жизни монументальный новый дом. Через десять или двадцать лет другой инженер построит в середине мира башню, куда войдут на вечное, счастливое поселение трудящиеся всей земли. Прушевский мог бы уже теперь предвидеть, какое произведение статической механики, в смысле искусства и целесообразности, следует поместить в центре мира, но не мог предчувствовать устройства души поселенцев общего дома среди этой равнины и тем более вообразить жителей будущей башни посреди всемирной земли. Какое тогда будет тело у юности и от какой волнующей силы начнет биться сердце и думать ум?

Прушевский хотел это знать уже теперь, чтобы не напрасно строились стены его зодчества; дом должен быть населен людьми, а люди наполнены той излишней теплотою жизни, которая названа однажды душой. Он боялся воздвигать пустые здания — те, в каких люди живут лишь из-за непогоды.

Прушевский остыл от ночи и спустился в начатую яму котлована, где было затишье. Некоторое время он посидел в глубине; под ним находился камень, сбоку возвышалось сечение грунта, и видно было, как на урезе глины, не происходя из нее, лежала почва. Изо всякой ли базы образуется надстройка? Каждое ли производство жизненного материала дает добавочным продуктом душу в человеке? А если производство улучшить до точной экономии, — то будут ли происходить из него косвенные, нежданные продукты?

Инженер Прушевский уже с двадцати пяти лет почувствовал стеснение своего сознания и конец дальнейшему понятию жизни, будто темная стена предстала в упор перед его ощущающим умом. И с тех пор он мучился, шевелясь у своей стены, и успокаивался, что, в сущности, самое срединное, истинное устройство вещества, из которого скомбинирован мир и люди, им постигнуто, — вся насущная наука расположена еще до стены его сознания, а за стеною находится лишь скучное место, куда можно и не стремиться. Но все же интересно было — не вылез ли кто-нибудь за стену вперед. Прушевский еще раз подошел к стене барака, согнувшись, поглядел по ту сторону на ближнего спящего, чтобы заметить на нем что-нибудь неизвестное в жизни; но там мало было видно, потому что в ночной лампе иссякал керосин, и слышалось одно медленное, западающее дыхание. Прушевский оставил барак и отправился бриться в парикмахерскую ночных смен; он любил, чтобы во время тоски его касались чьи-нибудь руки.

После полуночи Прушевский пришел на свою квартиру — флигель во фруктовом саду, открыл окно в темноту и сел посидеть. Слабый местный ветер начинал иногда шевелить листья, но вскоре опять наступала тишина. Позади сада кто-то шел и пел свою песню; то был, наверно, счетовод с вечерних занятий, или просто человек, которому скучно спать.

Вдалеке, на весу и без спасения, светила неясная звезда, и ближе она никогда не станет. Прушевский глядел на нее сквозь мутный воздух, время шло, и он сомневался:

— Либо мне погибнуть?

Прушевский не видел, кому бы он настолько требовался, чтоб напременно поддерживать себя до еще далекой смерти. Вместо надежды, ему осталось лишь терпение, и где-то за чередою ночей, за опавшими, расцветшими и вновь погибшими садами, за встреченными и минувшими людьми существует срок, когда придется лечь на койку, повернуться лицом к стене и скончаться, не сумев заплакать. На свете будет жить только его сестра, но она родит ребенка, и жалость к нему станет сильнее грусти по мертвому, разрушенному брату.

— Лучше я умру, — подумал Прушевский. — Мною пользуются, но мне никто не рад. Завтра я напишу последнее письмо сестре, надо купить марку с утра.

И решив скончаться, он лег в кровать и заснул со счастьем равнодушия к жизни. Не успев еще почувствовать всего счастья, он от него проснулся в три часа пополуночи и, осветив квартиру, сидел среди света и тишины, окруженный близкими яблонями, до самого рассвета, и тогда открыл окно, чтобы слышать птиц и шаги пешеходов.

После общего пробуждения в ночлежный барак землекопов пришел посторонний человек. Изо всех мастеровых его знал один только Козлов, благодаря своим прошлым конфликтам. Это был товарищ Пашкин, председатель окрпрофсовета. Он имел уже пожилое лицо и согбенный корпус тела — не столько от числа годов, сколько от социальной нагрузки; от этих данных он говорил отечески и почти все знал или предвидел.

«Ну что ж, — говорил он обычно во время трудности: — всё равно счастье наступит исторически». И с покорностью наклонял унылую голову, которой уже нечего было думать.

Близ начатого котлована Пашкин постоял лицом к земле, как ко всякому производству.

— Темп тих, — произнес он мастеровым. — Зачем вы жалеете подымать производительность? Социализм обойдется и без вас, а вы без него проживете зря и помрете.

— Мы, товарищ Пашкин, как говорится, стараемся, — сказал Козлов.

— Где ж стараетесь?! Одну кучу только выкопали!

Стесненные упреком Пашкина, мастеровые промолчали в ответ. Они стояли и видели: верно говорит человек — скорей надо рыть землю и ставить дом, а то умрешь и не поспеешь. Пусть сейчас жизнь уходит, как теченье дыханья, но зато посредством устройства дома ее можно организовать впрок — для будущего неподвижного счастья и для детства.

Пашкин глянул вдаль — в равнины и овраги; где-нибудь там ветры начинаются, происходят холодные тучи, разводится разная комариная мелочь и болезни, размышляют кулаки, и спит сельская отсталость, а пролетариат живет один, в этой скучной пустоте, и обязан за всех всё выдумать и сделать вручную вещество долгой жизни. И жалко стало Пашкину все свои профсоюзы, и он познал в себе доброту к трудящимся.

— Я вам, товарищи, определю по профсоюзной линии какие-нибудь льготы, — сказал Пашкин.

— А откуда же ты льготы возьмешь? — спросил Сафронов. — Мы их вперед должны сделать и тебе передать, а ты нам.

Пашкин посмотрел на Сафронова своими уныло-предвидящими глазами и пошел внутрь города на службу. За ним вслед отправился Козлов и сказал ему, отдалившись:

— Товарищ Пашкин, вон у нас Вощев зачислился, а у него путевки с биржи труда нет. Вы его, как говорится, должны отчислить назад.

— Не вижу здесь никакого конфликта, в пролетариате сейчас убыток, — дал заключение Пашкин и оставил Козлова без утешения. А Козлов тотчас же начал падать пролетарской верой и захотел уйти внутрь города, — чтобы писать там опорачивающие заявления и налаживать различные конфликты с целью организационных достижений.

188

До самого полудня время шло благополучно; никто не приходил на котлован из организующего или технического персонала, но земля все же углублялась под лопатами, считаясь лишь с силой и терпением землекопов. Вощев иногда наклонялся и подымал камешек, а также другой слипшийся прах, и клал его на хранение в свои штаны. Его радовало и беспокоило почти вечное пребывание камешка в среде глины, в скоплении тьмы: значит, ему есть расчёт там находиться, тем более следует человеку жить.

После полудня Козлов уже не мог надышаться, — он старался вздыхать серьезно и глубоко, но воздух не проникал, как прежде, вплоть до живота, а действовал лишь поверхностно. Козлов сел в обнаженный грунт и дотронулся руками к костяному своему лицу.

— Расстроился? — спросил его Сафронов. — Тебе для прочности надо бы в физкультуру записаться, а ты уважаешь конфликт: ты мыслишь отстало.

Чиклин без спуску и промежутка громил ломом плиту самородного камня, не останавливаясь для мысли или настроения; он не знал, для чего ему жить иначе — еще вором станешь или тронешь революцию.

— Козлов опять ослаб! — сказал Чиклину Сафронов. — Не переживет он социализма — какой-то функции в нем не хватает!

Здесь Чиклин сразу начал думать, потому что его жизни некуда было деваться, раз исход ее в землю прекратился: он прислонился влажной спиной к отвесу выемки, глянул вдаль и вообразил воспоминания — больше он ничего думать не мог. В ближнем к котловану овраге сейчас росли понемногу травы, и замертво лежал ничтожный песок; неотлучное солнце безрасчетно расточало свое тело на каждую мелочь здешней низкой жизни, и оно же, посредством теплых ливней, вырыло в старину овраг, но туда еще не помещено никакой пролетарской пользы. Проверяя свой ум, Чиклин пошел в овраг и обмерил его привычным шагом, равномерно дыша для счета. Овраг был полностью нужен для котлована, следовало только спланировать откосы и врезать глубину в водоупор.

— Козлов пускай поболеется, — сказал Чиклин, прибыв

обратно. — Мы тут рыть далее не будем стараться, а погрузим дом в овраг и оттуда наладим его вверх: Козлов успеет дожить.

Услышав Чиклина, многие прекратили копать грунт и сели вздохнуть. Но Козлов уже отошел от своей усталости и хотел идти к Прушевскому сказать, что землю больше не роют и надо предпринимать существенную дисциплину. Собираясь совершить такую организованную пользу, Козлов заранее радовался и выздоравливал. Однако Сафронов оставил его на месте, лишь только он тронулся.

— Ты что, Козлов, — курс на интеллигенцию взял? Вон она сама опускается в нашу массу.

Прушевский шел на котлован впереди неизвестных людей. Письмо сестре он отправил и хотел теперь упорно действовать, беспокоиться о текущих предметах и строить любое здание в чужой прок, лишь бы не тревожить своего сознания, в котором он установил особое нежное равнодушие, согласованное со смертью и с чувством сиротства к остающимся людям. С особой трогательностью он относился к тем людям, которых ранее почему-либо не любил, — теперь он чувствовал в них почти главную загадку своей жизни и пристально вглядывался в чуждые и знакомые глупые лица, волнуясь и не понимая.

Неизвестные люди оказались новыми рабочими, что прислал Пашкин для обеспечения государственного темпа. Но рабочими прибывшие не были: Чиклин сразу, без пристальности обнаружил в них переученных наоборот городских служащих, разных степных отшельников и людей, привыкших идти тихим шагом позади трудящейся лошади; в их теле не замечалось никакого пролетарского таланта труда, они более способны были лежать навзничь или покоиться как-либо иначе.

Прушевский определил Чиклину расставить рабочих по котловану и дать им выучку, потому что надо уметь жить и работать с теми людьми, которые есть на свете.

— Нам это ничто, — высказался Сафронов. — Мы ихнюю отсталость сразу в активность вышибем.

— Вот-вот, — произнес Прушевский, доверяя, и пошел позади Чиклина на овраг.

Чиклин сказал, что овраг — это более чем пополам готовый котлован, и посредством оврага можно оберечь слабых людей для будущего. Прушевский согласился с тем, потому что он все равно умрет раньше, чем кончится здание.

— А во мне пошевельнулось научное сомнение, — сморщив свое вежливо-сознательное лицо, сказал Сафронов. И все к нему прислушались. А Сафронов глядел на окружающих с улыбкой загадочного разума.

— Откуда это у товарища Чиклина мировое представление получилось? — произносил постепенно Сафронов. — Иль он особое лобзание в малолетстве имел, что лучше ученого предпочитает овраг! Отчего ты, товарищ Чиклин, думаешь, а я с товарищем Прушевским хожу, как мелочь между классов, и не вижу себе улучшенья!..

Чиклин был слишком угрюм для хитрости и ответил приблизительно:

— Некуда жить, вот и думаешь в голову.

Прушевский посмотрел на Чиклина, как на бесцельного мученика, а затем попросил произвести разведочное бурение в овраге и ушел в свою канцелярию. Там он начал тщательно работать над выдуманными частями общепролетарского дома, чтобы ощущать предметы и позабыть людей в своих воспоминаниях. Часа через два Вощев принес ему образцы грунта из разведочных скважин. «Наверно, он знает смысл природной жизни», — тихо подумал Вощев о Прушевском и, томимый своей последовательной тоскою, спросил:

— А вы не знаете — отчего устроился весь мир?

Прушевский задержался вниманием на Вощеве: неужели они тоже будут интеллигенцией, неужели нас капитализм родил двоешками, — Боже мой, какое у него уже теперь скучное лицо!

— Не знаю, — ответил Прушевский.

— А вы бы научились этому, раз вас старались учить.

— Нас учили каждого какой-нибудь мертвой части: я знаю глину, тяжесть веса и механику покоя, но плохо знаю машины и не знаю, почему бьется сердце в животном. Всего целого или что внутри нам не объяснили.

— Зря, — определил Вощев. — Как же вы живы были так долго? Глина хороша для кирпича, а для нас она мала!

Прушевский взял в руку образец овражного грунта и сосредоточился на нем — он хотел остаться только с этим темным комком земли. Вощев отступил за дверь и скрылся за нею, шепча про себя свою грусть.

Инженер рассмотрел грунт и долго, по инерции самодействующего разума, свободного от надежды и желания удовлетворения, рассчитывал тот грунт на сжатие и деформацию. Прежде, во время чувственной жизни и видимости счастья, Прушевский посчитал бы надежность грунта менее точно, — теперь же ему хотелось беспрерывно заботиться о предметах и устройствах, чтобы иметь их в своем уме и пустом сердце, вместо дружбы и привязанности к людям. Занятие техникой покоя будущего здания обеспечивало Прушевскому равнодушие ясной мысли, близкое к наслаждению, — и детали сооружения возбуждали интерес, лучший и более прочный, чем товарищеское волнение с единомышленниками. Вечное вещество, не нуждавшееся ни в движении, ни в жизни, ни в исчезновении, заменяло Прушевскому что-то забытое и необходимое, как существо утраченной подруги.

Окончив счисление своих величин, Прушевский обеспечил несокрушимость будущего общепролетарского жилища и почувствовал утешение от надежности материала, предназначенного охранять людей, живших доселе наруже. И ему стало легко и неслышно внутри, точно он жил не предсмертную, равнодушную жизнь, а ту самую, про которую ему шептала некогда мать своими устами, но он ее утратил даже в воспоминании.

Не нарушая своего покоя и удивления, Прушевский оставил канцелярию земляных работ. В природе отходил в вечер опустошенный летний день; всё постепенно кончалось вблизи и вдали: прятались птицы, ложились люди, смирно курился дым из отдаленных полевых жилищ, где безвестный усталый человек сидел у котелка, ожидая ужина, решив терпеть свою жизнь до конца.

На котловане было пусто, землекопы перешли трудиться на овраг, и там сейчас происходило их движение. Прушевскому захотелось вдруг побыть в далеком центральном городе, где люди долго спят, думают и спорят, где по вечерам открыты гастрономические магазины, и оттуда пахнет вином и кондитерскими изделиями, где можно встретить незнакомую женщину и пробеседовать с ней всю ночь, испытывая таинственное счастье дружбы, когда хочется жить вечно в этой тревоге; утром же, простившись под потушенным газовым фонарем, разойтись в пустоте рассвета без обещанья встречи.

Прушевский сел на лавочку у канцелярии. Так же он сидел когда-то у дома отца, — летние вечера не изменились с тех пор, — и он любил тогда следить за прохожими мимо, — иные ему нравились, и он жалел, что не все люди знакомы между собой. Одно же чувство было живо и печально в нем до сих пор: когда-то, в такой же вечер мимо дома его детства прошла девушка, и он не мог вспомнить ни ее лица, ни года того события, но с тех пор всматривался во все женские лица и ни в одном из них не узнавал той, которая, исчезнув, всё же была его единственной подругой и так близко прошла, не остановившись.

Во время революции по всей России день и ночь брехали собаки, но теперь они умолкли: настал труд, и трудящиеся спали в тишине. Милиция охраняла снаружи безмолвие рабочих жилищ, чтобы сон был глубок и питателен для утреннего труда. Не спали только ночные смены строителей да тот безногий инвалид, которого встретил Вощев при своем пришествии в этот город. Сегодня он ехал на низкой тележке к товарищу Пашкину, дабы получить от него свою долю жизни, за которой он приезжал раз в неделю.

Пашкин жил в основательном доме из кирпича, чтоб невозможно было сгореть, и открытые окна его жилища выходили в культурный сад, где даже ночью светились цветы. Урод проехал мимо окна кухни, которая шумела, как котельная, производя ужин, и остановился против кабинета Пашкина. Хозяин сидел неподвижно за столом, глубоко задумавшись во что-то невидимое для инвалида. На его столе находились различные жидкости и баночки для укрепления здоровья и развития активности. Пашкин много приобрел себе классового сознания, он состоял в авангарде; накопил уже достаточно достижений и потому научно хранил свое тело — не только для личной радости существования, но и для близких рабочих

193

масс. Инвалид обождал время, пока Пашкин, поднявшись от занятия мыслью, проделал всеми членами беглую гимнастику и, доведя себя до свежести, снова сел. Урод хотел произнести свое слово в окно, но Пашкин взял пузырек и после трех медленных вздохов выпил оттуда каплю.

— Долго я тебя буду дожидаться? — спросил инвалид, не сознававший ни цены жизни, ни здоровья. — Опять хочешь от меня кое-чего заработать?

Пашкин нечаянно заволновался, но напряжением ума успокоился — он никогда не желал тратить нервности своего тела.

— Ты что, товарищ Жачев: чем не обеспечен, чего возбуждаешься?

Жачев ответил ему прямо по факту:

— Ты что ж, буржуй, аль забыл, за что я тебя терплю? Тяжесть хочешь получить в слепую кишку? Имей в виду — любой кодекс для меня слаб!

Здесь инвалид вырвал из земли ряд роз, бывших под рукой, и, не пользуясь, бросил их прочь.

— Товарищ Жачев, — ответил Пашкин, — я тебя вовсе не понимаю: ведь тебе идет пенсия по первой категории, — как же так? Я уж и так чем мог всегда тебе шел навстречу.

— Врешь ты, классовый излишек, — это я тебе навстречу попадался, а не ты шел!

В кабинет Пашкина вошла его супруга, — с красными губами, жующими мясо.

— Левочка, ты опять волнуешься? — сказала она. — Я ему сейчас сверток вынесу: это прямо стало невыносимым, с этими людьми какие угодно нервы испортишь!

Она ушла обратно, волнуясь всем невозможным телом.

— Ишь как жену, стервец, расхарчевал! — произносил из сада Жачев, — на холостом ходу всеми клапанами работает, значит, ты можешь заведывать такой с...!

Пашкин был слишком опытен в руководстве отсталыми, чтобы раздражаться.

— Ты бы и сам, товарищ Жачев, вполне мог содержать для себя подругу: в пенсии учитываются все минимальные потребности.

— Ого, гадина тактичная какая! — определил Жачев из

мрака. — Моей пенсии и на пшено не хватает — на просо только. А я хочу жиру и что-нибудь молочного. Скажи своей мерзавке, чтоб она мне в бутылку сливок погуще налила!

Жена Пашкина вошла в комнату мужа со свертком.

— Оля, он еще сливок требует, — обратился Пашкин.

— Ну вот еще! Может, ему крепдешину еще купить на штаны? Ты ведь выдумаешь!

— Она хочет, чтоб я ей юбку на улице разрезал, — сказал с клумбы Жачев. — Иль окно спальной прошиб до самого пудренного столика, где она свою рожу уснащивает, — она от меня хочет заработать!

Жена Пашкина помнила, как Жачев послал в ОблКК заявление на ее мужа, и целый месяц шло расследование, — даже к имени придирались: почему и Лев и Ильич? — Уж что-нибудь одно! Поэтому она немедленно вынесла инвалиду бутылку кооперативных сливок, и Жачев, получив через окно сверток и бутылку, отбыл из усадебного сада.

— А качество продуктов я дома проверю, — сообщил он, остановив свой экипаж у калитки. — Если опять порченый кусок говядины или просто объедок попадется, — надейтесь на кирпич в живот: по человечеству я лучше вас — мне нужна достойная пища.

Оставшись с супругой, Пашкин до самой полночи не мог превозмочь в себе тревоги от урода. Жена Пашкина умела думать от скуки, и она выдумала во время семейного молчания вот что:

— Знаешь что, Левочка?.. Ты бы организовал как-нибудь Жачева, а потом взял и продвинул его на должность — пусть бы хоть увечными он руководил! Ведь каждому человеку нужно иметь хоть маленькое господствующее значение, тогда он спокоен и приличен... Какой ты все-таки, Левочка, доверчивый и нелепый!

Пашкин, услышав жену, почувствовал любовь и спокойствие, — к нему снова возвращалась основная жизнь.

— Ольгуша, лягушечка, ведь ты гигантски чуешь массы! Дай я к тебе за это приорганизуюсь!

Он приложил свою голову к телу жены и затих в наслаждении счастьем и теплотой. Ночь продолжалась в саду, вдалеке

195

скрипела тележка Жачева, — по этому скрипящему признаку все мелкие жители города хорошо знали, что сливочного масла нет, ибо Жачев всегда смазывал свою повозку именно сливочным маслом, получаемым в свертках от достаточных лиц: он нарочно стравлял продукт, чтобы лишняя сила не прибавлялась в буржуазное тело, а сам не желал питаться этим зажиточным веществом. В последние два дня Жачев почему-то почувствовал желание увидеть Никиту Чиклина и направил движение своей тележки на земляной котлован.

— Никит! — позвал он у ночного барака. После звука еще более стала заметна ночь, тишина и общая грусть слабой жизни во тьме. Из барака не раздалось ответа Жачеву, лишь слышалось жалкое дыхание.

«Без сна рабочий человек давно бы кончился», — подумал Жачев и без шума поехал дальше. Но из оврага вышли двое людей с фонарем, так что Жачев стал им виден.

— Ты кто? такой низкий? — спросил голос Сафронова.

— Это я, — сказал Жачев, — потому что меня капитал пополам сократил. А нет ли между вами двумя одного Никиты?

— Это не животное, а прямо человек! — отозвался тот же Сафронов. — Скажи ему, Чиклин, мнение про себя.

Чиклин осветил фонарем лицо и все краткое тело Жачева, а затем в смущении отвел фонарь в темную сторону.

— Ты что, Жачев? — тихо произнес Чиклин. — Кашу приехал есть? Пойдем, — у нас осталась, а то к завтрему прокиснет, — все равно мы ее вышвыриваем.

Чиклин боялся, чтобы Жачев не обижался на помощь и ел кашу с тем сознанием, что она уже ничья, и ее все равно вышвырнут. Жачев и прежде, когда Чиклин работал на прочистке реки от карчи, посещал его, дабы кормиться от рабочего класса; но среди лета он переменил курс и стал питаться от максимального класса, чем рассчитывал принести пользу всему неимущему движению в дальнейшее счастье.

— Я по тебе соскучился, — сообщил Жачев, — меня нахождение сволочи мучает, и я хочу спросить у тебя, когда вы состроите свою чушь, чтоб город сжечь!

— Вот сделай злак из такого лопуха! — сказал Сафронов про урода. — Мы все свое тело выдавливаем для общего

196

здания, а он дает лозунг, что наше состояние — чушь, и нигде нету момента чувства ума!

Сафронов знал, что социализм — это дело научное, и произносил слова также логично и научно, давая им для прочности два смысла — основной и запасной, как всякому материалу. Все трое уже достигли барака и вошли в него. Вощев достал из угла чугун каши, закутанный для сохранения тепла в ватный пиджак, и дал пришедшим есть. Чиклин и Сафронов сильно остыли и были в глине и сырости; они ходили в котлован раскапывать водяной подземный исток, чтобы перехватить его вмертвую глиняным замком.

Жачев не развернул своего свертка, а съел общую кашу, пользуясь ею и для сытости и для подтверждения своего равенства с двумя евшими людьми. После пищи Чиклин и Сафронов вышли наружу — вздохнуть перед сном и поглядеть вокруг. И так они стояли там свое время. Звездная темная ночь не соответствовала овражной, трудной земле и сбившемуся дыханию спящих землекопов. Если глядеть лишь понизу, в сухую мелочь почвы и в травы, живущие в гуще и бедности, то в жизни не было надежды; общая всемирная невзрачность, а также людская некультурная унылость озадачивали Сафронова и расшатывали в нем идеологическую установку. Он даже начинал сомневаться в счастье будущего, которое представлял в виде синего лета, освещенного неподвижным солнцем, — слишком смутно и тщетно было днем и ночью вокруг.

— Чиклин, что же ты так молча живешь? Ты бы сказал или сделал мне что-нибудь для радости!

— Что ж мне: обнимать тебя, что ли, — ответил Чиклин. — Вот выроем котлован, и ладно... Ты вот тех, кого нам биржа прислала, уговори, а то они свое тело на работе жалеют, будто они в нем имеют что!

— Могу, — ответил Сафронов, — смело могу! Я этих пастухов и писцов враз в рабочий класс обращу, — они у меня так копать начнут, что у них весь смертный элемент выйдет на лицо... А отчего, Никит, поле так скучно лежит? Неужели внутри всего света тоска, а только в нас одних пятилетний план?

Чиклин имел маленькую каменистую голову, густо обросшую волосами, потому что всю жизнь либо бил балдой, либо рыл лопатой, а думать не успевал и не объяснил Сафронову его сомнения.

Они вздохнули среди наставшей тишины и пошли спать. Жачев уже согнулся на своей тележке, уснув как мог, а Вощев лежал навзничь и глядел глазами с терпением любопытства.

— Говорили, что всё на свете знаете, — сказал Вощев, — а сами только землю роете и спите! Лучше я от вас уйду — буду ходить по колхозам побираться: всё равно мне без истины стыдно жить.

Сафронов сделал на своем лице определенное выражение превосходства, прошелся мимо ног спящих легкой, руководящей походкой.

— Э-э, скажите, пожалуйста, товарищ, в каком виде вам желательно получить этот продукт — в круглом или жидком?

— Не трожь его, — определил Чиклин, — мы все живем на пустом свете, — разве у тебя спокойно на душе?

Сафронов, любивший красоту жизни и вежливость ума, стоял с почтеньем к участи Вощева, хотя в то же время глубоко волновался: не есть ли истина лишь классовый враг? — Ведь он теперь даже в форме сна и воображенья может предстать!

— Ты, товарищ Чиклин, пока воздержись от своей декларации, — с полной значительностью обратился Сафронов. — Вопрос встал принципиально, и надо его класть обратно по всей теории чувств и массового психоза...

— Довольно тебе, Сафронов, как говорится, зарплату мне снижать, — сказал пробужденный Козлов, — перестань брать слово, когда мне спится, а то на тебя заявление подам! Не беспокойся — сон ведь тоже как зарплата считается, там тебе укажут.

Сафронов произнес во рту какой-то нравоучительный звук и сказал своим вящим голосом:

— Извольте, гражданин Козлов, спать нормально — что это за класс нервной интеллигенции здесь присутствует, если звук сразу в бюрократизм растет?.. А если ты, Козлов, умственную начинку имеешь и в авангарде лежишь, то привстань на локоть и сообщи: почему это товарищу Вощеву буржуазия не оставила ведомости всемирного мертвого инвентаря и он живет в убытке и в такой смехотворности?..

Но Козлов уже спал и чувствовал лишь глубину своего тела. Вощев же лег вниз лицом и стал жаловаться шепотом самому себе на таинственную жизнь, в которой он безжалостно родился.

Все последние бодрствующие легли и успокоились; ночь замерла рассветом — и только одно маленькое животное кричало где-то на светлеющем теплом горизонте, тоскуя или радуясь.

Чиклин сидел среди спящих и молча переживал свою жизнь; он любил иногда сидеть в тишине и наблюдать всё, что было видно. Думать он мог с трудом и сильно тужил об этом, — поневоле ему приходилось лишь чувствовать и безмолвно волноваться. И чем больше он сидел, тем гуще в нем от неподвижности скапливалась печаль, так что Чиклин встал и уперся руками в стену барака, лишь бы давить и двигаться во что-нибудь. Спать ему никак не хотелось — наоборот, он бы пошел сейчас в поле и поплясал с разными девушками и людьми под веточками, как делал в старое время, когда работал на кафельно-изразцовом заводе. Там дочь хозяина его однажды моментально поцеловала: он шел втихомолку по лестнице в июне месяце, а она ему шла навстречу и, приподнявшись на скрытых под платьем ногах, охватила его за плечи и поцеловала своими опухшими, молчаливыми губами в шерсть на щеке. Чиклин теперь уже не помнит ни лица ее, ни характера, но тогда она ему не понравилась, точно была постыдным существом, — и так он прошел в то время мимо ее, не остановившись, а она, может быть, и плакала потом, благородное существо.

Надев свой ватный, желто-тифозного цвета пиджак, который у Чиклина был единственный со времен покорения буржуазии, обосновавшись на ночь, как на зиму, он собрался пойти походить по дороге и, совершив что-нибудь, уснуть затем в утренней росе.

Не известный вначале человек вошел в ночлежное помещение и стал в темноте входа.

— Вы еще не спите, товарищ Чиклин! — сказал Прушевский. — Я тоже хожу и никак не усну: всё мне кажется, что я кого-то утратил и никак не могу встретить...

Чиклин, уважавший ум инженера, не умел ему сочувственно ответить и со стеснением молчал.

Прушевский сел на скамью и поник головой; решив исчезнуть со света, он больше не стыдился людей и сам пришел к ним.

— Вы меня извините, товарищ Чиклин, но я всё время беспокоюсь один на квартире. Можно, я просижу здесь до утра?

— А отчего ж нельзя? — сказал Чиклин. — Среди нас ты будешь отдыхать спокойно, — ложись на мое место, а я где-нибудь пристроюсь.

— Нет, я лучше так посижу. Мне дома стало грустно и страшно, я не знаю, что мне делать. Вы, пожалуйста, не думайте только что-нибудь про меня неправильно.

Чиклин и не думал ничего.

— Не уходи отсюда никуда, — произнес он. — Мы тебя никому не дадим тронуть, ты теперь не бойся.

Прушевский сидел всё в том же своем настроении; лампа освещала его серьезное, чуждое счастливого самочувствия лицо, но он уже не жалел, что поступил несознательно, прибыв сюда: всё равно ему уже не так долго осталось терпеть до смерти и до ликвидации всего.

Сафронов приоткрыл от разговорного шума один глаз и думал, какую бы ему наиболее благополучную линию принять в отношении спящего представителя интеллигенции. Сообразив, он сказал:

— Вы, товарищ Прушевский, насколько я имею сведения, свою кровь портили, чтобы выдумать по всем условиям общепролетарскую жилплощадь. А теперь, я наблюдаю, вы явились ночью в пролетарскую массу, как будто сзади вас ярость какая находится! Но раз курс на спецов есть, то ложитесь против меня, чтоб вы постоянно видели мое лицо и смело спали...

Жачев тоже проснулся на тележке.

— Может, он кушать хочет? — спросил он для Прушевского. — А то у меня есть буржуйская пища.

— Какая такая буржуйская и сколько в ней питательности, товарищ? — поражаясь, произнес Сафронов. — Где это вам представился буржуазный персонал?

— Стихни, темная мелочь! — ответил Жачев. — Твое дело целым остаться в этой жизни, а мое — погибнуть, чтоб очистить место!

— Ты не бойся, — говорил Чиклин Прушевскому, — ложись и закрывай глаза. Я буду недалеко, — как испугаешься, так кричи меня.

Прушевский пошел, пригнувшись, чтоб не шуметь, на место Чиклина и там лег в одежде.

Чиклин снял с себя ватный пиджак и бросил ему на ноги одеваться.

— Я четыре месяца взносов в профсоюз не платил, — тихо сказал Прушевский, сразу озябнув внизу и укрываясь. — Всё думал, что успею.

— Теперь вы механически выбывший человек: факт! — сообщил со своего места Сафронов.

— Спите молча! — сказал Чиклин всем и вышел наружу, чтобы пожить одному среди скучной ночи.

Утром Козлов долго стоял над спящим телом Прушевского; он мучился, что это руководящее умное лицо спит, как ничтожный гражданин, среди лежащих масс и теперь потеряет свой авторитет. Козлову пришлось глубоко соображать над таким недоуменным обстоятельством, — он не хотел и был не в силах допустить вред для всего государства от несоответствующей линии прораба, он даже заволновался и поспешно умылся, чтобы быть наготове. В такие минуты жизни, минуты грозящей опасности Козлов чувствовал внутри себя горячую социальную радость и эту радость хотел применить на подвиг и умереть с энтузиазмом, дабы весь класс его узнал и заплакал над ним. Здесь Козлов даже продрог от восторга, забыв о летнем времени. Он с сознанием подошел к Прушевскому и разбудил его от сна.

— Уходите на свою квартиру, товарищ прораб, — хладнокровно сказал он. — Наши рабочие еще не подтянулись до всего понятия, и вам будет некрасиво нести должность.

— Не ваше дело, — ответил Прушевский.

— Нет, извините, — возразил Козлов, — каждый, как говорится, гражданин обязан нести данную ему директиву, а вы свою бросаете вниз и равняетесь на отсталость. Это никуда не годится, я пойду в инстанцию, вы нашу линию портите, вы против темпа и руководства, — что это такое!

Жачев ел деснами и молчал, предпочитая ударить сегодня же, но попозднее, Козлова в живот, как рвущуюся вперед сволочь. А Вощев, слышав эти слова и возгласы, лежал без звука, по-прежнему не постигая жизни. «Лучше б я комаром родился: у него судьба быстротечна», — полагал он.

Прушевский, не говоря ничего Козлову, встал с ложа, посмотрел на знакомого ему Вощева и сосредоточился далее взглядом на спящих людях; он хотел произнести томящее его слово или просьбу, но чувство грусти, как усталость, прошло по лицу Прушевского, и он стал уходить. Шедший со стороны рассвета Чиклин сказал Прушевскому: если вечером ему опять покажется страшно, то пусть приходит снова ночевать, и если чего-нибудь хочет, пусть лучше говорит.

Но Прушевский не ответил, и они молча продолжали вдвоем свою дорогу. Уныло и жарко начинался долгий день; солнце, как слепота, находилось равнодушно над низовой бледностью земли; но другого места для жизни не было дано.

— Однажды давно — почти еще в детстве, — сказал Прушевский, — я заметил, товарищ Чиклин, проходящую мимо меня женщину, такую же молодую, как я тогда. Дело было, наверное, в июне или июле, и с тех пор я почувствовал тоску и стал все помнить и понимать, а ее не видел и хочу еще раз посмотреть на нее. А больше уж ничего не хочу.

— В какой местности ты ее заметил? — спросил Чиклин.

— В этом же городе.

— Так она должна быть дочь кафельщика? — догадался Чиклин.

— Почему? — произнес Прушевский. — Я не понимаю!

— И я ее тоже встречал в июне месяце — и тогда же отказался смотреть на нее. А потом, спустя срок, у меня нагрелось к ней что-то в груди, одинаково с тобой. У нас с тобой был один и тот же человек.

Прушевский скромно улыбнулся.

— Но почему же?

— Потому что я к тебе ее приведу, и ты ее увидишь: лишь бы она жила сейчас на свете!

Чиклин с точностью воображал себе горе Прушевского, потому что и он сам, хотя и более забывчиво, грустил когда-то тем же горем — по худому, чужеродному, легкому человеку, молча поцеловавшему его в левый бок лица. Значит, один и тот же редкий, прелестный предмет действовал вблизи и вдали на них обоих.

— Небось, уж она пожилой теперь стала, — сказал вскоре Чиклин. — Наверно, измучилась вся, и кожа на ней стала бурая или кухарочная.

— Наверно, — подтвердил Прушевский. — Времени прошло много, и если жива еще она, то вся обуглилась.

Они остановились на краю овражного котлована; надо бы гораздо раньше начать рыть такую пропасть под общий дом, тогда бы и то существо, которое понадобилось Прушевскому, пребывало здесь в целости.

— А скорей всего она теперь сознательница, — произнес Чиклин, — и действует для нашего блага: у кого в молодых летах было несчетное чувство, у того потом ум является.

Прушевский осмотрел пустой район ближайшей природы, и ему жалко стало, что его потерянная подруга и многие нужные люди обязаны жить и теряться на этой смертной земле, на которой еще не устроено уюта, и он сказал Чиклину одно огорчающее соображение:

— Но ведь я не знаю ее лица! Как же нам быть, товарищ Чиклин, когда она придет?

Чиклин ответил ему:

— Ты ее почувствуешь — и узнаешь, — мало ли забытых на свете! Ты вспомнишь ее по одной своей печали!

Прушевский понял, что это правда и, побоявшись не угодить чем-нибудь Чиклину, вынул часы, чтобы показать свою заботу о близком дневном труде.

Сафронов, делая интеллигентную походку и задумчивое лицо, приблизился к Чиклину.

— Я слышал, товарищи, вы свои тенденции здесь бросали, так я вас попрошу стать попассивнее, а то время производству настанет! А тебе, товарищ Чиклин, надо бы установку на Козлова взять — он на саботаж линию берет.

Козлов в то время ел завтрак в тоскующем настроении: он

считал свои революционные заслуги недостаточными, а ежедневно приносимую общественную пользу — малой. Сегодня он проснулся после полуночи и до утра внимательно томился о том, что главное организационное строительство идет помимо его участия, а он действует лишь в овраге, но не в гигантском руководящем масштабе. К утру Козлов постановил для себя перейти на инвалидную пенсию, чтобы целиком отдаться наибольшей общественной пользе, — так в нем с мучением высказывалась пролетарская совесть.

Сафронов, услышав от Козлова эту мысль, счел его паразитом и произнес:

— Ты, Козлов, свой принцип заимел и покидаешь рабочую массу, а сам вылезаешь вдаль: значит, ты чужая вша, которая свою линию всегда наружу держит.

— Ты, как говорится, лучше молчи! — сказал Козлов. — А то живо на заметку попадешь!.. Помнишь, как ты подговорил одного бедняка, во время самого курса на коллективизацию, петуха зарезать и съесть? Помнишь? Мы знаем, что ты коллективизацию хотел ослабить! Мы знаем, какой ты четкий!

Сафронов, в котором идея находилась в окружении житейских страстей, оставил весь резон Козлова без ответа и отошел от него прочь своей свободомыслящей походкой. Он не уважал, чтобы на него подавались заявления.

Чиклин подошел к Козлову и спросил у него про всё.

— Я сегодня в соцстрах пойду становиться на пенсию, — сообщил Козлов. — Хочу за всем следить против социального вреда и мелкобуржуазного бунта.

— Рабочий класс — не царь, — сказал Чиклин, — он бунтов не боится!

— Пускай не боится, — согласился Козлов. — Но все-таки лучше будет, как говорится, его постеречь.

Жачев был вблизи на тележке и, откатившись назад, он разогнулся вперед и ударил со всей скорости Козлова молчаливой головой в живот. Козлов упал назад от ужаса, потеряв на минуту желание наибольшей общественной пользы. Чиклин, согнувшись, поднял Жачева вместе с экипажем на воздух и зашвырнул прочь в пространство. Жачев, уравновесив движение, успел сообщить с линии полета свои слова:

— За что, Никит? Я хотел, чтоб он первый разряд пенсии получил! — и раздробил повозку между телом и землей, благодаря падению.

— Ступай, Козлов! — сказал Чиклин лежащему человеку. — Мы все, должно быть, по очереди туда уйдем. Тебе уж пора отдышаться.

Козлов, опомнившись, заявил, что он видит в ночных снах начальника Цустраха товарища Романова и разное общество чисто одетых людей, так что волнуется всю эту неделю.

Вскоре Козлов оделся в пиджак, и Чиклин, совместно с другими, очистил его одежду от земли и приставшего сора. Сафронов управился принести Жачева и, свалив его изнемогшее тело в угол барака, сказал:

— Пускай это пролетарское вещество здесь полежит — из него какой-нибудь прынцып вырастет.

Козлов дал всем свою руку и пошел становиться на пенсию.

— Прощай, — сказал ему Сафронов, — ты теперь как передовой ангел от рабочего состава, ввиду вознесения его в служебные учреждения...

Козлов и сам умел думать мысли, поэтому безмолвно отошел в высшую общеполезную жизнь, взяв в руку свой имущественный сундучок.

В ту минуту за оврагом, по полю мчался один человек, которого еще нельзя было разглядеть и остановить, его тело отощало внутри одежды, и штаны колебались на нем, как порожние. Человек добежал до людей и сел отдельно на земляную кучу, как всем чужой. Один глаз он закрыл, а другим глядел на всех, ожидая худого, но не собираясь жаловаться; глаз его был хуторского, желтого цвета, оценивающий всю видимость со скорбью экономии.

Вскоре человек вздохнул и лег дремать на животе. Ему никто не возражал здесь находиться, потому что мало ли кто еще живет без участия в строительстве, — и уже настало время труда в овраге.

Разные сны представляются трудящемуся по ночам — одни выражают исполненную надежду, другие предчувствуют собственный гроб в глинистой могиле; но дневное время проживается одинаковым, сгорбленным способом, — терпеньем

205

тела, роющего землю, чтобы посадить в свежую пропасть вечный каменный корень неразрушимого зодчества.

Новые землекопы постепенно обжились и привыкли работать. Каждый из них придумал себе идею будущего спасения отсюда — один желал нарастить стаж и уйти учиться, второй ожидал момента для переквалификации, третий же предпочитал пойти в партию и скрыться в руководящем аппарате, — и каждый с усердием рыл землю, постоянно помня эту свою идею спасения.

Пашкин посещал котлован через день и по-прежнему находил темп тихим. Обыкновенно он приезжал верхом на коне, так как экипаж продал в эпоху режима экономии, а теперь наблюдал со спины животного великое рытье. Однако Жачев присутствовал тут же и сумел, во время пеших отлучек Пашкина вглубь котлована, опоить лошадь так, что Пашкин стал беречься ездить всадником и прибывал на автомобиле.

Вощев, как и раньше, не чувствовал истины жизни, но смирился от истощения тяжелым грунтом — и только собирал в выходные дни всякую несчастную мелочь природы, как документы беспланового создания мира, как факты меланхолии любого живущего дыхания.

И по вечерам, которые теперь были темнее и дольше, стало скучно жить в бараке. Мужик с желтыми глазами, что прибежал откуда-то из полевой страны, жил также среди артели; он находился там безмолвно, но искупал свое существование женской работой по общему хозяйству, вплоть до прилежного ремонта потертой одежды. Сафронов уже рассуждал про себя: не пора ли проводить этого мужика в союз, как обслуживающую силу, но не знал, сколько скотины у него в деревне на дворе и отсутствуют ли батраки, поэтому задерживал свое намерение.

По вечерам Вощев лежал с открытыми глазами и тосковал о будущем, когда всё станет общеизвестным и помещенным в скупое чувство счастья. Жачев убеждал Вощева, что его желание безумное, потому что вражья имущая сила вновь происходит и загораживает свет жизни, — надо лишь сберечь детей, как нежность революции, и оставить им наказ.

— А что, товарищи, — сказал однажды Сафронов, — не

206

поставить ли нам радио для заслушанья достижений и директив! У нас есть здесь отсталые массы, которым полезна была бы культурная революция и всякий музыкальный звук, чтоб они не скопляли в себе темное настроение!

— Лучше девочку-сиротку привести за руку, чем твое радио, — возразил Жачев.

— А какие, товарищ Жачев, заслуги или поученье в твоей девочке? Чем она мучается для возведения всего строительства?

— Она сейчас сахару не ест для твоего строительства, вот чем она служит, единогласная душа из тебя вон! — ответил Жачев.

— Ага, — вынес мнение Сафронов, — тогда, товарищ Жачев, доставь нам на своем транспорте эту жалобную девочку, — мы от ее мелодичного вида начнем более согласованно жить.

И Сафронов остановился перед всеми в положении вождя ликбеза и просвещения, а затем прошелся убежденной походкой и сделал активно-мыслящее лицо.

— Нам, товарищи, необходимо здесь иметь, в форме детства, лидера будущего пролетарского света: в этом товарищ Жачев оправдал то положение, что у него голова цела, а ног нету.

Жачев хотел сказать Сафронову ответ, но предпочел притянуть к себе за штанину ближнего хуторского мужика и дать ему развитой рукой два удара в бок, как наличному виноватому буржую. Желтые глаза мужика только зажмурились от муки, но сам он не сделал себе никакой защиты и молча стоял на земле.

— Ишь ты, железный инвентарь какой — стоит и не боится, — рассердился Жачев и снова ударил мужика с навеса длинной рукой. — Значит, ему ехидному, где-то еще больней было, а у нас прелесть: чуй, чья власть, коровий супруг!

Мужик сел вниз для отдышки. Он уже привык получать от Жачева удары за свою собственность в деревне, неслышно превозмогая боль.

— Вот еще надлежало бы и товарищу Вощеву приобрести от Жачева карающий удар, — сказал Сафронов. — А то он один среди пролетариата не знает, для чего ему жить.

— А для чего, товарищ Сафронов? — прислушался Вощев издали сарая. — Я хочу истину для производительности труда.

Сафронов изобразил рукой жест нравоучения, и на лице его получилась морщинистая мысль жалости к отсталому человеку.

— Пролетариат живет для энтузиазма труда, товарищ Вощев! Пора бы тебе получить эту тенденцию. У каждого члена союза от этого лозунга должно тело гореть!

Чиклина не было, он ходил по местности вокруг кафельного завода. Всё находилось в прежнем виде, только приобрело ветхость отживающего мира; уличные деревья рассыхались от старости и стояли давно без листьев, но кто-то существовал еще, притаившись за двойными рамами в маленьких домах, живя прочней дерева. В молодости Чиклина здесь пахло пекарней, ездили угольщики и громко пропагандировалось молоко с деревенских телег. Солнце детства нагревало тогда пыль дорог, и своя жизнь была вечностью среди синей, смутной земли, которой Чиклин лишь начинал касаться босыми ногами. Теперь же воздух ветхости и прощальной памяти стоял над потухшей пекарней и постаревшими яблочными садами.

Непрерывно действующее чувство жизни Чиклина доводило его до печали, тем более, что он увидел один забор, у которого сидел и радовался в детстве, а сейчас тот забор заиндевел мхом, наклонился, и давние гвозди торчали из него, освобождаемые из тесноты древесины силой времени; это было грустно и таинственно, что Чиклин мужал, забывчиво тратил чувство, ходил по далеким местам и разнообразно трудился, а старик-забор стоял неподвижно и, помня о нем, все же дождался часа, когда Чиклин прошел мимо него и погладил забвенные всеми тесины отвыкшей от счастья рукой.

Кафельный завод был в травянистом переулке, по которому насквозь никто не проходил, потому что он упирался в глухую стену кладбища. Здание завода теперь стало ниже, ибо постепенно врастало в землю, и безлюдно было на его дворе. Но один неизвестный старик пока еще находился здесь — он сидел под навесом для сырья и чинил лапти, видно, собираясь отправляться в них обратно в старину.

— Что же тут такое есть? — спросил у него Чиклин.

— Тут, дорогой человек, констервация, — советская власть сильна, а здешняя машина тщедушна — она и не угождает. Да мне теперь почти что всё равно: уж самую малость осталось дышать.

Чиклин сказал ему:

— Изо всего света тебе одни лапти пришлись! Подожди меня здесь на одном месте, я тебе что-нибудь доставлю из одежды или питанья.

— А ты сам-то кем же будешь? — спросил старик, складывая для внимательного выражения свое чтущее лицо. — Жулик, что ль, или просто хозяин — буржуй?

— Да я из пролетариата, — нехотя сообщил Чиклин.

— Ага, стало быть, ты нынешний царь: тогда я тебя обожду.

С силой стыда и грусти Чиклин вошел в старое здание завода; вскоре он нашел и деревянную лесенку, на которой некогда его поцеловала хозяйская дочь, — лесенка так обветшала, что обвалилась от веса Чиклина куда-то в нижнюю темноту, и он мог на последнее прощанье только пощупать ее истомленный прах. Постояв в темноте, Чиклин увидел в ней неподвижный, чуть живущий свет и куда-то ведущую дверь. За той дверью находилось забытое или не внесенное в план помещение без окон, и там горела на полу керосиновая лампа.

Чиклину было неизвестно, какое существо притаилось для своей сохранности в этом безвестном убежище, и он стал на месте посреди.

Около лампы лежала женщина на земле, — солома уже истерлась под ее телом, а сама женщина была почти не покрытая одеждой; глаза ее глубоко смежились, точно она томилась или спала, — и девочка, которая сидела у ее головы, тоже дремала, но все время водила по губам матери коркой лимона, не забывая об этом. Очнувшись, девочка заметила, что мать успокоилась, потому что нижняя челюсть ее отвалилась от слабости и развергла беззубый темный рот; девочка испугалась своей матери и, чтобы не бояться, подвязала ей рот веревочкой через темя, так что уста женщины вновь сомкнулись. Тогда девочка прилегла к лицу матери, желая чувствовать ее и спать. Но мать легко пробудилась и сказала:

— Зачем же ты спишь? Мажь мне лимоном по губам, ты видишь, как мне трудно.

Девочка опять начала водить лимонной коркой по губам матери. Женщина на время замерла, ощущая свое питание из лимонного остатка.

— А ты не заснешь и не уйдешь от меня? — спросила она у дочери.

— Нет, я уже спать теперь расхотела. Я только глаза закрою, а думать всё время буду о тебе: ты же моя мама ведь!

Мать приоткрыла сови глаза, они были подозрительные, готовые ко всякой беде жизни, уже побелевшие от равнодушия, — и она произнесла для своей защиты:

— Мне теперь стало тебя не жалко и никого не нужно, — я стала как каменная, потуши лампу и поверни меня на бок, я хочу умереть.

Девочка сознательно молчала, по-прежнему смачивая материнский рот лимонной шкуркой.

— Туши свет, — сказала старая женщина, — а то я всё вижу тебя и живу. Только не уходи никуда, когда я умру, тогда пойдешь.

Девочка дунула в лампу и потушила свет. Чиклин сел на землю, боясь шуметь.

— Мама, ты жива еще или уже тебя нет? — спросила девочка в темноте.

— Немножко, — ответила мать. — Когда будешь уходить от меня, не говори, что я мертвая здесь осталась. Никому не рассказывай, что ты родилась от меня, а то тебя закорят. Уйди далеко-далеко отсюда и там сама позабудься, тогда ты будешь жива...

— Мама, а отчего ты умираешь — оттого, что буржуйка или от смерти?..

— Мне стало скучно, я уморилась, — сказала мать.

— Потому что ты родилась давно-давно, а я нет, — говорила девочка. — Как ты только умрешь, то я никому не скажу, и никто не узнает, была ты или нет. Только я одна буду жить и помнить тебя в своей голове. Знаешь что, — помолчала она, — я сейчас засну на одну только каплю, даже на полкапли, а ты лежи и думай, чтоб не умереть.

— Сними с меня только веревочку, — сказала мать, — она меня задушит.

Но девочка уже неслышно спала, и стало вовсе тихо; до Чиклина не доходило даже их дыхания. Ни одна тварь, видно, не жила в этом помещении — ни крыса, ни червь, ни что — не раздавалось никакого шума. Только раз был непонятный гул, — упал ли то старый кирпич в соседнем забвенном убежище или грунт перестал терпеть вечность и развалился в мелочь уничтожения.

— Подойдите ко мне кто-нибудь!

Чиклин вслушался в воздух и пополз осторожно во мрак, стараясь не раздавить девочку на ходу. Двигаться Чиклину пришлось долго, потому что ему мешал какой-то материал, попавшийся по пути. Ощупав голову девочки, Чиклин дошел затем рукой до лица матери и наклонился к ее устам, чтобы узнать — та ли это бывшая девушка, которая целовала его однажды в этой же усадьбе, или нет. Поцеловав, он узнал по сухому вкусу губ и ничтожному остатку нежности в их спекшихся трещинах, что она та самая.

— Зачем мне нужно? — понятливо сказала женщина. — Я буду всегда теперь одна, — и, повернувшись, умерла вниз лицом.

— Надо лампу зажечь, — громко произнес Чиклин и, потрудившись в темноте, осветил помещение.

Девочка спала, положив голову на живот матери; она сжалась от прохладного подземного воздуха и согревалась в тесноте своих членов. Чиклин, желая отдыха ребенку, стал ждать его пробуждения; а чтобы девочка не тратила свое тепло на остывающую мать, он взял ее к себе на руки и так сохранял до утра, как последний жалкий остаток погибшей женщины.

В начале осени Вощев почувствовал долготу времени и сидел в жилище, окруженный темнотой усталых вечеров.

Другие люди тоже либо лежали, либо сидели, — общая лампа освещала их лица, и все они молчали. Товарищ Пашкин бдительно снабдил жилище землекопов радиорупором, чтобы во время отдыха каждый мог приобретать смысл классовой жизни из трубы.

«...Товарищи, мы должны мобилизовать крапиву на фронт

социалистического строительства! Крапива не что иное, как предмет нужды заграницы...

...Товарищи, мы должны, — ежеминутно произносила требование труба, — обрезать хвосты и гривы у лошадей! Каждые восемьдесят тысяч лошадей дадут нам 30 тракторов!..»

Сафронов слушал и торжествовал, жалея лишь, что он не может говорить обратно в трубу, дабы слышно было об его чувстве активности, готовности на стрижку лошадей и о счастье. Жачеву же, и наравне с ним Вощеву, становилось беспричинно стыдно от долгих речей по радио; им ничего не казалось против говорящего и наставляющего, а только все более ощущался личный позор. Иногда Жачев не мог стерпеть своего угнетенного отчаянья души, и он кричал среди шума сознания, льющегося из рупора:

— Остановите этот звук! Дайте мне ответить на него!..

Сафронов сейчас же выступал вперед своей изящной походкой.

— Вам, товарищ Жачев, я полагаю, уже достаточно бросать свои выраженья и пора всецело подчиниться производству руководства.

— Оставь, Сафронов, в покое человека, — говорил Вощев, — нам и так скучно жить.

Но социалист Сафронов боялся забыть про обязанность радости и отвечал всем и навсегда верховным голосом могущества:

— У кого в штанах лежит билет партии, тому надо беспрерывно заботиться, чтоб в теле был энтузиазм труда. Вызываю вас, товарищ Вощев, соревноваться на высшее счастье настроенья!

Труба радио все время работала, как вьюга, а затем еще раз провозгласила, что каждый трудящийся должен помочь скоплению снега на коллективных полях, и здесь радио смолкло; наверно, лопнула сила науки, дотоле равнодушно мчавшая по природе всем необходимые слова.

Сафронов, заметив пассивное молчание, стал действовать вместо радио:

— Поставим вопрос: откуда взялся русский народ? И ответим из буржуазной мелочи! Он бы и еще откуда-нибудь родился, да больше места не было. А потому мы должны бросить каждого в рассол социализма, чтоб с него слезла шкура капитализма и сердце обратило внимание на жар жизни вокруг костра классовой борьбы и произошел бы энтузиазм!..

Не имея исхода для силы своего ума, Сафронов пускал ее в слова и долго их говорил. Опершись головами на руки, иные его слушали, чтоб наполнять этими звуками пустую тоску в голове, иные же однообразно горевали, не слыша слов и живя в своей личной тишине. Прушевский сидел на самом пороге барака и смотрел в поздний вечер мира. Он видел темные деревья и слышал иногда дальнюю музыку, волнующую воздух. Прушевский ничему не возражал своим чувством. Ему казалась жизнь хорошей, когда счастье недостижимо, и о нем лишь шелестят деревья и поет духовая музыка в профсоюзном саду.

Вскоре вся артель, смирившись общим утомлением, уснула, как жила: в дневных рубашках и верхних штанах, чтобы не трудиться над расстегиванием пуговиц, а хранить силы для производства.

Один Сафронов остался без сна. Он глядел на лежачих людей и с горестью высказывался:

— Эх ты — масса, масса. Трудно организовать из тебя скелет коммунизма. И что тебе надо, стерв такой? Ты весь авангард, гадина, замучила!

И четко сознавая бедную отсталость масс, Сафронов прильнул к какому-то уставшему и забылся в глуши сна.

А утром он, не вставая с ложа, приветствовал девочку, пришедшую с Чиклиным, как элемент будущего и затем снова задремал.

Девочка осторожно села на скамью, разглядела среди стенных лозунгов карту СССР и спросила у Чиклина про черты меридианов:

— Дядя, что это такое — загородки от буржуев?

— Загородки, дочка, чтоб они к нам не перелезали, — объяснил Чиклин, желая дать ей революционный ум.

— А моя мама через загородку не перелезала, а все равно умерла!

— Ну так что ж, — сказал Чиклин. — Буржуйки все теперь умирают.

213

— Пускай умирают, — произнесла девочка. — Ведь все равно я ее помню и во сне буду видеть. Только живота ее нету, мне спать не на чем головой.

— Ничего: ты будешь спать на моем животе, — обещал Чиклин.

— А что лучше — ледокол Красин или Кремль?

— Я этого, маленькая, не знаю: я же — ничто! — сказал Чиклин и подумал о своей голове, которая одна во всем теле не могла чувствовать; а если бы могла, то он весь свет объяснил бы ребенку, чтоб он умел безопасно жить.

Девочка обошла новое место своей жизни и пересчитала все предметы и всех людей, желая сразу же распределить, кого она любит и кого не любит, с кем водится и с кем нет; после этого дела она уже привыкла к деревянному сараю и захотела есть.

Чиклин поднес кашу и накрыл детское брюшко чистым полотенцем.

— Что ж кашу холодную даешь, эх, ты — Юлия!

— Какая я тебе Юлия?

— А когда мою маму Юлией звали, когда она еще глазами смотрела и дышала все время, то женилась на Мартыныче, потому что он был пролетарский, а Мартыныч как приходит, так и говорит маме: эй, Юлия, угроблю! А мама молчит и все равно с ним водится.

Прушевский слушал и наблюдал девочку; он давно уже не спал, встревоженный явившимся ребенком и вместе с тем опечаленный, что этому существу, наполненному, точно морозом, свежей жизнью, надлежит мучиться сложнее и дольше его.

— Я нашел твою девушку, — сказал Чиклин Прушевскому. — Пойдем смотреть ее, она еще цела.

Прушевский встал и пошел, потому что ему было все равно — лежать или двигаться вперед.

На дворе кафельного завода старик доделал свои лапти, но боялся идти по свету в такой обуви.

— Вы не знаете, товарищи, что, заарестуют меня в лаптях или не тронут? — спросил старик. — Нынче ведь каждый последний и тот в кожаных голенищах ходит; бабы сроду в

214

юбках наголо ходили, а теперь тоже у каждой под юбкой цветочные штаны надеты, — ишь ты, как ведь стало интересно!

— Кому ты нужен! — сказал Чиклин. — Шагай себе молча.

— Это я и слова не скажу! Я вот чего боюсь: ага, скажут, ты в лаптях идешь, значит — бедняк! А ежели бедняк, то почему один живешь и с другими бедными не скопляешься!.. Я вот чего боюсь. А то бы я давно ушел.

— Подумай, старик, — посоветовал Чиклин.

— Да думать-то уж нечем.

— Ты жил долго: можешь памятью работать.

— А я всё уж позабыл, хоть сызнова живи.

Спустившись в убежище женщины, Чиклин наклонился и поцеловал ее вновь.

— Она же мертвая! — удивился Прушевский.

— Ну и что ж! — сказал Чиклин. — Каждый человек мертвым бывает, если его замучивают. Она ведь тебе нужна не для житья, а для одного воспоминанья.

Став на колени, Прушевский коснулся мертвых, огорченных губ женщины и, почувствовав их, не узнал ни радости, ни нежности.

— Это не та, которую я видел в молодости, — произнес он. И, поднявшись над погибшей, сказал еще: — А, может быть, и та, — после близких ощущений я всегда не узнавал своих любимых, а вдалеке томился о них.

Чиклин молчал. Он и в чужом и в мертвом человеке чувствовал кое-что остаточно теплое и родственное, когда ему приходилось целовать его или еще глубже как-либо приникать к нему.

Прушевский не мог отойти от покойной. Легкая и горячая, она некогда прошла мимо него, — он захотел тогда себе смерти, увидя ее уходящей с опущенными глазами, ее колеблющееся грустное тело. И затем слушал ветер в унылом мире и тосковал о ней. Побоявшись однажды настигнуть эту женщину, это счастье в его юности, он, может быть, оставил ее беззащитной на всю жизнь, и она, уморившись мучиться, спряталась сюда, чтобы погибнуть от голода и печали. Она лежала сейчас навзничь — так ее повернул Чиклин для своего поцелуя, —

215

веревочка через темя и подбородок держала ее уста сомкнутыми, длинные, обнаженные ноги были покрыты густым пухом, почти шерстью, выросшей от болезни и бесприютности, — какая-то древняя, ожившая сила превращала мертвую еще при жизни в обрастающее шкурой животное.

— Ну, достаточно, — сказал Чиклин. — Пусть хранят ее здесь разные мертвые предметы. Мертвых ведь тоже много, как и живых, им не скучно меж собой.

И Чиклин погладил стенные кирпичи, поднял неизвестную устаревшую вещь, положил ее рядом со скончавшейся, и оба человека вышли. Женщина осталась лежать в том вечном возрасте, в котором умерла.

Пройдя двор, Чиклин возвратился назад и завалил дверь, ведущую к мертвой, битым кирпичом, старыми каменными глыбами и прочим тяжелым веществом. Прушевский не помогал ему и спросил потом:

— Зачем ты стараешься?

— Как зачем? — удивился Чиклин. — Мертвые тоже люди.

— Но ей ничего не нужно.

— Ей — нет, но она мне нужна. Пусть сэкономится что-нибудь от человека — мне так и чувствуется, когда я вижу горе мертвых или их кости, зачем мне жить!

Старик, делавший лапти, ушел со двора — одни опорки, как память о скрывшемся навсегда, валялись на его месте.

Солнце уже высоко взошло, и давно настал момент труда. Поэтому Чиклин и Прушевский спешно пошли на котлован по земляным, немощеным улицам, осыпанным листьями, под которыми были укрыты и согревались семена будущего лета.

Вечером того же дня землекопы не пустили в действие громкоговорящий рупор, а, наевшись, сели глядеть на девочку, срывая тем профсоюзную культработу по радио. Жачев еще с утра решил, что как только эта девочка и ей подобные дети мало-мало возмужают, то он кончит всех больших жителей своей местности; он один знал, что в СССР немало населено сплошных врагов социализма, эгоистов и ехид будущего света, и втайне утешался тем, что убьет когда-нибудь вскоре всю их массу, оставив в живых лишь пролетарское младенчество и чистое сиротство.

216

— Ты кто ж такая будешь, девочка? — спросил Сафронов. — Чем у тебя папаша-мамаша занимались?

— Я никто, — сказала девочка.

— Отчего же ты никто? — Какой-нибудь принцип женского рода угодил тебе, что ты родилась при советской власти?

— А я сама не хотела рожаться, я боялась — мать буржуйкой будет.

— Так как же ты организовалась?

Девочка в стеснении и в боязни опустила голову и начала щипать свою рубашку; она ведь знала, что присутствует в пролетариате, и сторожила сама себя, как давно и долго говорила ей мать.

— А я знаю, кто главный.

— Кто ж? — прислушался Сафронов.

— Главный — Ленин, а второй — Буденный. Когда их не было, а жили одни буржуи, то я и не рожалась, потому что не хотела. А как стал Ленин, так и я стала!

— Ну, девка, — смог проговорить Сафронов, — сознательная женщина — твоя мать! И глубока наша советская власть, раз даже дети, не помня матери, уже чуют товарища Ленина!

Безвестный мужик с желтыми глазами скулил в углу барака про одно и то же свое горе, только не говорил, отчего оно, а старался побольше всем угождать. Его тоскливому уму представлялась деревня во ржи, и над ней носился ветер и тихо крутил деревянную мельницу, размалывающую насущный, мирный хлеб. Он жил так в недавнее время, чувствуя сытость в желудке и семейное счастье в душе; и сколько годов он ни смотрел из деревни вдаль и в будущее, он видел на конце равнины лишь слияние неба с землею, а над собою имел достаточный свет солнца и звезд.

Чтоб не думать дальше, мужик ложился вниз и как можно скорее плакал льющимися неотложными слезами.

— Будет тебе сокрушаться-то, мещанин! — останавливал его Сафронов. — Ведь здесь ребенок теперь живет, — иль ты не знаешь, что скорбь у нас должна быть аннулирована!

— Я, товарищ, Сафронов, уж обсох, — заявил издали мужик. — Это я по отсталости растрогался.

217

Девочка вышла с места и оперлась головкой о деревянную стену. Ей стало скучно по матери, ей страшна была новая одинокая ночь, и еще она думала, как грустно и долго лежать матери в ожидании, когда будет старенькой и умрет ее девочка.

— Где же живот-то? — спросила она, обернувшись на глядящих на нее. — На чем же я спать буду?

Чиклин сейчас же лег и приготовился.

— А кушать! — сказала девочка. — Сидят все, как Юлии, а мне есть нечего!

Жачев подкатился к ней на тележке и предложил фруктовой пастилы, реквизированной еще с утра у заведующего продмагом.

— Ешь, бедная! Из тебя еще неизвестно что будет, а из нас — уже известно.

Девочка съела и легла лицом на живот Чиклина. Она побледнела от усталости и, позабывшись, обхватила Чиклина рукой, как привычную мать.

Сафронов, Вощев и все другие землекопы долго наблюдали сон этого малого существа, которое будет господствовать над их могилами и жить на успокоенной земле, набитой их костьми.

— Товарищи! — начал определять Сафронов всеобщее чувство. — Перед нами лежит без сознанья фактический житель социализма, а из радио и прочего культурного материала мы слышим линию, а щупать нечего. А тут покоится вещество создания и целевая установка партии — маленький человек, предназначенный состоять всемирным элементом! Ради того нам необходимо как можно внезапней закончить котлован, чтобы скорей произошел дом и детский персонаж ограждён был от ветра и простуды каменной стеной!

Вощев попробовал девочку за руку и рассмотрел ее всю, как в детстве он глядел на ангела на церковной стене; это слабое тело, покинутое без родства среди людей, почувствует когда-нибудь согревающий поток смысла жизни, и ум ее увидит время, подобное первому исконному дню.

И здесь решено было начать завтра рыть землю на час раньше, дабы приблизить срок бутовой кладки и остального зодчества.

— Как урод, я только приветствую ваше мнение, а помочь не могу! — сказал Жачев. — Вам ведь так и так все равно погибать — у вас же в сердце не лежит ничто — лучше любите что-нибудь маленькое живое и отравливайте себя трудом. Существуйте пока что!

Ввиду прохладного времени Жачев заставил мужика снять армяк и одел им ребенка на ночь; мужик же всю свою жизнь копил капитализм — ему, значит, было время греться.

Дни своего отдыха Прушевский проводил в наблюдениях, либо писал письма сестре. Момент, когда он наклеивал марку и опускал письмо в ящик, всегда давал ему спокойное счастье, точно он чувствовал чью-то нужду по себе, влекущую его оставаться в жизни и тщательно действовать для общей пользы.

Сестра ему ничего не писала, она была многодетная и изможденная, и жила, как в беспамятстве. Лишь раз в год, на Пасху, она присылала брату открытку, где сообщала: «Христос Воскресе, дорогой брат! Мы живем по-старому, я стряпаю, дети растут, мужу прибавили на один разряд, теперь он приносит 48 рублей. Приезжай к нам гостить. Твоя сестра Аня».

Прушевский подолгу носил эту открытку в кармане и, перечитывая ее, иногда плакал.

В свои прогулки он уходил далеко, в одиночестве. Однажды он остановился на холме, в стороне от города и дороги. День был мутный, неопределенный, будто время не продолжалось дальше — в такие дни дремлют растения и животные, а люди поминают родителей. Прушевский тихо глядел на всю туманную старость природы и видел на конце ее белые спокойные здания, светящиеся больше, чем было света в воздухе. Он не знал имени тому законченному строительству и назначения его, хотя можно было понять, что те дальние здания устроены не только для пользы, но и для радости. Прушевский с удивлением привыкшего к печали человека, наблюдал точную нежность и охлажденную, сомкнутую силу отдаленных монументов. Он еще не видел такой веры и свободы в сложенных камнях и не знал самосветящегося закона для серого цвета своей родины. Как остров стоял среди остального новостроющегося мира этот белый сюжет сооружений и успокоенно светился. Но не все было бело в тех зданиях, — в иных местах они имели синий, желтый и зеленый цвета, что придавало им нарочную красоту детского изображения. — «Когда же это выстроено?» — с огорчением сказал Прушевский. Ему уютней было чувствовать скорбь на земной потухшей звезде; чужое и дальнее счастье возбуждало в нем стыд и тревогу, — он бы хотел, не сознавая, чтобы вечно строющийся и недостроенный мир был похож на его разрушенную жизнь.

Он еще раз пристально посмотрел на тот новый город, не желая ни забыть его, ни ошибиться, но здания стояли по-прежнему ясными, точно вокруг них была не муть родного воздуха, а прохладная прозрачность.

Возвращаясь назад, Прушевский заметил много женщин на городских улицах. Женщины ходили медленно, несмотря на свою молодость, — они, наверно, гуляли и ожидали звездного вечера.

На рассвете в контору пришел Чиклин с неизвестным человеком, одетым в одни штаны.

— Вот к тебе, Прушевский, — сказал Чиклин. — Он просит отдать гробы ихней деревне.

— Какие гробы?

Громадный, опухший от ветра и горя голый человек сказал не сразу свое слово, он сначала опустил голову и напряженно сообразил. Должно быть, он постоянно забывал помнить про самого себя и про свои заботы: то ли он утомился, или же умирал по мелким частям на ходу жизни.

— Гробы! — сообщил он горячим, шерстяным голосом. — Гробы тесовые мы в пещеру сложили впрок, а вы копаете всю балку. Отдай гробы!

Чиклин сказал, что вчера вечером близ северного пикета, на самом деле было отрыто сто пустых гробов; два из них он забрал для девочки — в одном гробу сделал ей постель на будущее время, когда она станет опять без его живота, а другой подарил ей для игрушек и всякого детского хозяйства: пусть она тоже имеет свой красный уголок.

— Отдайте мужику остальные гробы, — ответил Прушевский.

— Всё отдай, — сказал человек. — Нам не хватает мертвого инвентаря, народ свое имущество ждет. Мы те гробы по самообложению заготовили, не отымай нажитого!

— Нет, — произнес Чиклин. — Два гроба ты оставь нашему ребенку, они для вас все равно маломерные.

Неизвестный человек постоял, что-то подумал и не согласился.

— Нельзя! Куда же мы своих ребят класть будем! Мы по росту готовили горбы: на них метины есть — кому куда влезать. У нас каждый и живет оттого, что гроб свой имеет: он нам теперь цельное хозяйство! Мы те гробы облеживали, как в пещеру зарыть.

Давно живущий на котловане мужик с желтыми глазами вошел, поспешая в контору.

— Елисей, — сказал он полуголому. — Я их тесемками в один обоз связал, пойдем волоком тащить, пока сушь стоит!

— Не устерег двух гробов, — высказался Елисей. — Во что теперь сам ляжешь?

— А я, Елисей Саввич, под кленом дубравным у себя на дворе, под могучее дерево лягу. Я уж там и ямку под корнем себе уготовил, — умру, пойдет моя кровь соком по стволу, высоко взойдет! Иль, скажешь, моя кровь жидка стала, дереву не вкусна?

Полуголый стоял без всякого впечатления и ничего не ответил. Не замечая подорожных камней и остужающего ветра зари, он пошел с мужиком брать гробы. За ними отправился Чиклин, наблюдая спину Елисея, покрытую целой почвой нечистот и уже обрастающую защитной шерстью. Елисей изредка останавливался на месте и оглядывал пространство сонными, опустевшими глазами, будто вспоминая забытое или ища укромной доли для угрюмого покоя. Но родина ему была безвестной, и он опускал вниз затихшие глаза.

Гробы стояли длинной чередой на сухой высоте над краем котлована. Мужик, прибежавший прежде в барак, был рад, что гробы нашлись и что Елисей явился; он уже управился пробурить в гробовых изголовьях и подножьях отверстия и связать гробы в общую супрягу. Взявши конец веревки с переднего гроба на плечо, Елисей уперся и поволок, как бурлак, эти тесовые предметы по сухому морю житейскому. Чиклин и вся артель стояли без препятствий Елисею и смотрели на след, который межевали пустые гробы по земле.

— Дядя, это буржуи были? — заинтересовалась девочка, державшаяся за Чиклина.

— Нет, детка, — ответил Чиклин. — Они живут в соломенных избушках, сеют хлеб и едят с нами пополам.

Девочка поглядела наверх, на все старые лица людей.

— А зачем им тогда гробы? Умирать должны одни буржуи, а бедные нет!

Землекопы промолчали, еще не сознавая данных, чтобы говорить.

— И один был голый! — произнесла девочка. — Одежду всегда отбирают, когда людей не жалко, чтоб она осталась. Моя мама тоже голая лежит.

— Ты права, дочка, на все сто процентов, — решил Сафронов. — Два кулака от нас сейчас удалились.

— Убей их пойди! — сказала девочка.

— Не разрешается, дочка: две личности это не класс...

— Это один да еще один, — сочла девочка.

— А в целости их было мало, — пожалел Сафронов. — Мы же, согласно пленума, обязаны их ликвидировать не меньше, как класс, чтобы здесь пролетариат и батрачье сословие осиротели от врагов!

— А с кем останетесь?

— С задачами, с твердой линией дальнейших мероприятий — понимаешь что?

— Да, ответила девочка. — Это значит: плохих людей всех убивать, а то хороших очень мало.

— Ты вполне классовое поколение, — обрадовался Сафронов, — ты с четкостью сознаешь все отношения, хотя сама еще малолеток. Это монархизму люди без разбору требовались для войны, а нам только один класс дорог, — да мы и класс свой будем скоро чистить от несознательного элемента.

— От сволочи, — с легкостью догадалась девочка, — тогда будут только самые-самые главные люди! Моя мама себя тоже сволочью называла, что жила, а теперь умерла и хорошая стала — правда ведь?

— Правда, — сказал Чиклин.

Девочка, вспомнив, что мать ее находится в темноте, молча отошла, ни с кем не считаясь, и села играть в песок. Но она не играла, а только трогала кое-что равнодушной рукой и думала.

Землекопы приблизились к ней и, пригнувшись, спросили:

— Ты что?

— Так, — сказала девочка, не обращая внимания, — мне у вас стало скучно, вы меня не любите, — как ночью заснете, так я вас изобью.

Мастеровые с гордостью поглядели друг на друга и каждому из них захотелось взять ребенка и помять его в своих объятиях, чтобы почувствовать то теплое место, откуда исходит этот разум и прелесть малой жизни.

Один Вощев стоял слабым и безрадостным, механически наблюдая даль; он по-прежнему не знал — есть ли что особенное в общем существовании, — ему никто не мог прочесть на память всемирного устава, события же на поверхности земли его не прельщали. Отдалившись несколько, Вощев тихим шагом скрылся в поле и там прилег полежать, невидимый никем, довольный, что он больше не участник безумных обстоятельств.

Позже он нашел след гробов, увлеченных двумя мужиками за горизонт в свой край согбенных плетней, заросших лопухами. Быть может, там была тишина дворовых теплых мест, или стояло на ветру дорог бедняцкое колхозное сиротство с кучей мертвого инвентаря посреди. Вощев пошел туда походкой механически выбывшего человека, не сознавая, что лишь слабость культработы на котловане заставляет его не жалеть о строительстве будущего дома. Несмотря на достаточно яркое солнце, было как-то нерадостно на душе, тем более, что в поле простирался мутный чад дыханья и запаха трав. Он осмотрелся вокруг, — всюду над пространством стоял пар живого дыханья, создавая сонную душную незримость; устало длилось терпенье на свете, точно всё живущее находилось где-то посредине времени и своего движения: начало его всеми забыто и конец неизвестен, осталось лишь направление. И Вощев ушел в одну открытую дорогу.

Козлов прибыл на котлован пассажиром в автомобиле, которым управлял сам Пашкин. Козлов был одет в светло-серую тройку, имел пополневшее от какой-то постоянной радости лицо и стал сильно любить пролетарскую массу. Всякий свой ответ трудящемуся человеку он начинал некими самодовлеющими словами: «Ну хорошо; ну прекрасно» — и продолжал. Про себя любил произносить: «Где вы теперь, ничтожная фашистка!» И многие другие краткие лозунги-песни.

Сегодня утром Козлов ликвидировал, как чувство, свою любовь к одной средней даме. Она тщетно писала ему письма о своем обожании, он же, превозмогая общественную нагрузку, молчал, заранее отказываясь от конфискации ее ласк, потому что искал женщину более благородного, активного типа. Прочитав же в газете о загруженности почты и нечеткости ее работы, он решил укрепить этот сектор социалистического строительства путем прекращения дамских писем к себе. И он написал даме последнюю итоговую открытку, складывая с себя ответственность любви:

> Где раньше стол был яств,
> Теперь там гроб стоит!
>
> Козлов

Этот стих он только что прочитал и спешил его не забыть. Каждый день, просыпаясь, он вообще читал в постели книги и, запомнив формулировки, лозунги, стихи, заветы, всякие слова мудрости, тезисы различных актов, резолюции, строфы песней и прочее, он шел в обход органов и организаций, где его знали и уважали, как активную общественную силу, — и там Козлов пугал и так уже напуганных служащих своей научностью, кругозором и подкованностью. Дополнительно к пенсии по 1-й категории он обеспечил себе и натурное продовольствие.

Зайдя однажды в кооператив, он подозвал к себе, не трогаясь с места, заведующего и сказал ему:

— Ну хорошо, ну прекрасно, но у вас кооператив, как говорится, рочдэлльского вида, а не советского! Значит, вы не столб со столбовой дороги в социализм!?

— Я вас не сознаю, гражданин, — скромно ответил заведующий.

— Так, значит, опять «просил он, пассивный, не счастья у неба, а хлеба насущного, черного хлеба!» Ну хорошо, ну прекрасно! — сказал Козлов и вышел в полном оскорблении, а через одну декаду стал председателем лавкома этого кооператива. Он так и не узнал, что эту должность получил по ходатайству самого заведующего, который учитывал не только ярость масс, но и качество яростных.

Спустившись с автомобиля, Козлов с видом ума прошел на поприще строительства и стал на краю его, чтобы иметь общий взгляд на весь темп труда. Что касается ближних землекопов, то он сказал им:

— Не будьте оппортунистами на практике!

Во время обеденного перерыва товарищ Пашкин сообщил мастеровым, что бедняцкий слой деревни печально заскучал по колхозу и нужно туда бросить что-нибудь особенное из рабочего класса, дабы начать классовую борьбу против деревенских пней капитализма.

— Давно пора кончать зажиточных паразитов! — высказался Сафронов. — Мы уже не чувствуем жара от костра классовой борьбы, а огонь должен быть: где же тогда греться активному персоналу!

И после того артель назначила Сафронова и Козлова идти в ближайшую деревню, чтобы бедняк не остался при социализме круглым сиротой или частным мошенником в своем убежище.

Жачев подъехал к Пашкину с девочкой на тележке и сказал ему:

— Заметь этот социализм в босом теле. Наклонись, стервец, к ее костям, откуда ты сало съел!

— Факт! — произнесла девочка.

Здесь и Сафронов определил свое мнение.

— Зафиксируй, товарищ Пашкин, Настю — это ж наш будущий радостный предмет!

Пашкин вынул записную книжку и поставил в ней точку; уже много точек было изображено в книжке Пашкина, и каждая точка знаменовала какое-либо внимание к массам.

В тот вечер Настя постелила Сафронову отдельную постель и села с ним посидеть. Сафронов сам попросил девочку поскучать о нем, потому что она одна здесь сердечная женщина. И Настя тихо находилась при нем весь вечер, стараясь думать, как уйдет Сафронов туда, где бедные люди тоскуют в избушках, и как он станет вшивым среди чужих.

225

Позже Настя легла в постель Сафронова, согрела ее и ушла спать на живот Чиклина. Она давным-давно привыкла согревать постель своей матери, перед тем как туда ложился спать неродной отец.

Маточное место для дома будущей жизни было готово; теперь предназначалось класть в котловане бут. Но Пашкин постоянно думал светлые думы, и он доложил главному в городе, что масштаб дома узок, ибо социалистические женщины будут исполнены свежести и полнокровия, и вся поверхность земли покроется семенящим детством; неужели же детям придется жить наруже, среди неорганизованной погоды?

— Нет, — ответил главный, сталкивая нечаянным движением сытный бутерброд со стола, — разройте маточный котлован вчетверо больше.

Пашкин согнулся и возвратил бутерброд с низу на стол.

— Не стоило нагибаться, — сказал главный: — на будущий год мы запроектировали сельхозпродукции по округу на полмиллиарда.

Тогда Пашкин положил бутерброд обратно в корзину для бумаг, боясь, что его сочтут за человека, живущего темпами эпохи режима экономии.

Прушевский ожидал Пашкина вблизи здания для немедленной передачи распоряжения на работы. Пашкин же, пока шел по вестибюлю, обдумал увеличить котлован не вчетверо, а в шесть раз, дабы угодить наверняка и забежать вперед главной линии, чтобы впоследствии радостно встретить ее на чистом месте, — и тогда линия увидит его, и он запечатлеется в ней вечной точкой.

— В шесть раз больше, — указал он Прушевскому. — Я говорил, что темп тих!

Прушевский обрадовался и улыбнулся. Пашкин, заметив счастье инженера, тоже стал доволен, потому что почувствовал настроение инженерно-технической секции своего союза.

Прушевский пошел к Чиклину, чтобы наметить расширение котлована. Еще не доходя, он увидел собрание землекопов и крестьянскую подводу среди молчаливых людей. Чиклин вынес из барака пустой гроб и положил его на телегу; затем он принес еще и второй гроб, а Настя стремилась за ним вслед, обрывая с гроба свои картинки. Чтоб девочка не сердилась, Чиклин взял ее под мышку и, прижав к себе, нес другой рукой гроб.

— Они все равно умерли, зачем им гробы! — негодовала Настя. — Мне некуда будет вещи складать!

— Так уж надо, — отвечал Чиклин. — Все мертвые — это люди особенные.

— Важные какие! — удивлялась Настя. — Отчего ж тогда все живут? Лучше б умерли и стали важными!

— Живут для того, чтоб буржуев не было, — сказал Чиклин и положил последний гроб на телегу. На телеге сидели двое — Вощев и ушедший когда-то с Елисеем подкулацкий мужик.

— Кому отправляете гробы? — спросил Прушевский.

— Это Сафронов и Козлов умерли в избушке, а им теперь мои гробы отдали: ну что ты будешь делать?! — с подробностью сообщила Настя. И она прислонилась к телеге, озабоченная упущением.

Вощев, прибывший на подводе из неизвестных мест, тронул лошадь, чтобы ехать обратно в то пространство, где он был. Оставив блюсти девочку Жачеву, Чиклин пошел шагом за удалявшейся телегой.

До самой глубины лунной ночи он шел в даль. Изредка, в боковой овражной стороне, горели укромные огни неизвестных жилищ, и там же заунывно брехали собаки — может быть, они скучали, а может быть, замечали въезжавших командированных людей и пугались их. Впереди Чиклина все время ехала подвода с гробами, и он не отрывался от нее.

Вощев, опершись о гробы спиной, глядел с телеги вверх — на звездное собрание и в мертвую массовую муть Млечного Пути. Он ожидал, когда же там будет вынесена резолюция о прекращении вечности времени, об искуплении томительности жизни. Не надеясь, он задремал и проснулся от остановки.

Чиклин дошел до подводы через несколько минут и стал смотреть вокруг. Вблизи была старая деревня; всеобщая ветхость бедности покрывала ее, — и старческие, терпеливые плетни, и придорожные, склонившиеся в тишине деревья имели одинаковый вид грусти. Во всех избах деревни был свет, но снаружи их никто не находился. Чиклин подступился к первой избе и зажёг спичку, чтобы прочитать белую бумажку на двери. В той бумажке было указано, что это обобществленный двор № 7 колхоза имени Генеральной Линии и что здесь живет активист общественных работ по выполнению государственных постановлений и любых кампаний, проводимых на селе.

— Пусти! — постучал Чиклин в дверь.

Активист вышел и впустил его. Затем он составил приемочный счет на гробы и велел Вощеву идти в сельсовет и стоять всю ночь в почетном карауле у двух тел павших товарищей.

— Я пойду сам, — определил Чиклин.

— Ступай, — ответил активист. — Только скажи мне свои данные, я тебя в мобилизованный кадр зачислю.

Активист наклонился к своим бумагам, прощупывая тщательными глазами все точные тезисы и задания; он с жадностью собственности, без памяти о домашнем счастье строил необходимое будущее, готовя для себя в нем вечность, — и потому он сейчас запустел, опух от забот и оброс редкими волосами. Лампа горела перед его подозрительным взглядом, умственно и фактически наблюдающим кулацкую сволочь.

Всю ночь сидел активист при непогашенной лампе, слушая, — не скачет ли по темной дороге верховой из района, чтобы спустить директиву на село. Каждую новую директиву он читал с любопытством будущего наслаждения, точно подглядывал в страстные тайны взрослых, центральных людей. Редко проходила ночь, чтобы не появлялась директива, — и до утра изучал ее активист, накапливая к рассвету энтузиазм несокрушимого действия. И только нередко он словно замирал на мгновение от тоски жизни — тогда он жалобно глядел на любого человека, находящегося перед его взором; это он чувствовал воспоминание, что он — головотяп и упущенец, — так его называли иногда в бумагах из района. «Не пойти ли мне в массу, не забыться ли в общей, руководимой жизни?» — решал активист про себя в те минуты, но быстро опоминался, потому что не хотел быть членом общего сиротства и боялся долгого томления по социализму, пока каждый пастух не очутится среди радости, ибо уже сейчас можно быть подручным авангарда и немедленно иметь всю пользу будущего времени. Особенно долго активист рассматривал подписи на бумагах: эти буквы выводила горячая рука округа, а рука есть часть целого тела, живущего в довольстве славы на глазах преданных, убежденных масс. Даже слезы показывались на глазах активиста, когда он любовался четкостью подписей и изображениями земных шаров на штемпелях; ведь весь земной шар, вся его мягкость скоро достанется в четкие, железные руки, — неужели он останется без влияния на всемирное тело земли? И со скупостью обеспеченного счастья активист гладил свою истощенную нагрузками грудь.

— Чего стоишь без движения? — сказал он Чиклину. — Ступай сторожить политические трупы от зажиточного бесчестия: видишь, как падает наш героический брат!

Через тьму колхозной ночи Чиклин дошел до пустынной залы сельсовета. Там покоились два его товарища. Самая большая лампа, назначенная для освещения заседаний, горела над мертвецами. Они лежали рядом на столе президиума, покрытые знаменем до подбородков, чтобы не были заметны их гибельные увечья и живые не побоялись бы так же умереть.

Чиклин стал у подножья скончавшихся и спокойно засмотрелся в их молчаливые лица. Уж ничего не скажет теперь Сафронов из своего ума, и Козлов не поболит душой за все организационное строительство и не будет получать полагающуюся ему пенсию.

Текущее время тихо шло в полночном мраке колхоза; ничто не нарушало обобществленного имущества и тишины коллективного сознания. Чиклин закурил, приблизился к лицам мертвых и потрогал их рукой.

— Что, Козлов, скучно тебе?

Козлов продолжал лежать умолкшим образом, будучи убитым; Сафронов тоже был спокоен, как довольный человек, и рыжие усы его, нависшие над ослабевшим полуоткрытым ртом, росли даже из губ, потому что его не целовали при жизни. Вокруг глаз Козлова и Сафронова виднелась засохшая соль бывших слез, так что Чиклину пришлось стереть ее и подумать — отчего же это плакали в конце жизни Сафронов и Козлов.

— Ты что ж, Сафронов, совсем улегся иль думаешь встать все-таки?

Сафронов не мог ответить, потому что сердце его лежало в разрушенной груди и не имело чувства.

Чиклин прислушался к начавшемуся дождю на дворе, к его долгому скорбящему звуку, поющему в листве, в плетнях и в мирной кровле деревни; безучастно, как в пустоте, проливалась свежая влага, и только тоска хотя бы одного человека, слушающего дождь, могла бы вознаградить это истощение природы. Изредка вскрикивали куры в огороженных захолустьях, но их Чиклин уже не слушал и лег спать под общее знамя между Козловым и Сафроновым, потому что мертвые — это тоже люди. Сельсоветская лампа безрасчетно горела над ними до утра, когда в помещение явился Елисей и тоже не потушил огня: ему было все равно, что свет, что тьма. Он без пользы постоял некоторое время и вышел так же, как пришел.

Прислонившись грудью к воткнутой для флага жердине, Елисей уставился в мутную сырость порожнего места. На том месте собрались грачи для отлета в теплую даль, хотя время их расставания со здешней землей еще не наступило. Еще ранее отлета грачей Елисей видел исчезновение ласточек, и тогда он хотел было стать легким, малосознательным телом птицы, но теперь он уже не думал, чтобы обратиться в грача, потому что думать не мог. Он жил и глядел глазами лишь оттого, что имел документы середняка и его сердце билось по закону.

Из сельсовета раздались какие-то звуки, и Елисей подошел к окну и прислонился к стеклу; он постоянно прислушивался ко всяким звукам, исходящим из масс или природы, потому что ему никто не говорил слов и не давал понятия, так что приходилось чувствовать даже отдаленное звучание.

Елисей увидел Чиклина, сидящего между двумя лежащими навзничь. Чиклин курил и равнодушно утешал умерших своими словами.

— Ты кончился, Сафронов! Ну и что ж? Все равно я ведь остался, буду теперь, как ты; стану умнеть, начну выступать с точкой зрения, увижу всю твою тенденцию, — ты вполне можешь не существовать...

Елисей не мог понимать и слушал одни звуки сквозь чистое стекло.

— А ты, Козлов, тоже не заботься жить. Я сам себя забуду, но тебя начну иметь постоянно. Всю твою погибшую жизнь, все твои задачи спрячу в себя и не брошу их никуда, так что ты считай себя живым. Буду день и ночь активным, всю организационность на заметку возьму, на пенсию стану, — лежи спокойно, товарищ Козлов!

Елисей надышал на стекло туман и видел Чиклина слабо, но все равно смотрел, раз глядеть ему было некуда. Чиклин помолчал и, чувствуя, что Сафронов и Козлов теперь рады, сказал им:

— Пускай весь класс умрет — да и я и один за него останусь и сделаю всю его задачу на свете! Все равно жить для самого себя я не знаю как!.. Чья это там морда уставилась на нас? Войди сюда, чужой человек!

Елисей сейчас же вошел в сельсовет и стал, не соображая, что штаны спустились с его живота, хотя вчера вполне еще держались. Елисей не имел аппетита к питанию и поэтому худел в каждые истекшие сутки.

— Это ты убил их? — спросил Чиклин.

Елисей поднял кверху штаны и уж больше не упускал их, ничего не отвечая, наставя на Чиклина свои бледные, пустые глаза.

— А кто же? Пойди приведи мне кого-нибудь, кто убивает нашу массу.

Мужик тронулся и пошел через порожнее сырое место, где находилось последнее сборище грачей; грачи ему дали дорогу, и Елисей увидел того мужика, который был с желтыми глазами; он приставил гроб к плетню и писал на нем свою фамилию печатными буквами, доставая изобразительным пальцем какую-то гущу из бутылки.

— Ты что Елисей? Аль узнал какое распоряжение?

— Так себе, — сказал Елисей.

— Тогда — ничего, — покойно произнес пишущий мужик. — А мертвых не обмывали еще в совете? Пугаюсь, как бы казенный инвалид не приехал на тележке, он меня рукой тронет, что я жив, а двое умерли.

Мужик пошел помыть мертвых, чтобы обнаружить тем свое участие и сочувствие: Елисей тоже побрел ему вслед, не зная, где ему лучше всего находиться.

Чиклин не возражал, пока мужик снимал с погибших одежду и носил их поочередно в голом состоянии окунать в пруд, а потом, вытерев насухо овчинной шерстью, снова одел и положил оба тела на стол.

— Ну прекрасно, —сказал тогда Чиклин. — А кто ж их убил?

— Нам, товарищ Чиклин, не известно, — мы сами живем нечаянно.

— Нечаянно! — произнес Чиклин и сделал мужику удар в лицо, чтоб он стал жить сознательно. Мужик было упал, но побоялся далеко уклоняться, дабы Чиклин не подумал про него чего-нибудь зажиточного, и еще ближе предстал перед ним, желая посильнее изувечиться, а затем исходатайствовать себе посредством мученья прав о жизни бедняка. Чиклин, видя перед собою такое существо, двинул ему механически в живот, и мужик опрокинулся, закрыв свои желтые глаза.

Елисей, стоявший тихо в стороне, сказал вскоре Чиклину, что мужик стих.

— А тебе жалко его? — спросил Чиклин.

— Нет, — ответил Елисей.

— Положь его в середку между моими товарищами.

Елисей поволок мужика к столу и, подняв его изо всех сил, свалил поперек прежних мертвых, а уж потом приноровил как следует, уложив его тесно, близ боков. Сафронова и Козлова. Когда Елисей отошел обратно, то мужик открыл свои желтые глаза, но уже не мог их закрыть, и так остался глядеть.

— Баба-то есть у него? — спроисл Чиклин Елисея.

— Один находился, — ответил Елисей.

— Зачем же он был?

— Не быть он боялся.

Вощев пришел в дверь и сказал Чиклину, чтоб он шел — его требует актив.

— На тебе, рубль, — дал поскорее деньги Елисею Чиклин. — Ступай на котлован и погляди — жива ли там девочка Настя, и купи ей конфет. У меня сердце по ней заболело.

Активист сидел с тремя своими помощниками, похудевшими от беспрерывного геройства и вполне бедными людьми, но лица их изображали одно и то же твердое чувство — усердную беззаветность. Активист дал знать Чиклину и Вощеву, что директивой товарища Пашкина они должны приурочить все свои крытые силы на угождение колхозному разворачиванию.

— А истина полагается пролетариату? — спросил Вощев.

— Пролетариату полагается движение, — произнес справку активист, — а что навстречу попадается, то всё его: будь там истина, будь кулацкая награбленная кофта, — всё пойдет в организованный котел, ты ничего не узнаешь.

Близ мертвых в сельсовете активист опечалился вначале, но затем, вспомнив новостроющееся будущее, бодро улыбнулся и приказал окружающим мобилизовать колхоз на похоронное шествие, чтобы все почувствовали торжественность смерти во время развивающегося светлого момента обобществления имущества.

Левая рука Козлова свесилась вниз, и весь погибший корпус его накренился со стола, готовый бессознательно упасть. Чиклин поправил Козлова и заметил, что мертвым стало совершенно тесно лежать: их уж было четверо вместо троих. Четвертого Чиклин не помнил и обратился к активисту за освещением несчастья, хотя четвертый был не пролетарий, а какой-то скучный мужик, покосившийся на боку, с замолкшим дыханием. Активист представил Чиклину, что этот дворовой элемент есть смертельный вредитель Сафронова и Козлова, но теперь он заметил свою скорбь от организованного движения на него и сам пришел сюда, лег на стол между покойными и лично умер.

— Все равно бы я его обнаружил через полчаса, — сказал активист. — У нас стихии сейчас нет ни капли, деться никому некуда! А кто-то еще один лишний лежит!

— Того я закончил, — объяснил Чиклин. — Думал, что стервец явился и просит удара. Я ему дал, а он ослаб.

— И правильно: в районе мне и не поверят, чтоб был один убиец, а двое — это уж вполне кулацкий класс и организация!

После похорон в стороне от колхоза зашло солнце, и стало сразу пустынно и чуждо на свете; из-за утреннего края района выходила густая подземная туча, к полночи она должна дойти до здешних угодий и пролить на них всю тяжесть холодной воды. Глядя туда, колхозники начинали зябнуть, а куры уже давно квохтали в своих закутах, предчувствуя долготу времени осенней ночи. Вскоре на земле наступила сплошная тьма, усиленная чернотой почвы, растоптанной бродящими массами; но верх был еще светел, — среди сырости неслышного ветра и высоты там стояло желтое сияние достигавшего туда солнца и отражалось на последней листве склонившихся в тишине садов. Люди не желали быть внутри изб — там на них нападали думы и настроения, — они ходили по всем открытым местам деревни и старались постоянно видеть друг друга; кроме того, они чутко слушали — не раздастся ли издали по влажному воздуху какого-либо звука, чтобы услышать утешение в таком трудном пространстве. Активист еще давно пустил устную директиву о соблюдении санитарности в народной жизни, для чего люди должны все время находиться на улице, а не задыхаться в семейных избах. От этого заседавшему активу было легче наблюдать массы из окна и вести их все время дальше.

Активист тоже успел заметить эту вечернюю желтую зарю, похожую на свет погребения, и решил завтра же с утра назначить звездный поход колхозных пешеходов в окрестные, жмущиеся к единоличию деревни, а затем объявить народные игры.

Председатель сельсовета, середняцкий старичок, подошел было к активисту за каким-нибудь распоряжением, потому что боялся бездействовать, но активист отрешил его от себя рукой, сказав только, чтобы сельсовет укреплял задние завоевания актива и сторожил господствующих бедняков от кулацких хищников. Старичок-председатель с благодарностью успокоился и пошел делать себе сторожевую колотушку.

Вощев боялся ночей, он в них лежал без сна и сомневался; его основное чувство жизни стремилось к чему-либо надлежащему на свете, и тайная надежда мысли обещала ему далекое спасение от безвестности всеобщего существования. Он шел на ночлег рядом с Чиклиным и беспокоился, что тот сейчас ляжет и заснет, а он будет один смотреть глазами во мрак над колхозом.

— Ты сегодня, Чиклин, не спи, а то я чего-то боюсь.

— Не бойся. Ты скажи, кто тебе страшен — я его убью.

— Мне страшна сердечная озадаченность, товарищ Чиклин. Я и сам не знаю — что. Мне все кажется, что вдалеке есть что-то особенное, или роскошный несбыточный предмет, и я печально живу.

— А мы его добудем. Ты, Вощев, как говорится, не горюй.

— Когда, товарищ Чиклин?

— А ты считай, что уж добыли: видишь, как всё теперь стало ничто...

На краю колхоза стоял Организационный Двор, в котором активист и другие ведущие бедняки производили обучение масс; здесь же проживали недоказанные кулаки и разные проштрафившиеся члены коллектива, — одни из них находились на дворе за то, что впали в мелкое настроение сомнения, другие — что плакали во время бодрости и целовали колья на своем дворе, отходящие в обобществление, третьи — за что-нибудь прочее, и наконец один был старичок, явившийся на Организационный Двор самотеком, — это был сторож с кафельного завода: он шел куда-то сквозь, а его здесь приостановили, потому что у него имелось выражение чуждости на лице.

Вощев и Чиклин сели на камень среди Двора, предполагая вскоре уснуть под здешним навесом. Старик с кафельного завода вспомнил Чиклина и дошел до него, — дотоле он сидел в ближайшей траве и сухим способом стирал грязь со своего тела под рубашкой.

— Ты зачем здесь? — спросил его Чиклин.

— Да я шел, а мне приказали остаться: может, говорят, ты зря живешь, дай посмотрим. Я было пошел молча мимо, а меня назад окорачивают: стой, кричат, кулашник! С тех пор я здесь и проживаю на картошных харчах.

— Тебе же всё равно где жить, — сказал Чиклин, — лишь бы не умереть.

— Это-то ты верно говоришь! Я к чему хочешь привыкну, только сначала томлюсь. Здесь уж меня и буквам научили и число заставляют знать: будешь, говорят, уместным классовым старичком. А то что ж — я и буду!..

Старичок бы всю ночь проговорил, но Елисей возвратился с котлована и принес Чиклину письмо от Прушевского. Под фонарем, освещавшим вывеску Организационного Двора, Чиклин прочитал, что Настя жива и Жачев начал возить ее ежедневно в детский сад, где она полюбила советское государство и собирает для него утильсырье; сам же Прушевский сильно скучает о том, что Козлов и Сафронов погибли, а Жачев по ним плакал громадными слезами.

«Мне довольно трудно, — писал товарищ Прушевский, — и я боюсь, что полюблю какую-нибудь женщину одну и женюсь, так как не имею общественного значения. Котлован закончен, и весной будем его бутить. Настя умеет, оказывается, писать печатными буквами, посылаю тебе ее бумажку».

Настя писала Чиклину:

«Ликвидируй кулака, как класс. Да здравствует Ленин, Козлов и Сафронов!

Привет бедному колхозу, а кулакам нет».

Чиклин долго шептал эти написанные слова и глубоко растрогался, не умея морщить свое лицо для печали и плача; потом он направился спать.

В большом доме Организационного Двора была одна громадная горница, и там все спали на полу, благодаря холоду. Сорок или пятьдесят человек народа открыли рты и дышали вверх, а под низким потолком висела лампа в тумане вздохов, и она тихо качалась от какого-то сотрясения земли. Среди пола лежал и Елисей; его спящие глаза были почти полностью открыты и глядели, не моргая, на горящую лампу. Нашедши Вощева, Чиклин лег рядом с ним и успокоился до более светлого утра.

Утром колхозные босые пешеходы выстроились в ряд на Оргдворе. Каждый из них имел флаг с лозунгом в руках и сумку с пищей за спиной. Они ожидали активиста, как первоначального человека в колхозе, чтобы узнать от него, зачем им идти в чужие места.

Активист пришел на Двор совместно с передовым персоналом и, расставив пешеходов в виде пятикратной звезды, стал посреди всех и произнес свое слово, указывающее пешеходам идти в среду окружающего беднячества и показать ему свойство колхоза путем призвания к социалистическому порядку, ибо всё равно дальнейшее будет плохо. Елисей держал в руке самый длинный флаг и, покорно выслушав активиста, тронулся привычным шагом вперед, не зная, где ему надо остановиться.

236

В то утро была сырость, и дух холод с дальних пустопорожних мест. Такое обстоятельство тоже не было упущено активом.

— Дезорганизация! — с унылостью сказал активист про этот остужающий ветер природы.

Бедные и средние странники пошли в свой путь и скрылись вдалеке, в постороннем пространстве. Чиклин глядел вслед ушедшей босой коллективизации, не зная, что нужно дальше предполагать, а Вощев молчал без мысли. Из большого облака, остановившегося над глухими дальними пашнями, стеной пошел дождь и укрыл ушедших в среде влаги.

— И куда они пошли? — сказал один подкулачник, уединенный от населения на Оргдворе за свой вред. Активист запретил ему выходить далее плетня, а подкулачник выражался через него. — У нас одной обувки на десять годов хватит, а они куда лезут?

— Дай ему! — сказал Чиклин Вощеву.

Вощев подошел к подкулачнику и сделал удар в лицо. Подкулачник больше не отозвался.

Вощев приблизился к Чиклину с обыкновенным недоумением об окружающей жизни.

— Смотри, Чиклин, как колхоз идет на свете — скучно и босой.

— Они потому и идут, что босые, — сказал Чиклин. — А радоваться им нечего — колхоз ведь житейское дело.

— Христос тоже, наверно, ходил скучно, и в природе был ничтожный дождь.

— В тебе ум, бедняк, — ответил Чиклин, — Христос ходил один неизвестно из-за чего, а тут двигаются целые кучи ради существованья.

Активист находился здесь же на Оргдворе; прошедшая ночь прошла для него задаром — директива не спустилась на колхоз, и он пустил теченье мысли в собственной голове; но мысль несла ему страх упущений. Он боялся, что зажиточность скопится на единоличных дворах и он упустит ее из виду. Одновременно он опасался и переусердия, — поэтому обобществил лишь конское поголовье, мучаясь за одиноких коров, овец и птицу, потому что в руках стихийного единоличника и козел есть рычаг капитализма.

237

Сдерживая силу своей инициативы, неподвижно стоял активист среди всеобщей тишины колхоза, и его подручные товарищи глядели на его смолкшие уста, не зная, куда им двинуться. Чиклин и Вощев вышли с Оргдвора и отправились искать мертвый инвентарь, чтобы увидеть его годность.

Пройдя некоторое расстояние, они остановились на пути, потому что с правой стороны улицы без труда человека открылись одни ворота, и через них стали выходить спокойные лошади. Ровным шагом, не опуская голов к растущей пище на земле, лошади сплоченной массой миновали улицу и спустились в овраг, в котором содержалась вода. Напившись в норму, лошади вошли в воду, и постояли в ней некоторое время для своей чистоты, а затем выбрались на береговую сушь и тронулись обратно, не теряя строя и сплочения между собой. Но у первых же дворов лошади разбрелись — одна остановилась у соломенной крыши и начала дергать солому из нее, другая, нагнувшись, подбирала в пасть остаточные пучки тощего сена, более же угрюмые лошади вошли на усадьбы и там взяли на знакомых, родных местах по снопу и вынесли его на улицу.

Каждое животное взяло посильную долю пищи и бережно несло ее в направлении тех ворот, откуда вышли до того все лошади.

Прежде пришедшие лошади остановились у общих ворот и подождали всю остальную конскую массу, и уж когда все совместно собрались, то передняя лошадь толкнула головой ворота нараспашку, и весь конский строй ушел с кормом на двор. На дворе лошади открыли рты, пища упала из них в одну среднюю кучу, и тогда обобществленный скот стал вокруг и начал медленно есть, организованно смирившись без заботы человека.

Вощев в испуге глядел на животных через скважину ворот; его удивляло душевное спокойствие жующего скота, будто все лошади с точностью убедились в колхозном смысле жизни, а он один живет и мучается хуже лошади.

Далее лошадиного двора находилась чья-то неимущая изба, которая стояла без усадьбы и огорожи на голом земном месте. Чиклин и Вощев вошли в избу и заметили в ней мужика, лежавшего на лавке вниз лицом. Его баба прибирала пол и, увидев гостей, утерла нос концом платка, отчего у ней сейчас же потекли привычные слезы.

— Ты чего? — спросил ее Чиклин.

— И-и, касатики! — произнесла женщина и еще гуще заплакала.

— Обсыхай скорей и говори! — образумил ее Чиклин.

— Мужик-то который день уткнулся и лежит... Баба, говорит, посуй мне пищу в нутро, а то я весь пустой лежу, душа ушла изо всей плоти, улететь боюсь, — клади, кричит, какой-нибудь груз на рубашку. Как вечер, так я ему самовар к животу привязываю. Когда ж что-нибудь настанет-то?

Чиклин подошел к крестьянину и повернул его навзничь — он был действительно легок и худ, и бледные, окаменевшие глаза его не выражали даже робости. Чиклин близко склонился к нему.

— Ты что — дышишь?

— Как вспомню, так вздохну, — слабо ответил человек.

— А если забудешь дышать?

— Тогда помру.

— Может, ты смысла жизни не чувствуешь, так потерпи чуть-чуть, — сказал Вощев лежащему.

Жена хозяина исподволь, но с точностью разглядывала пришедших, и от едкости глаз у нее нечувствительно высохли слезы.

— Он всё чуял, товарищи, всё дочиста душевно видел! А как лошадь взяли в организацию, так он лег и перестал. Я-то хоть поплачу, а он — нет.

— Пусть лучше плачет, ему милее будет, — посоветовал Вощев.

— Я и то ему говорила. Разве можно молча лежать — власть будет пугаться. Я-то народно, вот правда истинная — вы люди, видать, хорошие, — я-то как выйду на улицу, так и зальюсь слезами. А товарищ активист видит меня — ведь он всюду глядит, он все щепки сосчитал, — как увидит меня, так и приказывает: плачь, баба, плачь сильней — это солнце новой жизни взошло, и свет режет ваши темные глаза. А голос-то у него ровный, и я вижу, что мне ничего не будет, и плачу со всем желанием...

239

— Стало быть, твой мужик только недавно существует без душевной прилежности? — обратился Вощев.

— Да как вот перестал меня женой знать, так и почитай что с тех пор.

— У него душа — лошадь, — сказал Чиклин. — Пускай он теперь порожняком поживет, а его ветер продует.

Баба открыла рот, но осталась без звука, потому что Вощев и Чиклин ушли в дверь.

Другая изба стояла на большой усадьбе, огороженной плетнями, внутри же избы мужик лежал в пустом гробу и при любом шуме закрывал глаза, как скончавшийся. Над головой полусонного уже несколько недель горела лампада, и сам лежащий в гробу подливал в нее масло из бутылки время от времени. Вощев прислонил свою руку ко лбу покойного и почувствовал, что человек теплый. Мужик слышал то и вовсе затих дыханьем, желая побольше остыть снаружи. Он сжал зубы и не пропускал воздуха в свою глубину.

— А теперь он похолодел, — сказал Вощев.

Мужик изо всех темных своих сил останавливал внутреннее биение жизни, а жизнь от долголетнего разгона не могла в нем прекратиться. «Ишь ты какая чтущая меня сила, — между делом думал лежачий, — все равно я тебя затомлю, лучше бы сама кончилась».

— Как будто опять потеплел, — обнаруживал Вощев по течению времени.

— Значит, не боится еще, подкулацкая сила, — произнес Чиклин.

Сердце мужика самостоятельно поднялось в душу, в горловую тесноту, и там сжалось, отпуская из себя жар опасной жизни в верхнюю кожу. Мужик тронулся ногами, чтобы помочь своему сердцу вздрогнуть, но сердце замучилось без воздуха и не могло трудиться. Мужик разинул рот и закричал от горя и смерти, жалея свои целые кости от сотления в прах, свою кровавую силу тела от гниения, глаза от скрывающегося белого света и двор от вечного сиротства.

— Мертвые не шумят, — сказал Вощев мужику.

— Не буду, — согласно ответил лежачий и замер, счастливый, что угодил власти.

— Остывает, — пощупал Вощев шею мужика.

— Туши лампаду, — сказал Чиклин. — Над ним огонь горит, а он глаза зажмурил — вот где нет никакой скупости на революцию.

Вышедши на свежий воздух, Чиклин и Вощев встретили активиста — он шел в избу-читальню по делам культурной революции. После того он обязан был еще обойти всех средних единоличников, оставшихся без колхоза, чтобы убедить их в неразумности огороженного дворового капитализма.

В избе-читальне стояли заранее организованные колхозные женщины и девушки.

— Здравствуй, товарищ актив! — сказали они все сразу.

— Привет кадру! — ответил задумчиво активист и постоял в молчаливом соображении. — А теперь мы повторим букву а, — лсушайте мои сообщения и пишите...

Женщины прилегли к полу, потому что вся изба-читальня была порожняя, и стали писать кусками штукатурки на досках. Чиклин и Вощев тоже сели вниз, желая укрепить свое знание в азбуке.

— Какие слова начинаются на а? — спросил активист.

Одна счастливая девушка привстала на колени и ответила со всей быстротой и бодростью своего разума:

— Авангард, актив, аллилуйщик, аванс, архилевый, антифашист! Твердый знак везде нужен, а архилевому не надо!

— Правильно, Макаровна, — оценил активист. — Пишите систематически эти слова.

Женщины и девушки прилежно прилегли к полу и начали настойчиво рисовать буквы, пользуясь карябающей штукатуркой. Активист тем временем засмотрелся в окно, размышляя о каком-то дальнейшем пути или, может быть, томясь от своей одинокой сознательности.

— Зачем они твердый знак пишут? — сказал Вощев.

Активист оглянулся.

— Потому что из слов обозначаются линии и лозунги, и твердый знак как полезней мягкого. Это мягкий нужно отменить, а твердый нам неизбежен: он делает жестокость и четкость формулировок. Всем понятно?

— Всем, — сказали все.

— Пишите далее понятия на б. Говори, Макаровна!

Макаровна приподнялась и с доверчивостью перед наукой заговорила:

— Большевик, буржуй, бугор, бессменный председатель, колхоз есть благо бедняка, браво-браво — ленинцы! Твердые знаки ставить на бугре и большевике и еще на конце колхоза, а там везде мягкие места!

— Бюрократизм забыла, — определил активист. — Ну, пишите. А ты, Макаровна, сбегай мне в церковь — трубку прикури.

— Давай я схожу, — сказал Чиклин: — не отрывай народ от ума.

Активист втолок в трубку лопушиные крошки, и Чиклин пошел зажигать ее от огня. Церковь стояла на краю деревни, а за ней уж начиналась пустынность осени и вечное примиренчество природы. Чиклин поглядел на эту нищую тишину, на дальние лозины, стынущие в глинистом поле, но ничем пока не мог возразить.

Близ церкви росла старая забвенная трава, и не было тропинок или прочих человеческих проходных следов, — значит, люди давно не молились в храме. Чиклин прошел к церкви по гуще лебеды и лопухов, а затем вступил на паперть. Никого не было в прохладном притворе, только воробей, сжавшись, жил в углу; но и он не испугался Чиклина, а лишь молча поглядел на человека, собираясь, видно, вскоре умереть в темноте осени.

В храме горели многие свечи; свет молчаливого, печального воска освещал всю внутренность помещения до самого подспудья купола, и чистоплотные лица святых с выражением равнодушия глядели в мертвый воздух, как жители того, спокойного света, — но храм был пуст.

Чиклин раскурил трубку от ближней свечи и увидел, что впереди на амвоне еще кто-то курит. Так и было, — на ступени амвона сидел человек и курил. Чиклин подошел к нему.

— От товарища активиста пришли? — спросил курящий.

— А тебе что?

— Все равно я по трубке вижу.

— А ты кто?

— Я был поп, а теперь отмежевался от своей души и острижен под фокстрот. Ты погляди!

242

Поп снял шапку и показал Чиклину голову, обработанную как на девушке.

— Ничего ведь?.. Да всё равно мне не верят — говорят, я тайно верю и явный стервец для бедноты. Приходится стаж зарабатывать, чтобы в кружок безбожия приняли.

— Чем же ты его зарабатываешь, поганый такой? — спросил Чиклин.

Поп сложил горечь себе в сердце и охотно ответил:

— А я свечки народу продаю — ты видишь, вся зала горит. Средства же скопляются в кружку и идут активисту для трактора.

— Не бреши: где же тут богомольный народ?

— Народу тут быть не может, — сообщил поп. — Народ только свечку покупает и ставит ее Богу, как сироту, вместо своей молитвы, а сам сейчас же скрывается вон.

Чиклин яростно вздохнул и спросил еще.

— А отчего ж народ не крестится здесь, сволочь ты такая!

Поп встал перед ним на ноги для уважения, собираясь с точностью сообщить.

— Креститься, товарищ, не допускается: того я записываю скорописью в поминальный листок...

— Говори скорей и дальше! — указал Чиклин.

— А я не прекращаю своего слова, товарищ бригадный, только я темпом слаб, уж вы стерпите меня... А те листки с обозначением человека, осенившего себя рукодействующим крестом, либо склонившего свое тело пред небесной силой, либо совершившего другой акт почитания подкулацких святителей, — те листки я каждую полуночь лично сопровождаю к товарищу активисту.

— Подойди ко мне вплоть, — сказал Чиклин.

Поп готовно опустился с порожек амвона.

— Зажмурься, паскудный.

Поп закрыл глаза и выразил на лице умильную любезность. Чиклин, не колебнувшись корпусом, сделал попу сознательный удар в скулу. Поп открыл глаза и снова зажмурил их, но упасть не мог, чтобы не давать Чиклину понятия о своем неподчинении.

— Хочешь жить? — спросил Чиклин.

243

— Мне, товарищ, жить бесполезно, — разумно ответил поп. — Я не чувствую больше прелести творения — я остался без Бога, а Бог без человека...

Сказав последние слова, поп склонился на землю и стал молиться своему ангелу-хранителю, касаясь пола фокстротной головой.

В деревне раздался долгий свисток и после него заржали лошади.

Поп остановил молящуюся руку и сообразил значение сигнала.

— Собрание учредителей, — сказал он со смирением.

Чиклин вышел из церкви в траву. По траве шла баба к церкви, выправляя позади себя помятую лебеду, но, увидев Чиклина, она обомлела на месте и от испуга протянула ему пятак за свечку.

Организационный Двор покрылся сплошным народом; присутствовали организованные члены и неорганизованные единоличники, кто еще был маломочен по сознанию или имел подкулацкую долю жизни и не вступал в колхоз.

Активист находился на высоком крыльце и с молчаливой грустью наблюдал движенье жизненной массы на сырой, вечерней земле; он безмолвно любил бедноту, которая, поев простого хлеба, желательно рвалась вперед в светлое будущее, ибо всё равно земля для них была пуста и тревожна; он втайне дарил городские конфеты ребятишкам неимущих и с наступлением коммунизма в сельском хозяйстве решил взять установку на женитьбу, тем более, что тогда лучше выявятся женщины. И сейчас чей-то малый ребенок стоял около активиста и глядел на его лицо.

— Ты чего взарился? — спросил активист. — Нá тебе конфетку.

Мальчик взял конфету, но одной пищи ему было мало.

— Дядь, отчего ты самый умный, а картуза у тебя нету?

Активист без ответа погладил голову мальчика; ребенок с удивлением разгрыз сплошную каменистую конфету — она блестела как рассеченный лед и внутри ее ничего не было, кроме твердости. Мальчик отдал половину конфеты обратно активисту.

— Сам доедай, у ней в середине вареньев нету: нам радости мало!

Активист улыбнулся с проницательным сознанием, он предчувствовал, что этот ребенок в зрелости своей жизни вспомнит о нем среди горящего света социализма, добытого сосредоточенной силой актива из плетневых дворов деревень.

Вощев и еще три убежденных мужика носили бревна к воротам Оргдвора и складывали их в штабель, — им заранее активист дал указание на этот труд.

Чиклин тоже пошел за трудящимися и, взяв бревно около оврага, понес его к Оргдвору: пусть идет больше пользы в общий котел, чтоб не было так печально вокруг.

— Ну, как же будем граждане? — произнес активист в вещество народа, находившегося перед ним. — Вы, что ж, опять капитализм сеять собираетесь, иль опомнились?..

Организованные сели на землю и курили с удовлетворительным чувством, поглаживая свои бородки, которые за последние полгода что-то стали реже расти; неорганизованные же стояли на ногах, превозмогая свою тщетную душу, но один сподручный актива научил их, души в них нет, а есть лишь одно имущественное настроение, и они теперь вовсе не знали, как им станется, раз не будет имущества. Иные, склонившись, стучали себе в грудь и слушали свою мысль оттуда, но сердце билось легко и грустно, как порожнее, и ничего не отвечало. Стоявшие люди ни ни мгновенье не упускали из вида активиста, ближние же ко крыльцу глядели на руководящего человека со всем желаньем в неморгающих глазах, чтобы он видел их готовное настроение.

Чиклин и Вощев к тому времени уже управились с доставкой бревен и стали их затесывать в лапу со всех концов, стараясь устроить большой предмет. Солнца не было в природе ни вчера, ни нынче, и унылый вечер рано наступил над сырыми полями; тишина распространялась сейчас по всему видимому свету, только топор Чиклина звучал среди нее и отзывался ветхим скрипом на близкой мельнице и в плетнях.

— Ну что же! — терпеливо сказал активист сверху. — Иль вы так и будете стоять между капитализмом и коммунизмом: ведь уж пора тронуться — у нас в районе четырнадцатый пленум идет!

— Дозволь, товарищ актив, еще малость средноте постоять, — попросили задние мужики, — может, мы обвыкнемся:
нам, главное дело, привычки, а то мы всё стерпим.

— Ну, стойте, пока беднота сидит, — разрешил активист.
— Всё равно товарищ Чиклин еще не успел сколотить бревна
в один блок.

— А к чему ж те бревна-то ладят, товарищ актив? —
спросил задний середняк.

— А это для ликвидации классов организуется плот, чтоб
завтрашний день кулацкий сектор ехал по речке в море и
далее...

Вынув поминальные листки и классово-расслоееную ведомость, активист стал метить знаки по бумагам; а карандаш у
него был разноцветный, и он применял то синий, то красный
цвет, а то просто вздыхал и думал, не кладя знаков до своего
решения. Стоячие мужики открыли рты и глядели на карандаш
с томлением слабой души, которая появилась у них из послед-
них остатков имущества, потому что стала мучиться. Чиклин
и Вощев тесали в два топора сразу, и бревна у них складыва-
лись одно к другому вплоть, основывая сверху просторное
место.

Ближний середняк прислонился головой к крыльцу и стоял
в таком покое некоторое время.

— Товарищ актив, а товарищ!..

— Говори ясно, — предложил середняку активист между
своим делом.

— Дозволь нам горе горевать в остатнюю ночь, а уж
тогда мы век с тобой будем радоваться!

Активист кратко подумал.

— Ночь — это долго. Кругом нас темпы по округу идут,
— горюйте, пока плот не готов.

— Ну хоть до плота, и то радость, — сказал средний
мужик и заплакал, не теряя времени последнего горя. Бабы,
стоявшие за плетнем Оргдвора, враз взвыли во все задушенные
свои голоса, так что Чиклин и Вощев перестали рубить дерево
топорами. Организованная членская беднота поднялась с земли,
довольная, что ей горевать не приходится, и ушла смотреть
на свое общее, насущное имущество деревни.

— Отвернись и ты от нас на краткое время, — попросили активиста два середняка: — дай нам тебя не видеть.

Активист отстранился с крыльца и ушел в дом, где с жадностью начал писать рапорт о точном выполнении мероприятия по сплошной коллективизации и о ликвидации посредством сплава на плоту кулака как класса; при этом активист не мог поставить после слова «кулака» запятую, так как и в директиве ее не было. Дальше он попросил себе из района новую боевую кампанию, чтоб местный актив работал бесперебойно и четко чертил дорогую генеральную линию вперед. Активист желал бы еще, чтобы район объявил его в своем постановлении самым идеологичным во всей районной надстройке, но это желание утихло в нем без последствий, потому что он вспомнил, как после хлебозаготовок ему пришлось заявить о себе, что он умнейший человек на данном этапе сада и, услышав его, один мужик объявил себя бабой.

Дверь дома отворилась, и в нее раздался шум мученья из деревни; вошедший человек стер мокроту с одежды, а потом сказал:

— Товарищ актив, там снег пошел, и холод дует.

— Пускай идет, нам-то что?

— Нам — ничего, нам хоть что ни случись — мы управимся! — вполне согласился явившийся пожилой бедняк. Он был постоянно удивлен, что еще жив на свете, потому что ничего не имел, кроме овощей с дворового огорода и бедняцкой льготы, и не мог никак добиться высшей, довольной жизни.

— Ты мне, товарищ главный, скажи на утеху: писаться мне в колхоз на покой, иль обождать?

— Пишись, конечно, а то в океан пошлю!

— Бедняку нигде не страшно; я б давно записался, только Зою не сеять.

— Какую Зою? — если сою, то она ведь официальный злак!

— Ее, стерву.

— Ну, не сей — я учту твою психологию.

— Учти, пожалуйста.

Записав бедняка в колхоз, активист вынужден был дать ему квитанцию в приеме в членство и в том, что в колхозе не

247

будет Зоя, и выдумать здесь надлежащую форму для этой квитанции, так как бедняк нипочем не уходил без нее.

Снаружи в то время все гуще падал холодный снег; земля от снега стала смирней, но звуки середняцкого настроения мешали наступить сплошной тишине. Старый пахарь Иван Семенович Крестьянин целовал молодые деревья в своем саду и с корнем сокрушал их прочь из почвы, а его баба причитала над голыми ветками.

— Не плачь, старуха, — говорил Крестьянин: — ты в колхозе мужиковской давалкой станешь. А деревья эти — моя плоть, и пускай она теперь мучается, ей же скучно обобществляться в плен!

Баба, услышав слова мужика, так и покатилась по земле, а другая женщина — не то старая девка, не то вдовуха — сначала бежала по улице и голосила таким агитирующим, монашьим голосом, что Чиклину захотелось в нее стрелять, а потом она увидела, как крестьянинская баба катится по низу, и тоже бросилась навзничь и забила ногами в суконных чулках.

Ночь покрыла весь деревенский масштаб, снег сделал воздух непроницаемым и тесным, в котором задыхалась грудь, но все же бабы вскрикивали повсеместно и, привыкая к горю, держали постоянный вой. Собаки и другие мелкие нервные животные тоже поддерживали эти томительные звуки, и в колхозе было шумно и тревожно, как в предбаннике, средние же и высшие мужики молча работали по дворам и закутам, охраняемые бабьим плачем у раскрытых настежь ворот. Остаточные, необобществленные лошади грустно спали в станках, привязанные к ним так надежно, чтобы они никогда не упали, потому что иные лошади уже стояли мертвыми; в ожидании колхоза безубыточные мужики содержали лошадей без пищи, чтоб обобществиться лишь одним своим телом, а животных не вести за собою в скорбь.

— Жива ли ты, кормилица?..

Лошадь дремала в стойле, опустив навеки чуткую голову, — один глаз у нее был слабо прикрыт, а на другой не хватило силы — и он остался глядеть в тьму. Сарай остыл без лошадиного дыханья, снег нападал в него, ложился на голову кобылы и не таял. Хозяин потушил свечку, обнял лошадь за шею и стоял в своем сиротстве, нюхая по памяти пот кобылы, как на пахоте.

— Значит, ты умерла? Ну, ничего — я тоже скоро помру, нам будет тихо.

Собака, не видя человека, вошла в сарай и понюхала заднюю ногу лошади. Потом она зарычала, впилась в мясо и вырвала себе говядину. Оба глаза лошади забелели в темноте, она поглядела ими обоими и переступила ногами шаг вперед, не забыв еще от чувства боли жить.

— Может, ты в колхоз пойдешь? Ступай тогда, а я подожду, — сказал хозяин двора.

Он взял клок сена из угла и поднес лошади ко рту. Глазные места у кобылы стали темными, она уже смежила последнее зрение и не чуяла запаха травы, потому что ноздри ее уже не повелись от сена, и две новые собаки равнодушно отъедали ногу позади, — но жизнь лошади еще была цела — она лишь беднела в дальней нищете, делилась все более мелко и не могла утомиться.

Снег падал на холодную землю, собираясь остаться в зиму; мирный покров застелил на сон грядущий всю видимую землю, только вокруг хлевов снег растаял, и земля была черна, потому что теплая кровь коров и овец вышла из-под огорож наружу и летние места оголились. Ликвидировав весь последний дымящий живой инвентарь, мужики стали есть говядину и всем домашним также наказывали ее кушать; говядину в то краткое время ели, как причастие, — есть никто не хотел, но надо было спрятать плоть родной убоины в свое тело и сберечь ее там от обобществления. Иные расчетливые мужики давно опухли от мясной еды и ходили тяжко, как двигающиеся сараи; других же рвало беспрерывно, но они не могли расстаться со скотиной и уничтожали ее до костей, не ожидая пользы желудка. Кто вперед успел поесть свою живность или кто отпустил ее в колхозное заключение, тот лежал в пустом гробу и жил в нем, как на тесном дворе, чувствуя огороженный покой.

Чиклин оставил заготовку плота. Вощев тоже настолько ослабел телом без идеологии, что не мог поднять топора и лег в снег: все равно истины нет на свете, или, быть может, она и была в каком-нибудь растении или в героической твари, но

249

шел дорожный нищий и съел то растение или растоптал гнетущуюся ниже тварь, а сам умер затем в осеннем овраге, и тело его выдул ветер в ничто.

Активист видел с Оргдвора, что плот не готов; однако, он должен был завтрашним утром отправить в район пакет с итоговым отчетом, поэтому дал немедленный свисток к общему учредительному собранию. Народ выступил со дворов на этот звук и всем не организованным еще составом явился на площадь Оргдвора. Бабы уже не плакали и высохли лицом, мужики тоже держались самозабвенно, готовые организоваться навеки. Приблизившись друг к другу, люди стали без слова всей середняцкой гущей и загляделись на крыльцо, на котором находился активист с фонарем в руке, — от этого собственного света он не видел разной мелочи на лицах людей, но зато его самого наблюдали все с ясностью.

— Готовы, что ль? — спросил активист.

— Подожди, — сказал Чиклин активисту. — Пусть они попрощаются до будущей жизни.

Мужики было приготовились к чему-то, но один из них произнес в тишине:

— Дай нам еще мгновенье времени!

И сказав последние слова, мужик обнял соседа, поцеловал его трижды и попрощался с ним.

— Прощай, Егор Семеныч!

— Не в чем, Никанор Петрович: ты меня тоже прости.

Каждый начал целоваться со всею очередью людей, обнимая чужое доселе тело, и все уста грустно и дружелюбно целовали каждого.

— Прощай, тетка Дарья, не обижайся, что я твою ригу сжег.

— Бог простит, Алеша, — теперь рига всё одно не моя.

Многие, прикоснувшись взаимными губами, стояли в таком чувстве некоторое время, чтобы навсегда запомнить новую родню, потому что до этой поры они жили без памяти друг о друге и без жалости.

— Ну, давай, Степан, побратаемся.

— Прощай, Егор, — жили мы люто, а кончаемся по совести.

После целованья люди поклонились в землю — каждый всем и встали на ноги, свободные и пустые сердцем.

— Теперь мы, товарищ актив, готовы, — пиши нас всех в одну графу, а кулаков мы сами тебе покажем.

Но активист еще прежде обозначил всех жителей — кого в колхоз, а кого на плот.

— Иль сознательность в вас заговорила? — сказал он. — Значит, отозвалась массовая работа актива! Вот она, четкая линия и будущий свет!

Чиклин здесь вышел на высокое крыльцо и потушил фонарь активиста — ночь и без керосина была светла от свежего снега.

— Хорошо вам теперь, товарищи? — спросил Чиклин.

— Хорошо, — сказали со всего Оргдвора. — Мы ничего теперь не чуем, в нас один прах остался.

Вощев лежал в стороне и никак не мог заснуть без покоя истины внутри своей жизни, — тогда он встал со снега и вошел в среду людей.

—Здравствуйте! — сказал он колхозу, обрадовавшись. — Вы стали теперь, как я, — я тоже ничто.

— Здравствуй! обрадовался весь колхоз одному человеку.

Чиклин тоже не мог стерпеть быть отдельно на крыльце, когда люди стояли вместе внизу; он опустился на землю, разжег костер из плетневого материала, и все начали согреваться от огня.

Ночь стояла смутно над людьми, и больше никто не произносил слова, только слышалось, как по-старинному брехала собака на чужой деревне, точно она существовала в постоянной вечности.

Очнулся Чиклин первым, потому что вспомнил что-то насущное, но, открыв глаза, всё забыл. Перед ним стоял Елисей и держал Настю на руках. Он уже держал девочку часа два, пугаясь разбудить Чиклина, а девочка спокойно спала, греясь на его теплой, сердечной груди.

— Не замучили ребенка-то? — спросил Чиклин.

— Я не смею, — сказал Елисей.

Настя открыла глаза на Чиклина и заплакала по нем; она думала, что в мире всё есть взаправду и навсегда, и если ушел

Чиклин, то она уже больше нигде не найдет его на свете. В бараке Настя часто видала Чиклина во сне и даже не хотела спать, чтобы не мучиться на утро, когда оно настанет без него.

Чиклин взял девочку на руки.

— Тебе ничего было?

— Ничего, — сказала Настя. — А ты здесь колхоз сделал? Покажи мне колхоз!

Поднявшись с земли, Чиклин приложил голову Насти к своей шее и пошел раскулачивать.

— Жачев-то не обижал тебя?

— Как же он обидит меня, когда я в социализме останусь, а он скоро помрет!

— Да, пожалуй, что и не обидит! — сказал Чиклин и обратил внимание на многолюдство. Посторонний, пришлый народ расположился кучами и целыми массами по Оргдвору, тогда как колхоз еще спал общим скоплением близ ночного, померкшего костра. По колхозной улице также находились нездешние люди; они молча стояли в ожидании той радости, за которой их привели сюда Елисей и другие колхозные пешеходы. Некоторые странники обступили Елисея и спрашивали его:

— Где же колхозное благо — иль мы даром шли? Долго ль нам бродить без остановки?

— Раз нас привели, то актив знает, — ответил Елисей.

— А твой актив спит, должно быть?

— Актив спать не может, — сказал Елисей.

Активист вышел на крыльцо со своими сподручными и рядом с ним был Прушевский, а Жачев полз позади всех. Прушевского послал в колхоз товарищ Пашкин, потому что Елисей проходил вчера мимо котлована и ел кашу у Жачева, но от отсутствия своего ума не мог сказать ни одного слова. Узнав про то, Пашкин решил во весь темп бросить Прушевского на колхоз, как кадр культурной революции, ибо без ума организованные люди жить не должны, а Жачев отправился по своему желанию, как урод, — и поэтому они явились втроем с Настей на руках, не считая еще тех подорожных мужиков, которым Елисей велел идти, вслед за собой, чтобы ликовать в колхозе.

— Ступайте, скорее плот кончайте, — сказал Чиклин Прушевскому, — а я скоро обратно к вам поспею.

Елисей пошел вместе с Чиклиным, чтобы указать ему самого угнетенного батрака, который почти спокон века работал даром на имущих дворах, а теперь трудится молотобойцем в колхозной кузне и получает пищу и приварок, как кузнец второй руки; однако этот молотобоец не числился членом колхоза, а считался наемным лицом, и профсоюзная линия, получая сообщения об этом официальном батраке, одном во всем районе, глубоко тревожилась. Пашкин же и вовсе грустил о неизвестном пролетарии района и захотел как можно скорее избавить его от угнетения.

Около кузницы стоял автомобиль и жег бензин на одном месте. С него только что сошел прибывший вместе с супругой Пашкин, чтобы с активной жадностью обнаружить здесь остаточного батрака и, снабдив его лучшей долей жизни, распустить затем райком союза за халатность обслуживания членской массы. Но еще Чиклин и Елисей не дошли до кузни, как товарищ Пашкин уже вышел из помещения и отбыл на машине обратно, опустив только голову в кузов, будто не зная, как ему теперь быть. Супруга товарища Пашкина из машины не выходила вовсе: она лишь берегла своего любимого человека от встречных женщин, обожавших власть ее мужа и принимавших твердость его руководства за силу любви, которую он может им дать.

Чиклин с Настей на руках вошел в кузню; Елисей же остался постоять снаружи. Кузнец качал мехом воздух в горн, а медведь бил молотом по раскаленной железной полосе на наковальне.

— Скорее, Мишь, а то мы с тобой ударная бригада! — сказал кузнец.

Но медведь и без того настолько усердно старался, что пахло паленой шерстью, сгорающей от искр металла, а медведь этого не чувствовал.

— Ну, теперь — будя! — определил кузнец.

Медведь перестал колотить и, отошедши, выпил от жажды полведра воды. Утерев затем свое утомленно-пролетарское лицо, медведь плюнул в лапу и снова приступил к труду молотобойца. Сейчас ему кузнец положил ковать подкову для одного единоличника из окрестностей колхоза.

253

— Мишь, это надо кончить поживей: вечером хозяин придет — жидкость будет! — и кузнец показал на свою шею, как на трубу для водки. Медведь, поняв будущее наслаждение, с большей охотой начал делать подкову.

— А ты, человек, зачем пришел? — спросил кузнец у Чиклина.

— Отпусти молотобойца кулаков показать: говорят, у него стаж велик.

Кузнец поразмышлял немного о чем-то и сказал:

— А ты согласовал с активом вопрос? Ведь в кузне есть промфинплан, а ты его срываешь!

— Согласовал вполне, — ответил Чиклин. — А если план твой сорвется, так я сам приду к тебе его подымать... Ты слыхал про араратскую гору — так я ее наверняка бы насыпал, если б клал землю своей лопатой в одно место!

— Нехай тогда идет, — выразился кузнец про медведя. — Ступай на Оргдвор и вдарь в колокол, чтоб Мишка обеденное время услыхал, а то он не тронется — он у нас дисциплину обожает.

Пока Елисей равнодушно ходил на Оргдвор, медведь сделал четыре подковы и просил еще трудиться. Но кузнец послал его за дровами, чтобы нажечь из них потом углей, и медведь принес целый подходящий плетень. Настя, глядя на почерневшего, обгорелого медведя, радовалась, что он за нас, а не за буржуев.

— Он ведь тоже мучается — он, значит, наш, правда ведь? — говорила Настя.

— А то как же! — отвечал Чиклин.

Раздался гул колокола, и медведь мгновенно оставил без внимания свой труд — до того он ломал плетень на мелкие части, а теперь сразу выпрямился и надежно вздохнул: шабаш, дескать. Опустив лапы в ведро с водой, чтоб отмыть на них чистоту, он затем вышел вон для получения еды. Кузнец ему указал на Чиклина, и медведь спокойно пошел за человеком, привычно держась впрямую, на одних задних лапах. Настя тронула медведя за плечо, а он тоже коснулся слегка ее лапой и зевнул всем ртом, откуда запахло прошлой пищей.

— Смотри, Чиклин, он весь седой!

— Жил с людьми, вот и поседел от горя.

Медведь обождал, пока девочка вновь посмотрит на него, и дождавшись, зажмурил для нее один глаз; Настя засмеялась, а молотобоец, ударил себя по животу, так что у него там что-то забурчало, отчего Настя засмеялась еще лучше, медведь же не обратил на малолетнюю внимания.

Около одних дворов идти было так же прохладно, как и по полю, а около других чувствовалась теплота. Коровы и лошади лежали в усадьбах с разверстыми тлеющими туловищами — долголетний, скопленный под солнцем жар жизни еще выходил из них в воздух, в общее зимнее пространство. Уже много дворов миновали Чиклин и молотобоец, а кулачества что-то нигде не ликвидировали.

Снег, изредка спускавшийся дотоле с верхних мест, теперь пошел чаще и жестче, — какой-то набредший ветер начал производить вьюгу, что бывает, когда устанавливается зима. Но Чиклин и медведь шли сквозь снежную, секущую частоту прямым уличным порядком, потому что Чиклину невозможно было считаться с настроением природы: только Настю Чиклин спрятал от холода за пазуху, оставив наруже лишь ее голову, чтоб она не скучала в темном тепле. Девочка все время следила за медведем, — ей было хорошо, что животное тоже есть рабочий класс, — а молотобоец глядел на нее как на забытую сестру, с которой он жировал у материнского живота в летнем лесу своего детства. Желая обрадовать Настю, медведь посмотрел вокруг — чего бы это охватить и выломать ей для подарка? Но никакого маломальски счастливого предмета не было вблизи, кроме глиносоломенных жилищ и плетней. Тогда молотобоец вгляделся в снежный ветер и быстро выхватил из него что-то маленькое, а затем поднес сжатую лапу к Настину лицу. Настя выбрала из его лапы муху, зная, что мух теперь тоже нету — они умерли еще в конце лета. Медведь начал гоняться за мухами по всей улице, — мухи летали целыми тучами, перемежаясь с несущимся снегом.

— Отчего бывают мухи, когда зима? — спросила Настя.

— От кулаков, дочка! — сказал Чиклин.

Настя задушила в руке жирную кулацкую муху, подаренную ей медведем, и сказал еще:

— А ты убей их как класс! А то мухи зимой будут, а летом нет: птицам нечего есть станет.

Медведь вдруг зарычал около прочной, чистой избы и не хотел идти дальше, забыв про мух и девочку. Бабье лицо уставилось в стекло окна, и по стеклу поползла жидкость слез, будто баба их держала все время наготове. Медведь открыл пасть на видимую бабу и взревел еще яростней, так что баба отскочила внутрь жилища.

— Кулачество! — сказал Чиклин и, вошедши на двор, открыл изнутри ворота. Медведь тоже шагнул через черту владения на усадьбу.

Чиклин и молотобоец освидетельствовали вначале хозяйственные укромные места. В сарае, засыпанные мякиной, лежали четыре или больше мертвых овцы. Когда медведь тронул одну овцу ногой, из нее поднялись мухи: они жили себе жирующим способом в горячих говяжьих щелях овечьего тела и, усердно питаясь, сыто летали среди снега, нисколько не остужаясь от него.

Из сарая наружу выходил дух теплоты, — и в трупных скважинах убоины наверно было жарко, как летом в тлеющей торфяной земле, и мухи жили там вполне нормально. Чиклину стало тяжко в большом сарае, ему казалось, что здесь топятся банные печи, а Настя зажмурила от вони глаза и думала, почему в колхозе зимой тепло и нету четырех времен года, про какие ей рассказывал Прушевский на котловане, когда на пустых осенних полях прекратилось пение птиц.

Молотобоец пошел из сарая в избу и, заревев в сенях враждебным голосом, выбросил через крыльцо вековой громадный сундук, откуда посыпались швейные катушки.

Чиклин застал в избе одну бабу и еще мальчишку; мальчишка дулся на горшке, а мать его, присев, разгнездилась среди горницы, будто все вещество из нее опустилось вниз; она уже не кричала, а только открыла рот и старалась дышать.

— Мужик, а мужик! — начала звать она, не двигаясь от немощи горя.

— Чего? — отозвался голос с печки; потом там заскрипел рассохшийся гроб, и вылез хозяин.

— Пришли, — сказывала постепенно баба, — иди встречай... Головушка моя горькая!

256

— Прочь! — приказал Чиклин всему семейству.

Молотобоец попробовал мальчишку за ухо, и тот вскочил с горшка, а медведь, не зная, что это такое, сам сел для пробы на низкую посуду.

Мальчик стоял в одной рубашке и, соображая, глядел на сидящего.

— Дядь, отдай какашку! — попросил он; но молотобоец тихо зарычал на него, тужась от неудобного положения.

— Прочь! — произнес Чиклин кулацкому населению.

Медведь, не трогаясь с горшка, издал из пасти звук, — и зажиточный ответил:

— Не шумите, хозяева, мы сами уйдем.

Молотобоец вспомнил, как в старинные года он корчевал пни на угодьях этого мужика и ел траву от безмолвного голода, потому что мужик давал ему пищу только вечером — что оставалось от свиней, а свиньи ложились в корыта и съедали порцию во сне. Вспомнив такое, медведь поднялся с посуды, обнял поудобней тело мужика и, сжав его с силой, что из человека вышло нажитое сало и пот, закричал ему в голову на разные голоса — от злобы и наслышки молотобоец мог почти разговаривать.

Зажиточный, обождав, пока медведь отдастся от него, вышел, как есть, на улицу и уже прошел мимо окна снаружи, — только тогда баба помчалась за ним, а мальчик остался в избе без родных. Постояв в скучном недоумении, он схватил горшок с пола и побежал с ним за отцом-матерью.

— Он очень хитрый, — сказала Настя про этого мальчика, унесшего свой горшок.

Дальше кулак встречался гуще. Уже через три двора медведь зарычал снова, обозначая присутствие здесь своего классового врага. Чиклин отдал Настю молотобойцу и пошел в избу один.

— Ты чего, милый, явился? — спросил ласковый, спокойный мужик.

— Уходи прочь! — ответил Чиклин.

— А что, ай я чем не угодил?

— Нам колхоз нужен, не разлагай его!

Мужик, не спеша, подумал, словно находился в душевной беседе.

— Колхоз вам не годится...

— Прочь, гад!

— Ну что ж, вы сделаете изо всей республики колхоз, а вся республика-то будет единоличным хозяйством!

У Чиклина захватило дыхание, он бросился к двери и открыл ее, чтоб видна была свобода, — он так же когда-то ударился в замкнувшуюся дверь тюрьмы, не понимая плена, а закричал от скрежещущей силы сердца. Он отвернулся от рассудительного мужика, — чтобы тот не участвовал в его преходящей скорби, которая касается лишь одного рабочего класса.

— Не твое дело, стервец! Мы можем царя назначить, когда нам полезно будет, и можем сшибить его одним вздохом... А ты — исчезни!

Здесь Чиклин перехватил мужика поперек и вынес его наружу, где бросил в снег; мужик от жадности не был женатым, расходуя всю свою плоть в скоплении имущества, в счастье надежности существования, и теперь не знал, что ему чувствовать.

— Ликвидировали!?.. — сказал он из снега. — Глядите, нынче меня нету, а завтра вас не будет. Так и выйдет, что в социализм придет один ваш главный человек!

Через четыре двора молотобоец опять ненавистно заревел. Из дома выскочил бедный житель с блином в руках. Но медведь знал, что этот хозяин бил его древесным корнем, когда он переставал от усталости водить жернов за бревно. Этот мужичишко заставил на мельнице работать вместо ветра медведя, чтобы не платить налога, а сам скулил всегда по-батрацки и ел с бабой под одеялом. Когда его жена тяжелела, то мельник своими руками совершал ей выкидыш, любя лишь одного большого сына, которого он давно определил в городские коммунисты.

— Покушай, Миша! — подарил мужик блин молотобойцу.

Медведь обернул блином лапу и ударил через эту печеную прокладку кулака по уху, так что мужик вякнул ртом и повалился.

— Опорожняй батрацкое имущество! — сказал Чиклин лежачему. — Прочь с колхоза и не сметь более жить на свете!

Зажиточный полежал вначале, а потом опомнился.

— А ты покажь мне бумажку, что ты действительное лицо!

— Какое я тебе лицо? — сказал Чиклин. — Я никто: у нас партия — вот лицо!

— Покажи тогда хоть партию, хочу рассмотреть.

Чиклин скудно улыбнулся.

— В лицо ты ее не узнаешь, я сам ее еле чувствую. — Являйся нынче на плот, капитализма сволочь!

— Пусть он едет по морям: нынче здесь, а завтра там, — правда ведь? — произнесла Настя. — Со сволочью нам скучно будет!

Дальше Чиклин и молотобоец освободили еще шесть изб, нажитых батрацкой плотью, и возвратились на Оргдвор, где стояли в ожидании чего-то очищенные от кулачества массы.

Сверив прибывший кулацкий класс со своей расслоечной ведомостью, активист нашел полную точность и обрадовался действию Чиклина и кузнечного молотобойца. Чиклин также одобрил активиста.

— Ты сознательный молодец, — сказал он, — ты чуешь классы, как животное.

Медведь не мог выразиться и, постояв отдельно, пошел в кузню сквозь падающий снег, в котором жужжали мухи; одна только Настя смотрела ему вслед и жалела этого старого, обгорелого, как человека.

Прушевский уже справился с доделкой из бревен плота, а сейчас глядел на всех с готовностью.

— Гадость ты, — говорил ему Жачев: — чего глядишь, как оторвавшийся? Живи храбрее — жми друг дружку, а деньги в кружку! Ты думаешь, это люди существуют? Ого! Это одна наружная кожа, до людей нам далеко идти, вот чего мне жалко!

По слову активиста кулаки согнулись и стали двигать плот в упор на речную долину. Жачев не пополз за кулачеством, чтобы обеспечить ему надежное отплытие в море по течению и сильнее успокоиться в том, что социализм будет, что Настя получит его в свое девичье приданое, а он, Жачев, скорее погибнет, как уставший предрассудок.

Ликвидировав кулаков в даль, Жачев не успокоился, ему

стало даже труднее, хотя неизвестно от чего. Он долго наблюдал, как систематически уплывал плот по нежной текущей реке, как вечерний ветер шевелил темную, мертвую воду, льющуюся среди охладелых угодий в свою отдаленную пропасть, и ему делалось скучно, печально в груди. Ведь слой грустных уродов не нужен социализму, и его вскоре также ликвидируют в далекую тишину.

Кулачество глядело с плота в одну сторону — на Жачева; люди хотели навсегда заметить свою родину и последнего, счастливого человека на ней.

Вот уже кулацкий речной эшелон начал заходить на повороте за береговой кустарник, и Жачев начал терять видимость классового врага.

— Эй, паразиты, прощай! — закричал Жачев по реке.

— Про-ща-ай! — отозвались уплывающие в море кулаки.

С Оргдвора заиграла призывающая вперед музыка; Жачев поспешно полез по глинистой круче на торжество колхоза, хотя и знал, что там ликуют одни бывшие участники империализма, не считая Насти и прочего детства.

Активист выставил на крыльцо Оргдома рупор радио и оттуда звучал марш великого похода, а весь колхоз, вместе с окрестными пешими гостями, радостно топтался на месте. Колхозные мужики были светлы лицом, как вымытые, им стало теперь ничего не жалко, безвестно и прохладно в душевной пустоте. Елисей, когда сменилась музыка, вышел на среднее место, вдарил подошвой и затанцевал по земле, ничуть при этом не сгибаясь и не моргая белыми глазами; он ходил как стержень — один среди стоячих, — четко работая костями и туловищем. Постепенно мужики рассопелись и начали охаживать друг друга, а бабы весело подняли руки и пошли двигать ногами под юбками. Гости скинули сумки, кликнули себе местных девушек и понеслись по низу, бодро шевелясь, а для своего угощенья целовали подружек-колхозниц. Радиомузыка все более тревожила жизнь; пассивные мужики кричали возгласы довольства, более передовые всесторонне развивали дальнейший темп праздника, и даже обобществленные лошади, услышав гул человеческого счастья, пришли поодиночке на Оргдвор и стали ржать.

Снежный ветер утих; неясная луна выявилась на дальнем небе, опорожненном от вихрей и туч, — на небе, которое было так пустынно, что допускало вечную свободу, и так жутко, что для свободы нужна была дружба.

Под этим небом, на чистом снегу, уже засиженном кое-где мухами, весь народ товарищески торжествовал. Давно живущие на свете люди — и те стронулись и топтались, не помня себя.

— Эх ты, эсесерша наша мать! — кричал в радости один забавный мужик, показывая ухватку и хлопая себя по пузу, щекам и по рту. — Охаживай, ребята, наше царство-государство: она незамужняя!

— Она — девка иль вдова? — спросил на ходу танца окрестный гость.

— Девка! — объяснил двигающийся мужик. — Аль не видишь, как мудрит?!

— Пускай ей помудрится! — согласился тот же пришлый гость. Пускай посдобничает! А потом мы из нее сделаем смирную бабу: добро будет!

Настя сошла с рук Чиклина и тоже топталась около мчавшихся мужиков, потому что ей хотелось. Жачев ползал между всеми, подсекая под ноги тех, которые ему мешали, а гостевому мужику, желавшему девочку-эсесершу выдать замуж, мужику Жачев дал в бок, чтоб он не надеялся.

— Не сметь думать — что попало! Иль хочешь речной самотек заработать? Живо сядешь на плот!

Гость уж испугался, что он явился сюда.

— Боле, товарищ калека, ничего не подумаю — я теперь шептать буду.

Чиклин долго глядел в ликующую гущу народа и чувствовал покой добра в своей груди; с высоты крыльца он видел лунную чистоту далекого масштаба, печальность замершего снега и покорный сон всего мира, на устройство которого пошло столько труда и мученья, что всеми забыто, чтобы не знать страха жить дальше.

— Настя, ты не стынь долго, иди ко мне, — позвал Чиклин.

— Я ничуть не озябла, тут ведь дышат, — сказала Настя, бегая от ласково ревущего Жачева.

— Ты три руки, а то окоченеешь: воздух большой, а ты маленькая!

— Я уж их терла: сиди — молчи!

Радио вдруг среди мотива перестало играть. Народ же остановиться не мог, пока активист не сказал: — Стой до очередного звука!

Прушевский сумел в краткое время поправить радио, но оттуда послышалась не музыка, а лишь человек:

— Слушайте наши сообщения: заготовляйте ивовое корье!..

И здесь радио опять прекратилось. Активист, услышав сообщение, задумался для памяти, чтобы не забыть об ивово-корьевой кампании и не прослыть на весь район упущенцем, как с ним совершилось прошлый раз, когда он забыл про организацию дня кустарника, а теперь весь колхоз сидит без прутьев. Прушевский снова начал чинить радио, — и прошло время, пока инженер охладевшими руками тщательно слаживал механизм; но ему не давалась работа, потому что он не был уверен — предоставит ли радио бедноте утешение и прозвучит ли для него самого откуда-нибудь милый голос.

Полночь, наверно, была уже близка; луна высоко находилась над плетнями и над смирной старческой деревней, и мертвые лопухи блестели, покрытые мелким, смерзшимся снегом. Одна заблудившаяся муха попробовала было сесть на ледяной лопух, но сразу оторвалась и полетела, зажужжав в высоте лунного света, как жаворонок под солнцем.

Колхоз, не прекращая топчущейся, тяжкой пляски, тоже постепенно запел слабым голосом. Слов в этой песне понять было нельзя, но все же в них слушалось жалобное счастье и напев бредущего человека.

— Жачев! — сказал Чиклин. — Ступай, прекрати движенье — умерли они, что ли, от радости: пляшут и пляшут.

Жачев уполз с Настей в Оргдом и, устроив ее там спать, выбрался обратно.

— Эй, организованные, достаточно вам танцевать: обрадовались, сволочь!

Но увлеченный колхоз не принял Жачевского слова и веско топтался, покрывая себя песней.

— Заработать от меня захотели? Сейчас получите!

Жачев сполз с крыльца, внедрился среди суетящихся ног и начал спроста брать людей за нижние концы и опрокидывать для отдыха на землю. Люди валились, как порожние штаны, — Жачев даже сожалел, что они, наверно, не чувствуют его рук, — и враз замолкали.

— Где ж Вощев? — беспокоился Чиклин. — Чего он ищет вдалеке, мелкий пролетарий?

Не дождавшись Вощева, Чиклин пошел его искать после полуночи. Он миновал всю пустынную улицу деревни до самого конца, и нигде не было заметно человека, лишь медведь храпел в кузне на всю лунную окрестность, да изредка покашливал кузнец.

Тихо было кругом и прекрасно. Чиклин остановился в недоуменном помышлении. По-прежнему покорно храпел медведь, собирая силы для завтрашней работы и для нового чувства жизни. Он больше не увидит мучившего его кулачества и обрадуется своему существованию. Теперь, наверно, молотобоец будет бить по подковам и шинному железу с еще бо́льшим сердечным усердием, раз есть на свете неведомая сила, которая оставила в деревне только тех средних людей, какие ему нравятся, какие молча делают полезное вещество и чувствуют частичное счастье; весь же точный смысл жизни и всемирное счастье должны томиться в груди роющего землю пролетарского счастья, чтобы сердце молотобойца и Чиклина лишь надеялось и дышало, чтоб их трудящаяся рука была верна и терпелива.

Чиклин в заботе закрыл чьи-то распахнутые ворота, потом осмотрел уличный порядок — цело ли все — и, заметив пропадающий на дороге армяк, поднял его и снес в сени ближней избы: пусть хранится для трудового блага.

Склонившись корпусом от доверчивой надежды, Чиклин пошел — по дворовым задам — смотреть Вощева дальше. Он перелезал через плетневые устройства, проходил мимо глиняных стен жилищ, укреплял накренившиеся колья и постоянно видел, как от тощих загородок сразу начиналась бесконечная порожняя зима. Настя смело может застынуть в таком чужом мире, потому что земля состоит не для зябнущего детства, — только такие, как молотобоец, могли вытерпеть здесь свою жизнь, и то поседели от нее.

263

«Я еще не рожался, а ты уже лежала бедная неподвижная моя! — сказал вблизи голос Вощева, человека. — Значит, ты давно терпишь: иди греться!»

Чиклин повернул голову вкось и заметил, что Вощев нагнулся за деревом и кладет что-то в мешок, который был уже полон.

— Ты чего, Вощев?

— Так, — сказал тот и, завязав мешку горло, положил себе на спину этот груз.

Они пошли вдвоем ночевать на Оргдвор. Луна склонилась уже далеко ниже, деревня стояла в черных тенях, все глухо смолкло, лишь одна сгустившаяся от холода река шевелилась в обжитых сельских берегах.

Колхоз непоколебимо спал на Оргдворе. В Оргдоме горел огонь безопасности, — одна лампа на всю потухшую деревню; у лампы сидел активист за умственным трудом, — он чертил графы ведомости, куда хотел занести все данные бедняцко-середняцкого благоустройства, чтоб уже была вечная, формальная картина и опыт, как основа.

— Запиши и мое добро! — попросил Вощев, распаковывая мешок.

Он собрал по деревне все нищие, отвергнутые предметы, всю мелочь безвестности и всякое беспамятство — для социалистического отмщения. Эта истершаяся терпеливая ветхость некогда касалась батрацкой, кровной плоти, в этих вещах запечатлена навеки тягость согбенной жизни, потраченной без сознательного смысла и погибшей без славы где-нибудь под соломенной рожью земли. Вощев, не полностью соображая, со скупостью скопил в мешок вещественные остатки потерянных людей, живших подобно ему без истины и которые скончались ранее победного конца. Сейчас он предъявлял тех ликвидированных тружеников к лицу власти и будущего, чтобы посредством организации вечного смысла людей добиться отмщения — за тех, кто тихо лежит в земной глубине.

Активист стал записывать прибывшие с Вощевым вещи, организовав особую боковую графу, под названием «перечень ликвидированного насмерть кулака, как класса, пролетариатом, согласно имущественно-выморочного остатка». Вместо людей, активист записывал признаки существования: лапоть прошедшего века, оловянную серьгу от пастушьего уха, штанину из рядна и разное другое снаряжение трудящегося, но неимущего тела.

К тому времени Жачев, спавший с Настей на полу, сумел нечаянно разбудить девочку.

— Отверни рот: ты зубы, дурак, не чистишь, — сказала Настя загородившему ее от дверного холода инвалиду: — и так у тебя буржуи ноги отрезали, ты хочешь, чтоб и зубы попадали?

Жачев с испугом закрыл рот и начал гонять воздух носом. Девочка потянулась, оправила теплый платок на голове, в котором она спала, но заснуть не могла, потому что разгулялась.

— Это утильсырье принесли? — спросила она про мешок Вощева.

— Нет, — сказал Чиклин, — это тебе игрушки собрали. — Вставай выбирать.

Настя встала в свой рост, потопталась для развития и, опустившись на месте, обхватила раздвинутыми ногами зарегистрированную кучу предметов. Чиклин составил ей лампу со стола на пол, чтоб девочка лучше видела то, что ей понравится, — активист же и в темноте писал без ошибки.

Через некоторое время активист спустил на пол ведомость, дабы ребенок пометил, что он получил сполна все нажитое имущество безродно умерших батраков и будет пользоваться им впрок. Настя медленно нарисовала на бумаге серп и молот и отдала ведомость назад.

Чиклин снял с себя стеганую ватную кофту, разулся и ходил на полу в чулках, довольный и мирный, что некому теперь отнять у Насти ее долю жизни на свете, что течение рек идет лишь в пучины морские, и уплывшие на плоту не вернутся мучить молотобойца — Михаила; те же безымянные люди, от которых остались только лапти и оловянные серьги, не должны вечно тосковать в земле, но и подняться они не могут.

— Прушевский, — обратился Чиклин.

— Я, — ответил инженер; он сидел в углу, опершись

туда спиной, и равнодушно дремал. Сестра ему давно ничего не писала, — если она умерла, то он решил уехать стряпать пищу на ее детей, чтобы истомить себя до потери души и скончаться когда-нибудь старым, привыкшим нечувствительно жить человеком, — это одинаково, что умереть теперь, но еще грустнее; он может, если поедет, жить за сестру, дольше и печальней помнить ту прошедшую в его молодости девушку, сейчас уже едва ли существующую. Прушевский хотел, чтобы еще немного побыла на свете, хотя бы в одном его тайном чувстве, взволнованная юная женщина, — забытая всеми, если погибла, стряпающая детям щи, если жива.

— Прушевский! Сумеют или нет успехи высшей науки воскресить назад сопревших людей?

— Нет, — сказал Прушевский.

— Врешь, — упрекнул Жачев, не открывая глаз. — Марксизм все сумеет. Отчего ж тогда Ленин в Москве целым лежит? Он науку ждет — воскреснуть хочет. А я б и Ленину нашел работу, — сообщил Жачев. — Я б ему указал, кто еще добавочно получить должен кое-что! Я почему-то любую стерву с самого начала вижу!

— Ты дурак, потому что, — объяснила Настя, копаясь в батрацких остатках, — ты только видишь, а надо трудиться. Правда ведь, дядя Вощев?

Вощев уже успел покрыться пустым мешком и лежал, прислушиваясь к биению своего бестолкового сердца, которое тянуло все его тело в какую-то нежелательную даль жизни.

— Неизвестно, — ответил Вощев Насте. — Трудись и трудись, а когда дотрудишься до конца, когда узнаешь все, то уморишься и помрешь. Не расти, девочка, — затоскуешь!

Настя осталась недовольна.

— Умирать должны одни кулаки, а ты — дурак. Жачев, сторожи меня, опять я спать захотела.

— Иди, девочка, — отозвался Жачев. — Иди ко мне от подкулачника, он заработать захотел — завтра получит!

Все смолкли, в терпении продолжая ночь, — лишь активист немолчно писал, и достижения все более расстилались перед его сознательным умом, так что он уже полагал про себя: «ущерб приносишь Союзу, пассивный дьявол, — мог бы весь

266

район отправить на коллективизацию, а ты в одном колхозе горюешь; пора уж целыми эшелонами население в социализм отправлять, а ты все узкими масштабами стараешься. Эх — горе!»

Из лунной чистой тишины в дверь постучала чья-то негромкая рука, и в звуках той руки был еще слышен страх-пережиток.

— Входи, заседанья нету, — сказал активист.

— Да то-то, — ответил оттуда человек, не входя. — А я думал — вы думаете.

— Входи, не раздражай меня, — промолвил Жачев.

Вошел Елисей; он уже выспался на земле, потому что глаза его потемнели от внутренней крови, и окреп от привычки быть организованным.

— Там медведь стучит в кузне и песню рычит, — весь колхоз глаза открыл, нам без тебя жутко стало!

— Надо пойти справиться! — решил активист.

— Я сам схожу, — определил Чиклин. — Сиди, записывай получше: твое дело учет.

— Это — пока дурак! — предупредил активиста Жачев. — Но скоро мы всех разактивим: дай только массам измучиться, дай детям подрасти!

Чиклин пошел в кузню. Велика и прохладна была ночь над ним, бескорыстно светили звезды над снежной чистотою земли, и широко раздавались удары молотобойца, точно медведь застыдился спать под этими ожидающими звездами, отвечал им чем мог. «Медведь — правильный пролетарский старик», — мысленно уважал Чиклин. Далее молотобоец удовлетворенно и протяжно начал рычать, сообщая вслух какую-то счастливую песню.

Кузница была открыта в лунную ночь на всю земную светлую поверхность, в горне горел дующий огонь, который поддерживал сам кузнец, лежа на земле и потягивая веревку мехов. А молотобоец, вполне довольный, ковал горячее шинное железо и пел песню.

— Ну, никак заснуть не дает, — пожаловался кузнец. — Встал, разревелся, ему горно зажег, а он и пошел бузовать... Всегда был покоен, а нынче как с ума сошел!

267

— Отчего ж такое? — спросил Чиклин.

— Кто его знает! Вчера вернулся с раскулачки, так все топтался и по-хорошему бурчал. Угодили, стало быть, ему. А тут еще проходил один подактивный — взял и материю пришил на плетень. Вот Михаил глядит все туда и соображает что-то. Кулаков, дескать, нету, а красный лозунг от этого висит. Вижу, входит что-то в его ум и там останавливается...

— Ну, ты спи, а я подую, — сказал Чиклин. Взяв веревку, он стал качать воздух в горн, чтоб Медведь готовил шины на колеса для колхозной езды.

Поближе к утренней заре гостевые вчерашние мужиик стали расходиться в окрестность. Колхозу же некуда было уйти, и он, поднявшись с Оргдвора, начал двигаться к кузне, откуда слышалась работа молотобойца. Прушевский и Вощев также явились со всеми совместно и глядели, как Чиклин помогает медведю. Около кузни висел на плетне возглас, нарисованный по флагу: «За партию, за верность ей, за ударный труд, пробивающий пролетариату двери в будущее».

Уставая, молотобоец выходил наружу и ел снег для своего охлаждения, а потом опять вскакивал молот в мякоть железа, все более увеличивая частоту ударов; петь молотобоец уже вовсе перестал — всю свою яростную безмолвную радость он расходовал в усердие труда, а колхозные мужики постепенно сочувствовали ему и коллективно крякали во время звука кувалды, чтоб шины были прочней и надежней. Елисей, когда присмотрелся, то дал молотобойцу совет:

— Ты, Мишь, бей с оттяжкой, тогда шина хрустка не будет и не лопнет. А ты лупишь по железу, как по стерве, а оно ведь тоже добро! Так — не дело!

Но медведь открыл на Елисея рот, и Елисей отошел прочь, тоскуя о железе. Однако и другие мужики тоже не могли более терпеть порчи:

— Слабже бей, черт! — загудели они. — Не гадь всеобщего: теперь имущество что сирота, пожалеть некому... Да тише ты, домовой!

— Что ты так садишь по железу?! Что оно — единоличное, что ль?

— Выйди, остынь, дьявол! Уморись, идол шерстяной!

— Вычеркнуть его надо из колхоза, и боле ничего. Аль нам убытки терпеть: на самом-то деле!

Но Чиклин дул воздух в горне, а молотобоец старался поспеть за огнем и крушил железо, как врага жизни, если нет кулачества, так медведь один есть на свете.

— Ведь это же горе! — вздыхали члены колхоза.

— Вот грех-то: все теперь лопнет! Все железо в скважинах будет!

— Наказание Господнее... А тронуть его нельзя — скажут, бедняк, пролетариат, индустриализация!..

— Это ничего. Вот если кадр скажут — тогда нам за него плохо будет.

— Кадр — пустяк. Вот если инструктор приедет, либо сам товарищ Пашкин, тогда нам будет жара!

— А может, ничего не станет? Может — бить?

— Что ты, осатанел, что ли? Он — союзный, намедни товарищ Пашкин специально приезжал — ему ведь тоже скучно без батраков.

А Елисей говорил меньше, но горевал почти больше всех. Он и двор-то когда имел, так ночей не спал — все следил, как бы что не погибло, как бы лошадь не опилась-не объелась, да корова чтоб настроение имела, а теперь, когда весь колхоз, весь здешний мир отдан его заботе, потому что на других надеяться он опасался, теперь у него уже загодя болел живот от страха такого имущества.

— Все усохнем! — произнес молча проживший всю революцию середняк. — Раньше за свое семейство боялся, а теперь каждого береги — это нас вовсе замучает за такое иждивение.

Вощеву грустно стало, что зверь так трудится, будто чует смысл жизни вблизи, а он стоит на покое и не пробивается в дверь будущего: может быть, там, действительно, что-нибудь есть. Чиклин к этому времени уже кончил дуть воздух и занялся с медведем готовить бороньи зубья. Не сознавая ни наблюдающего народа, ни всего кругозора, двое мастеровых неустанно работали по чувству совести, как и быть должно. Молотобоец ковал зубья, а Чиклин их закаливал, но в точности не знал времени, сколько нужно держать в воде зубья без перекалки.

269

— А если зуб на камень наскочит?! — стеная, произнес Елисей. — Если он на твердь какую-либо заедет — ведь пополам зубок будет!

— Вынай, дьявол, железку из жидкого! — воскликнул колхоз. — Не мучай матерьял!

Чиклин вынул было из воды перетомленный металл, но Елисей уже вошел в кузню, отобрал у Чиклина клещи и начал закаливать зубья своими обеими руками. Другие организованные мужики также бросились внутрь предприятия и с облегченной душой стали трудиться над железными предметами — с тою тщательной жадностью, когда прок более необходим, чем ущерб. «Эту кузню надо запомнить, побелить, — спокойно думал Елисей за трудом. — А то стоит вся черная — разве это хозяйское заведение?»

— Ну, дергай, — сказал Елисей. Только не шибко — веревка теперь дорога, а к новым мехам тоже с колхозной сумкой не подойдешь!

— Я буду потихоньку, — сказал Вощев и стал тянуть и отпускать веревку, забываясь в терпеньи труда.

Приходило утро зимнего дня, и обычный свет сплошь распространялся по всему району. Лампа же все еще горела в Оргдворе, пока Елисей не заметил этого лишнего огня. Заметив же, он сходил туда и потушил лампу, чтоб керосин был цел.

Уже проснулись девушки и подростки, спавшие дотоле в избах; они в общем равнодушно относились к тревоге отцов, им было не интересно их мученье, и домашнюю нужду они переносили без внимания, живя за счет своего чувства еще безответного счастья, но которое все равно должно случиться. Почти все девушки и всё растущее поколение с утра уходили в избу-читальню и там оставались, не евши весь день, учась письму и чтению, счету чисел, привыкая к дружбе и что-то воображая в ожидании. Прушевский один остался в стороне, когда колхоз ухватился за кузню, и все время неподвижно был у плетня. Он не знал, зачем его прислали в эту деревню, как ему жить забытым среди массы, — и решил точно назначить день окончания своего пребывания на земле; вынув книжку, он записал в нее поздний вечерний час глухого зимнего дня: пусть все улягутся спать, окоченелая земля смолкнет от шума

270

всякого строительства, и он, где бы ни находился, ляжет вверх лицом и перестанет дышать. Ведь никакое сооружение, никакое довольство, ни милый друг, ни завоевание звезд — не превозмогут его душевного оскудения, он все равно будет сознавать тщетность дружбы, основанной не на превосходстве и не на телесной любви, и скуку самых далеких звезд, где в недрах те же медные руды и нужен будет тот же ВСНХ. Прушевскому казалось, что все чувства его, все влечения и давняя тоска встретились в рассудке и сознали самих себя до самого источника происхождения, до смертельного уничтожения наивности всякой надежды. Но происхождение чувств оставалось волнующим местом жизни; умерев, можно навсегда утратить этот единственный счастливый, истинный район существования, не войдя в него. Что же делать, Боже мой! Если нет тех самозабвенных впечатлений, откуда волнуется жизнь и, вставая, протягивает руки вперед к своей надежде?

Прушевский закрыл лицо руками. Пусть разум есть синтез всех чувств, — где смиряются и утихают все потоки тревожных движений, но откуда тревога и движенье? Он этого не знал, он только знал, что старость рассудка есть влеченье к смерти, это единственное его чувство; и тогда он, может быть, замкнет кольцо — он возвратится к происхождению чувств, к вечернему летнему дню своего неповторившегося свидания.

— Товарищ! Это ты пришел к нам на культурную революцию?

Прушевский опустил руки от глаз. Стороною шли девушки и юношество в избу-читальню. Одна девушка стояла перед ним — в валенках и в бедном платке на доверчивой голове; глаза ее смотрели на инженера с удивленной любовью, потому что ей была непонятна сила знания, скрытая в этом человеке; она бы согласилась преданно и вечно любить его, седого и незнакомого, согласилась бы рожать от него, ежедневно мучить свое тело, лишь бы он научил ее знать весь мир и участвовать в нем. Ничто ей была молодость, ничто — свое счастье, — она чувствовала вблизи несущееся горячее движение, у нее поднималось сердце от ветра всеобщей стремящейся жизни, но она не могла выговорить слов своей радости и теперь стояла и просила научить ее этим словам, этому уменью чувствовать в голове весь свет, чтобы помогать ему светиться. Девушка еще не знала, пойдет ли с нею ученый человек, и неопределенно смотрела, готовая опять учиться с активистом.

— Я сейчас пойду с вами, — сказал Прушевский.

Девушка хотела обрадоваться и вскрикнуть, но не стала, чтобы Прушевский не обиделся.

— Идемте, — произнес Прушевский.

Девушка пошла вперед, указывая дорогу инженеру, хотя заблудиться было невозможно; однако она желала быть благодарной, но не имела ничего для подарка следующему за ней человеку.

Члены колхоза сожгли весь уголь в кузне, потратили все наличное железо на полезные изделия, починили всякий мертвый инвентарь и с тоскою, что кончился труд, и как бы теперь колхоз не пошел в убыток, оставили заведение. Молотобоец утомился еще раньше — он вылез недавно поесть снегу от жажды и пока снег таял у него во рту, медведь задремал и свалился всем туловищем вниз, на покой.

Вышедши наружу, колхоз сел у плетня и стал сидеть, озирая всю деревню, снег же таял под неподвижными мужиками. Прекратив трудиться, Вощев опять вдруг задумался на одном месте.

— Очнись! — сказал ему Чиклин. — Ляжь с медведем и забудься.

— Истина, товарищ Чиклин, забыться не может...

Чиклин обхватил Вощева поперек и сложил его к спящему молотобойцу.

— Лежи молча, — сказал он над ним, — медведь дышит, а ты не можешь! Пролетариат терпит, а ты боишься! Ишь ты, сволочь какая!

Вощев приник к молотобойцу, согрелся и заснул.

На улицу вскочил всадник из района на трепещущем коне.

— Где актив? — крикнул он сидящему колхозу, не теряя скорости.

— Скачи прямо! — сообщил путь колхоз. — Только не сворачивай ни направо, ни налево!

— Не буду! — закричал всадник, уже отдалившись, и только сумка с директивами билась на его бедре.

Через несколько минут тот же конный человек пронесся обратно, размахивая в воздухе сдаточной книгой, чтоб ветер сушил чернила активистской расписки. Сытая лошадь, размешав снег и вызвав почву на ходу, срочно скрылась вдалеке.

— Какую лошадь портит, бюрократ! — думает колхоз. — Прямо скучно глядеть.

Чиклин взял в кузнице железный прут и понес его ребенку в виде игрушки. Он любил ей молча приносить разные предметы, чтобы девочка безмолвно понимала его радость к ней.

Жачев давно уже проснулся. Настя же, приоткрыв утомленный рот, невольно и грустно продолжала спать.

Чиклин внимательно всмотрелся в ребенка — не поврежден ли он в чем со вчерашнего дня, цело ли полностью его тело; но ребенок был весь исправен, только лицо его горело от внутренних младенческих сил. Слеза активиста капнула на директиву, — Чиклин сейчас же обратил на это внимание. Как и вчера вечером, руководящий человек неподвижно сидел за столом. Он с удовлетворением отправил через районного всадника законченную ведомость ликвидации классового врага и в ней же сообщил все успехи деятельности; но вот опустилась свежая директива, подписанная почему-то областью через обе головы — района и округа, — и в лежащей директиве отмечались мало желательные явления перегибщины, забеговшества, переусердины и всякого сползания по правому и левому откосу с отточенной остроты четкой линии; кроме того, назначалось обнаружить выпуклую бдительность актива в сторону среднего мужика; раз он попер в колхозы, то не является ли этот генеральный факт таинственным умыслом, исполняемым по наущению подкулацких масс, дескать, войдем в колхозы всей будущей пучиной и размоем берега руководства, — на нас, мол, тогда власти не хватит, она уморится.

«По последним материалам, имеющимся в руке областного комитета, — значилось в конце директивы, — видно, например, что актив колхоза имени Генеральной линии уже забежал в левацкое болото правого оппортунизма. Организатор местного коллектива спрашивает вышенаходящуюся организацию: есть ли что после колхоза и коммуны более высшее и более светлое, дабы немедленно двинуть туда местные бедняцко-середняцкие

273

массы, неудержимо рвущиеся в даль истории, на вершину всемирных невидимых времен. Этот товарищ просит ему прислать примерный устав такой организации, а заодно бланки, ручку и с пером, и два литра чернил. Он не понимает, насколько он тут спекулирует на искреннем, в основном здоровом, середняцком чувстве тяги в колхозы. Нельзя не согласиться, что такой товарищ есть вредитель партии, объективный враг пролетариата и должен быть немедленно изъят из руководства навсегда».

Здесь у активиста дрогнуло ослабевшее сердце, и он заплакал на областную бумагу.

— Что ты, стервец? — спросил его Жачев.

Но активист не ответил ему. Разве он видел радость в последнее время, разве он ел или спал вдосталь или любил хоть одну бедняцкую девицу? Он почувствовал себя как в бреду, его сердце еле билось от нагрузки, он лишь снаружи от себя старался организовать счастье и хотя бы в перспективе заслужить районный пост.

— Отвечай, паразит, а то сейчас получишь! — снова проговорил Жачев. — Наверно, испортил, гад, нашу республику!

Сдернув со стола директиву, Жачев начал лично изучать ее на полу.

— К маме хочу! — сказала Настя, пробуждаясь.

Чиклин нагнулся к заскучавшему ребенку.

— Мама, девочка, умерла, — теперь я остался!

— А зачем ты меня носишь, где четыре времени года? Попробуй, какой у меня страшный жар под кожей! Сними с меня рубашку, а то сгорит — выздоровлю, ходить не в чем будет!

Чиклин попробовал Настю, она была горячая, влажная, кости ее жалобно выступали изнутри; насколько окружающий мир должен быть нежен и тих, чтоб она была жива!

— Накрой меня, я спать хочу. Буду ничего не помнить, а то болеть ведь грустно, правда?

Чиклин снял с себя всю верхнюю одежду, кроме того, отобрал ватные пиджаки у Жачева и активиста и всем этим теплым веществом закутал Настю. Она закрыла глаза, и ей стало легко в тепле и во сне, будто она полетела среди прохладного воздуха. За текущее время Настя немного подросла и всё более походила на мать.

— Я так и знал, что он сволочь, — определил Жачев про активиста. — Ну что ты тут будешь делать с этим членом?!

— А что там сообщено? — спросил Чиклин.

— Пишут то, что с ними нельзя не согласиться!

— А ты попробуй не согласись! — в слезах произнес активный человек.

— Эх, горе мое с революцией, — серьезно опечалился Жачев. — Где же ты, самая пущая стерва? Иди, дорогая, получить от увечного воина!

Почувствовав мысль в одиночестве, не желая безответно тратить средств на государство и будущее поколение, активист снял с Насти свой пиджак: раз его устраняют, пусть массы сами греются. И с пиджаком в руке он стал посреди Оргдома — без дальнейшего стремления к жизни, весь в крупных слезах и в том сомнении души, что капитализм, пожалуй, может еще явиться.

— Ты зачем ребенка раскрыл? — спросил Чиклин. — Остудить хочешь?

— Плешь с ним, с твоим ребенком! — сказал активист.

Жачев поглядел на Чиклина и посоветовал ему:

— Возьми железку, какую из кузни принес!

— Что ты! — ответил Чиклин. — Я сроду не касался человека мертвым оружием: как же я тогда справедливость почувствую?

Далее Чиклин покойно дал активисту ручной удар в грудь, чтоб дети могли еще уповать, а не зябнуть. Внутри активиста раздался слабый треск костей, и весь человек свалился на пол. Чиклин же с удовлетворением посмотрел на него, будто только что принес необходимую пользу. Пиджак у активиста вырвался из руки и лежал отдельно, никого не покрывая.

— Накрой его! — сказал Чиклин Жачеву. — Пускай ему тепло станет.

Жачев сейчас же одел активиста его собственным пиджаком и одновременно пощупал человека — насколько он цел.

— Живой он? — спросил Чиклин.

— Так себе: средний, — радуясь, ответил Жачев... — Да это все равно, товарищ Чиклин: твоя рука работает, как кувалда, ты тут не при чем.

— А он горячего ребенка не раздевай! — с обидой сказал Чиклин. — Мог чаю скипятить и согреться.

В деревне поднялась снежная метель, хотя бури было не слышно. Открыв на поверку окно, Жачев увидел, что это колхоз метет снег для гигиены; мужикам не нравилось теперь, что снег засижен мухами, они хотели более чистой зимы.

Отделавшись на Оргдворе, члены колхоза далее трудиться не стали и поникли под навесом в недоумении своей дальнейшей жизни. Несмотря на то, что люди уже давно ничего не ели, их и сейчас не тянуло на пищу, потому что желудки были завалены мясным обилием еще с прошлых дней. Пользуясь мирной грустью колхоза, а также невидимостью актива, старичок кафельного завода и прочие неясные элементы, бывшие до того в заключении на Оргдовре, вышли из задних клетей и разных укрытых препятствий жизни и отправились в даль по своим насущным делам.

Чиклин и Жачев прислонились к Насте с обоих боков, чтобы лучше ее беречь. От своего безвыходного тепла девочка стала вся смуглой и покорной, только ум ее печально думал:

— Я опять к маме хочу! — произнесла она, не открывая глаз.

— Нету твоей матери, — не радуясь, сказал Жачев. — От жизни все умирают — остаются одни кости.

— Хочу ее кости! — попросила Настя. — Ктой-то это плачет в колхозе?

Чиклин готовно прислушался; но все было тихо кругом — никто не плакал, не от чего было заплакать. День уже дошел до своей середины, высоко светило бледное солнце над округом, какие-то далекие массы двигались по горизонту на неизвестное межселенное собрание, — ничто не могло шуметь. Чиклин вышел на крыльцо. Тихое несознательное стенание пронеслось в безмолвном колхозе и затем повторилось. Звук начинался где-то в стороне, обращаясь в глухое место, и не был рассчитан на жалобу.

— Это кто? — крикнул Чиклин с высоты крыльца во всю деревню, чтоб его услышал тот недовольный.

— Это молотобоец скулит, — ответил колхоз, лежавший под навесом. — А ночью он песни рычал.

Действительно, кроме медведя, заплакать сейчас было некому. Наверно, он уткнулся ртом в землю и выл печально в глушь почвы, не соображая своего горя.

— Там медведь о чем-то тоскует, — сказал Чиклин Насте, вернувшись в горницу.

— Позови его ко мне, я тоже тоскую, — попросила Настя. — Неси меня к маме, мне здесь очень жарко!

— Сейчас, Настя, Жачев, ползи за медведем. Все равно ему работать здесь нечего — материала нету!

Но Жачев, только что исчезнув, уже вернулся назад: медведь сам шел на Оргдвор, совместно с Вощевым; при этом Вощев держал его, как слабого, за лапу, а молотобоец двигался рядом с ним грустным шагом.

Войдя в Оргдом, молотобоец обнюхал лежащего активиста и стал равнодушно в углу.

— Взял его в свидетели, что истины нет, — произнес Вощев. — Он ведь только работать может, а как отдохнет, так скучать начинает. Пусть существует теперь как предмет — на вечную память, — я всех угощу!

— Угощай грядущую сволочь, — согласился Жачев. — Береги для нее жалкий продукт!

Наклонившись, Вощев стал собирать вынутые Настей ветхие вещи, необходимые для будущего отмщения, в свой мешок. Чиклин поднял Настю на руки, и она открыла опавшие свои, высохшие, как листья, смолкшие глаза. Через окно девочка засмотрелась на близко приникших друг к другу колхозных мужиков, залегших под навесом в терпеливом забвении.

— Вощев, а медведя ты тоже в утильсырье понесешь? — позаботилась Настя.

— А то куда же? Я прах и то берегу, а тут ведь бедное существо!

— А их? — Настя протянула свою тонкую, как овечья ножка, занемогшую руку к лежащему на дворе колхозу.

Вощев хозяйственно поглядел на дворовое место и, отвернувшись оттуда, еще более поник своей скучающей по истине головою.

Активист по-прежнему неподвижно молчал на полу, пока задумавшийся Вощев не согнулся над ним и не пошевелил его из чувства любопытства перед всяким ущербом жизни. Но активист, притаясь или умерев, ничем не ответил Вощеву. Тогда Вощев присел близ человека и долго смотрел в его слепое открытое лицо, унесенное вглубь своего грустного сознания.

Медведь помолчал немного, а потом вновь заскулил, и на его голос весь колхоз пришел с Оргдвора в дом.

— Как же, товарищи активы, нам дальше-то жить? — спросил колхоз. — Вы горюйте об нас, а то нам терпежа нет! Инвентарь у нас исправный, семена чистые, дело теперь зимнее — в нем чувствовать нечего. Вы уж постарайтесь!

— Некому горевать, — сказал Чиклин. — Лежит ваш главный горюн.

Колхоз спокойно пригляделся к опрокинутому активисту, не имея к нему жалости, но и не радуясь, потому что говорил активист всегда точно и правильно, вполне по завету, только сам был до того поганый, что когда все общество задумало его однажды женить, дабы убавить его деятельность, то даже самые незначительные на лицо бабы и девки заплакали от печали.

— Он умер, — сообщил всем Вощев, подымаясь снизу. — Всё знал, а тоже кончился.

— А может, дышит еще? — усомнился Жачев. — Ты его попробуй, пожалуйста, а то он от меня ничего еще не заработал: я ему тогда добавлю сейчас!

Вощев снова прилег к телу активиста, некогда действовавшему с таким хищным значением, что вся всемирная истина, весь смысл жизни помещались в нем и более нигде, а уж Вощеву ничего не досталось, кроме мученья ума, кроме бессознательности в несущемся потоке существования и покорности слепого элемента.

— Ах ты, гад! — прошептал Вощев над этим безмолвным туловищем. — Так вот отчего я смысла не знал! Ты, должно быть, не меня, а весь класс испил, сухая душа, а мы бродим, как тихая гуща, и не знаем ничего!

И Вощев ударил активиста в лоб — для прочности его гибели и для собственного сознательного счастья.

Почувствовав полный ум, хотя и не умея еще произнести или выдвинуть в действие его первоначальную силу, Вощев встал на ноги и сказал колхозу:

— Теперь я буду за вас горевать!

— Просим!! — единогласно выразился колхоз.

Вощев отворил дверь Оргдома в пространство и узнал желанье жить в эту разгороженную даль, где сердце может биться не только от холодного воздуха, но и от истинной радости одоления всего смутного вещества земли.

— Выносите мертвое тело прочь! — указал Вощев.

— А куда? — спросил колхоз. — Его ведь без музыки хоронить никак нельзя! Заводи хоть радио!..

— А вы раскулачьте его по реке в море! — догадался Жачев.

— Можно и так! — согласился колхоз. — Вода еще течет!

И несколько человек подняли тело активиста на высоту и понесли его на берег реки. Чиклин все время держал Настю при себе, собираясь уйти с ней на котлован, но задерживался происходящими условиями.

— Из меня отовсюду сок пошел, — сказала Настя... — Неси меня скорее к маме, пожилой дурак! Мне скучно!..

— Сейчас, девочка, тронемся. Я тебя бегом понесу. Елисей, ступай, кликни Прушевского — уходим мол, а Вощев за всех остается, а то ребенок заболел.

Елисей сходил и вернулся один: Прушевский идти не захотел, сказал, что он всю здешнюю юность должен сначала доучить, иначе она может в будущем погибнуть, а ему ее жалко.

— Ну, пускай остается, — согласился Чиклин. — Лишь бы сам цел был.

Жачев, как урод, не умел быстро ходить, а только полз; поэтому Чиклин сообразил сделать так, что Настю велел нести Елисею, а сам понес Жачева. И так они, спеша, отправились на котлован по зимнему пути.

— Берегите Медведева Мишку! — обернувшись, приказала Настя. — Я к нему скоро в гости приду.

— Будь покойна, барышня! — пообещал колхоз.

К вечернему времени пешеходы увидели вдалеке электрическое освещение города. Жачев уже давно устал сидеть на руках Чиклина и сказал, что надо бы в колхозе лошадь взять.

— Пешие скорей дойдем, — ответил Елисей. — Наши лошади уж и ездить отвыкли: стоят с коих пор! У них и ноги опухли, ведь им только и ходу, что корма воровать.

Когда путники дошли до своего места, то увидели, что весь котлован занесен снегом, а в бараке было пусто и темно. Чиклин, сложив Жачева на землю, стал заботиться над разведением костра для согревания Насти, но она ему сказала:

— Неси мне мамины кости, я хочу их!

Чиклин сел против девочки и все время жег костер для света и тепла, а Жачева услал искать у кого-нибудь молоко. Елисей долго сидел на пороге барака, наблюдая ближний светлый город, где что-то постоянно шумело и равномерно волновалось во всеобщем беспокойствии, а потом свалился на бок и заснул, ничего не евши.

Мимо барака проходили люди, но никто не пришел проведать заболевшую Настю, потому что каждый нагнул голову и непрерывно думал о сплошной коллективизации.

Иногда вдруг наставала тишина, затем опять пели вдалеке сирены поездов, протяжно спускали пар свайные копры, и кричали голоса ударных бригад, упершихся во что-то тяжкое, — кругом беспрерывно нагнеталась общественная польза.

— Чиклин, отчего я всегда ум чувствую и никак его не забуду? — удивлялась Настя.

— Не знаю, девочка. Наверно потому, что ты ничего хорошего не видела.

— А почему в городе ночью трудятся и не спят?

— Это о тебе заботятся.

— А я лежу вся больная... Чиклин, положи мне мамины кости, я их обниму и начну спать. Мне так скучно стало сейчас!

— Спи, может ум забудешь.

Ослабевшая Настя вдруг приподнялась и поцеловала склонившегося Чиклина в усы, — как и ее мать, она умела первая, не предупреждая, целовать людей.

Чиклин замер от повторившегося счастья своей жизни и молча дышал над телом ребенка, пока вновь не почувствовал озабоченности к этому маленькому, горячему туловищу.

280

Для охранения Насти от ветра и для общего согревания Чиклин поднял с порога Елисея и положил его сбоку ребенка.

— Лежи тут, — сказал Чиклин ужаснувшемуся во сне Елисею. — Обними девочку рукой и дыши на нее чаще.

Елисей так и поступил, а Чиклин прилег в стороне на локоть и чутко слушал дремлющей головой тревожный шум на городских сооружениях.

Около полуночи явился Жачев; он принес бутылку сливок и два пирожных. Больше ему ничего достать не удалось, так как все новодействующие служащие не присутствовали на квартирах, а шиковали где-то на стороне. Весь исхлопотавшись, Жачев решился в конце концов оштрафовать товарища Пашкина, как самый надежный свой резерв; но и Пашкина дома не было — он оказывается, присутствовал с супругой в театре. Поэтому Жачеву пришлось появиться на представлении, среди тьмы и внимания к каким-то мучающимся на сцене элементам и громко потребовать Пашкина в буфет, останавливая действие искусства. Пашкин мгновенно вышел, безмолвно купил для Жачева в буфете продуктов и поспешно удалился в залу представления, чтобы снова там волноваться.

— Завтра надо опять к Пашкину сходить, — сказал Жачев, успокаиваясь в дальнем углу барака, — пускай печку ставит, а то в этом деревянном эшелоне до социализма не доедешь!..

Рано утром Чиклин проснулся; он озяб и прислушался к Насте. Было чуть светло и тихо, лишь Жачев бурчал во сне свое беспокойство.

— Ты дышишь там, средний черт! — сказал Чиклин Елисею.

— Дышу, товарищ Чиклин, а как же нет? Всю ночь ребенка теплом обдавал!

— Ну?

— А девчонка, товарищ Чиклин, не дышит: захолодела с чего-то!

Чиклин медленно поднялся с земли и остановился на месте. Постояв, он пошел туда, где лежал Жачев, посмотрел — не уничтожил ли калека сливки и пирожные, потом нашел веник и очистил весь барак от скопившегося за безлюдное время разного налетевшего сора.

Положив веник на его место, Чиклину захотелось рыть землю; он взломал замок с забытого чулана, где хранился запасный инвентарь и, вытащив оттуда лопату, не спеша отправился на котлован. Он начал рыть грунт, но почва уже смерзлась, и Чиклину пришлось сечь землю на глыбы и выворачивать ее прочь целыми мертвыми кусками. Глубже пошло мягче и теплее; Чиклин вонзался туда секущими ударами железной лопаты и скоро скрылся в тишину недр почти во весь свой рост, но и там не мог утомиться и стал громить грунт в бок, разверзая земную тесноту вширь. Попав в самородную каменную плиту, лопата согнулась от мощности удара, — тогда Чиклин зашвырнул ее вместе с рукояткой на дневную поверхность и прислонился головой к обнаженной глине.

В этих действиях он хотел забыть сейчас свой ум, а ум его неподвижно думал, что Настя умерла.

— Пойду за другой лопатой! — сказал Чиклин и вылез из ямы.

В бараке он, чтоб не верить уму, подошел к Насте и попробовал ее голову; потом он прислонил свою руку ко лбу Елисея, проверяя его жизнь по теплу.

— Отчего ж она холодная, а ты горячий? — спросил Чиклин и не слышал ответа, потому что его ум теперь сам забылся...

Далее Чиклин сидел все время на земляном полу, и проснувшийся Жачев тоже находился с ним, храня неподвижно в руках бутылку сливок и два пирожных. А Елисей, всю ночь без сна дышавший на девочку, теперь утомился и уснул рядом с ней, и спал, пока не услышал ржущих голосов родных обобществленных лошадей!

В барак пришел Вощев, а за ним Медведев и весь колхоз; лошади же остались ожидать снаружи.

— Ты что? — увидел Вощева Жачев. — Ты зачем оставил колхоз, иль хочешь, чтоб умерла вся наша земля? Иль заработать от всего пролетариата захотел? Так подходи ко мне — получишь как от класса!

Но Вощев уже вышел к лошади и не дослушал Жачева. Он привез в подарок Насте мешок специально отобранного утиля, в виде редких, непродающихся игрушек, каждая из которых есть вечная память о забытом человеке. Настя, хотя и глядела на Вощева, но ничего не обрадовалась, и Вощев прикоснулся к ней, видя ее открытый, смолкший рот и ее равнодушное, усталое тело. Вощев стоял в недоумении над этим утихшим ребенком, — он уже не знал, где же теперь будет коммунизм на свете, если его нет сначала в детском чувстве и в убежденном впечатлении? Зачем ему теперь нужен смысл жизни и истина всемирного происхождения, если нет маленького, верного человека, в котором истина стала бы радостью и движеньем?

Вощев согласился бы снова ничего не знать и жить без надежды в смутном вожделении тщетного ума, лишь бы девочка была целой, готовой на жизнь, хотя бы и замучилась с течением времени. Вощев поднял Настю на руки, поцеловал ее в распавшиеся губы и с жадностью счастья прижал ее к себе, найдя больше того, чем искал.

— Зачем колхоз привел? Я тебя спрашиваю вторично! — обратился Жачев, не выпуская из рук ни сливок, ни пирожных.

— Мужики в пролетариат хотят зачисляться, — ответил Вощев.

— Пускай зачисляются, — произнес Чиклин с земли. — Теперь надо еще шире и глубже рыть котлован. Пускай в наш дом въедет всякий человек из барака и глиняной избы. Зовите сюда всю власть и Прушевского, а я рыть пойду.

Чиклин взял лом и новую лопату и медленно ушел на дальний край котлована. Там он снова начал разверзать неподвижную землю, потому что плакать не мог, и рыл, не в силах устать, до ночи и всю ночь, пока не услышал как трескаются кости в его трудящемся туловище. Тогда он остановился и глянул кругом. Колхоз шел вслед за ним и, не переставая, рыл землю; все бедные и средние мужики работали с таким усердием жизни, будто хотели спастись навеки в пропасти котлована.

Лошади также не стояли — на них колхозники, сидя верхом, возили в руках бутовый камень, а медведь таскал этот камень пешком и разевал от натуги рот.

Только один Жачев ни в чем не участвовал и смотрел на весь роющий труд взором прискорбия.

— Ты что сидишь, как служащий какой? — спросил его Чиклин, возвратившись в барак. — Взял бы хоть лопаты поточил!

— Не могу, Никит, я теперь ни во что не верю! — ответил Жачев в это утро второго дня.

— Почему, стервец?

— Ты же видишь, что я урод империализма, а коммунизм — это детское дело, за то я и Настю любил... Пойду сейчас на прощанье товарища Пашкина убью.

И Жачев уполз в город, более уже никогда не возвратившись на котлован.

В полдень Чиклин начал копать для Насти специальную могилу. Он рыл ее пятнадцать часов подряд, чтоб она была глубока и в нее не сумел бы проникнуть ни червь, ни корень растения, ни тепло, ни холод, и чтоб ребенка никогда не побеспокоил шум жизни с поверхности земли. Гробовое ложе Чиклин выдолбил в вечном камне и приготовил еще особую, в виде крышки, гранитную плиту, дабы на девочку не лег громадный вес могильного праха.

Отдохнув, Чиклин взял Настю на руки и бережно понес ее класть в камень и закапывать. Время было ночное, весь колхоз спал в бараке, и только молотобоец, почуяв движение, проснулся, и Чиклин дал ему прикоснуться к Насте на прощанье.

Конец